SPARTACUS
LA RÉVOLTE DES ESCLAVES

MAX GALLO

DE L'ACADÉMIE FRANÇAISE

LES ROMAINS - 1
SPARTACUS

LA RÉVOLTE
DES ESCLAVES

ROMAN

REPÈRES CHRONOLOGIQUES

Romulus : 754-715 av. J.-C.

République romaine

Marius, consul : 107 av. J.-C.
Sylla, consul : 88 av. J.-C.

• Guerre servile de *Spartacus* : 73-71 av. J.-C.
Les Romains, t. 1

Pompée et Crassus, consuls : 70 av. J.-C.
César passe le Rubicon : 49 av. J.-C.
Assassinat de César : 44 av. J.-C.

Empire romain   Dynastie julio-claudienne

Octave-Auguste : 27 av. J.-C. -14 apr. J.-C.
Tibère : 14-37
Crucifixion du Christ : autour de 30
Caligula : 37-41
Claude : 41-54

• *Néron* : 54-68   *Les Romains*, t. 2

Galba
Othon
Vitellius : 68-69

Dynastie flavienne

Vespasien : 69-79

• *Titus* : 79-81   *Les Romains*, t. 3

Domitien : 81-96
Nerva : 96-98

Dynastie des Antonins

Trajan : 98-117
Hadrien : 117-138
Antonin le Pieux : 138-161

• *Marc Aurèle* : 161-180   *Les Romains*, t. 4

Commode : 180-192
Pertinax : 193

Dynastie des Sévères

Septime Sévère : 193-211...
Dioclétien : 284-304
Maximien : 306-310
Galère : 304-311
Constance Ier Chlore : 305-306
Sévère : 306-307
Maximin II Daïa : 307-313
Licinius : 307-323

Dynastie constantinienne

• *Constantin Ier* : 306-337   *Les Romains*, t. 5
Crispus César : 317-326
Constantin II : 337-340
Constant Ier : 337-350
Constance II : 337-361
Julien : 361-363
Jovien : 363-364

Fin de l'Empire d'Occident.

Pour Arthur Koestler, pour son Spartacus.
En hommage et en souvenir.

« Spartacus, un Thrace d'origine mède, possédait beaucoup de courage et de force, et surtout son intelligence et sa douceur l'élevaient au-dessus de sa condition et le rendaient plus grec que sa naissance. »

PLUTARQUE, *Vies parallèles*, Crassus, VIII, 3.

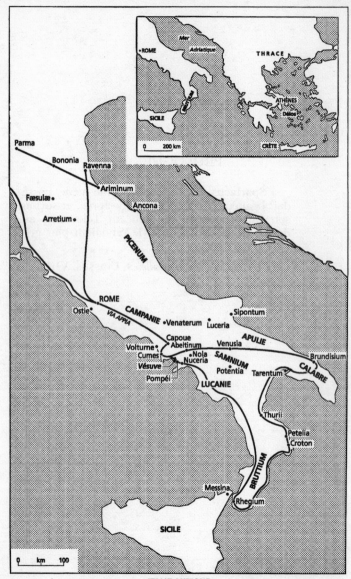

ITALIE ANTIQUE

PROLOGUE

Une nuit d'hiver en 71
avant Jésus-Christ

1

À l'extrémité de l'Italie, sur cette pointe de terre qu'un bras de mer sépare de la Sicile, une nuit d'hiver est tombée.

Il pleut. Il neige.

Ici et là brûlent de grands feux dont le vent couche les flammes bleutées.

Des hommes passent, armés. D'autres sont accroupis épaule contre épaule, tendant leurs mains au-dessus des braises.

Parfois on entend des coups sourds, des éclats de voix, le son aigre des trompettes.

Sur un étroit plateau que domine et protège une falaise, deux troncs d'arbres posés l'un sur l'autre se consument.

Près de ce foyer, un homme, debout, bras croisés, dit :

— Moi, Spartacus, prince des esclaves, je vais livrer bataille aux dix légions romaines du proconsul Licinius Crassus !

Il porte une cape de couleur pourpre accrochée à son cou par une chaîne d'or. Elle couvre en partie ses épaules et le torse serré dans un gilet de cuir. Elle tombe jusqu'aux mollets, entourés de lanières croisées liées au-dessus des genoux et retenant les sandales à larges semelles. Les jambes sont nues, épaisses, pareilles à de grosses branches noueuses. À sa ceinture cloutée pend un glaive court.

Il fait un pas, se rapprochant ainsi du feu.

— Écoute-moi, Posidionos, et toi aussi, Jaïr..., commence-t-il.

Il s'est penché vers les deux hommes, assis devant les flammes, la tête levée, ne quittant pas des yeux la silhouette de Spartacus.

Elle apparaît immense : un bloc que rien ne semble pouvoir renverser.

— Tu vas vaincre encore, Spartacus ! murmure une voix surgie d'une anfractuosité de la falaise.

Une femme à demi cachée dans une peau de mouton, ses longs cheveux blonds tombant sur ses épaules, s'approche du foyer, se redresse tout à coup, levant les bras au-dessus de sa tête, rejetant sa fourrure, laissant voir son corps svelte sous une tunique de lin.

— J'ai interrogé Dionysos. Il te protège. Il m'écoute. J'ai dansé pour lui. Il est le fils de Zeus, ne l'oublie pas.

Elle bondit, s'agenouille, enserre les cuisses de Spartacus.

Il pose sa main sur la tête de la jeune femme, caresse ses cheveux.

— Apollonia, dit-il, Dionysos ne parle plus par ta bouche, comme autrefois. Les mots que tu prononces viennent seulement de ta gorge et de ton ventre.

Il se tourne vers la nuit que secoue le vent.

— Vous entendez comme moi... ? murmure-t-il.

14

Du lointain des terres de cette presqu'île qu'on appelle le Bruttium roulent un martèlement sourd, des éclats de trompette, des grincements, des voix.

— Licinius Crassus est là avec ses légions, reprend Spartacus. Il fait dresser une palissade, creuser un fossé. Il nous enferme. Il nous accule. C'est ainsi qu'on chasse les fauves et qu'on prend les grands thons au piège. Puis on les massacre et la terre ou la mer deviennent rouges. Voilà ce que prépare Licinius Crassus. La gloire de nous vaincre est son seul désir. Il possède déjà toutes les richesses. Il détient la plus grosse fortune de Rome, et le Sénat lui a remis tous les pouvoirs. Mais il lui manque d'avoir conduit les légions à la victoire. Nous sommes sa proie. Avec notre sang il teindra son manteau et, ainsi vêtu de la pourpre, il triomphera à Rome.

Il regarde Posidionos puis Jaïr, et ajoute d'une voix sourde :

— Vous le savez, les Romains agissent ainsi. Aucun peuple, ni le Numide, ni le Grec, ni le Juif, ni le Thrace ne doivent rester libres. Nous sommes des esclaves. Nous avons défié Rome. Elle ne peut nous laisser en vie. Que réponds-tu à cela, Apollonia ?

Elle écarte les bras, reste à genoux devant Spartacus.

— Souviens-toi, Apollonia, continue-t-il. C'était non loin du marché aux esclaves de Rome, dans cette salle sombre du quartier de Vélabre où nous étions parqués, entravés. Nous devions rejoindre le lendemain Capoue, le *ludus* des gladiateurs. Nous étions une vingtaine d'hommes à nous observer, voués à combattre dans la même arène, les uns contre les autres, ou livrés à des bêtes fauves. Nul ne pouvait connaître son destin. Chacun craignait le sort qu'il imaginait pour l'autre. Était-ce ce Gaulois qui m'égorgerait ? Tuerais-je ce Numide, ou bien le maître du *ludus*, le laniste, lâcherait-il contre moi ses tigres, ses ours, ses lions, ou plusieurs gladiateurs, ce Germain et ce Dace ? Cette nuit-là, j'ai fait un songe. J'ai vu un serpent enroulé autour de mon visage, sa bouche contre la mienne, sa langue fourchue effleurant mes lèvres. Je me suis réveillé et je t'ai raconté cette vision. Tu m'as écouté, les yeux exorbités. Tu étais alors habitée par l'esprit de Dionysos. Tu t'es mise à trembler, à te balancer d'avant en arrière, à danser. Tu m'as dit, et ta voix était si forte que je n'ai pas douté de la vérité de ta prophétie : « Spartacus, ce serpent qui t'enserre et qui t'embrasse est le signe d'une grande et terrible puissance. Elle t'enveloppera, Spartacus ! Elle fera de toi un prince. Les hommes enchaînés appartenant à toutes les races te rejoindront pour redevenir libres. Tu seras à la tête d'une armée. Tu vaincras les légions. Tu t'empareras des enseignes des questeurs et des consuls, des faisceaux des licteurs. Tu prendras des villes. Tu feras trembler Rome !

Spartacus s'est interrompu, a fait quelques pas, puis, revenant vers Apollonia, il a ajouté :

— Dionysos ne t'avait pas menti. Rome, oui, Rome a tremblé devant moi, le guerrier thrace, devant moi, le déserteur de son armée, moi, l'esclave, moi, Spartacus le gladiateur, devenu prince des esclaves !

Il lève les bras et sa cape glisse, découvrant ses épaules massives.

— Je remercie le fils de Zeus, Dionysos, et tous les dieux de m'avoir dispensé cette joie et cette gloire.

Il pose ses mains sur la tête d'Apollonia.

— Tu as dit aussi, Apollonia, que ce destin de prince me conduirait à une fin malheureuse. Même au soir des victoires, je n'ai jamais oublié ces derniers mots de ta prophétie. Je savais que le moment viendrait. Il est là, Apollonia, cette nuit ou demain ; dans peu de temps, nous le rencontrerons. Et il nous pliera, nous courberons la nuque sous sa poigne...

Apollonia gémit. Elle se voûte, se cache la tête sous la peau de mouton, puis recule, trébuchant à chaque pas, et la nuit peu à peu la dévore.

Alors Spartacus s'assoit de l'autre côté du feu, en face de Posidionos et de Jaïr.

2

Je m'appelle Gaius Fuscus Salinator.

J'ai été légat du proconsul Licinius Crassus, l'homme le plus riche et le plus puissant de Rome.

Le Sénat lui avait donné tous les pouvoirs afin qu'il anéantisse l'armée de Spartacus, un ancien gladiateur thrace qui avait rassemblé autour de lui des dizaines de milliers d'esclaves révoltés et de miséreux de la plèbe. Depuis près de deux années, il ravageait avec ses bandes toute l'Italie, du Pô jusqu'à la presqu'île du Bruttium.

Il écrasait, humiliait, tuait les préteurs, les consuls et leurs soldats qui l'avaient affronté. Il semblait invincible, les cohortes se débandaient et Rome tremblait. Elle avait fini par confier son destin à Crassus qui m'avait choisi comme l'un de ses légats.

Notre armée, composée de dix légions, s'était mise en marche.

Je chevauchais constamment près de Crassus et admirais son énergie forcenée, sa volonté de vaincre, en même temps que je découvrais sa sauvage brutalité.

Mais nous chassions des bêtes féroces plus que des hommes.

Au bout de quelques semaines de poursuites et de combats, nous avions réussi à contraindre Spartacus à se réfugier dans cette presqu'île du Bruttium qui constitue l'extrémité de l'Italie. C'est là que Crassus avait choisi d'exterminer ses hordes. Il voulait empêcher leur fuite en dressant une palissade de la hauteur de deux hommes et en creusant un fossé de plus de cinq pas de large et trois pas de profondeur.

Cet obstacle, ce mur qui allait d'une côte à l'autre, de la mer Ionienne à la mer Tyrrhénienne, devait être infranchissable.

Les vagues et nos légions encerclaient ainsi Spartacus et ses fauves.

Une nuit d'hiver, alors qu'avec deux centurions je longeais, sous la pluie et la neige, la palissade, nous avons été assaillis par une dizaine d'esclaves qui se tenaient en embuscade, sans doute après avoir tué les sentinelles. Les deux centurions ont été égorgés par des hommes qui ont bondi sur eux comme des tigres. Ils n'ont pu ni crier ni se défendre.

J'ai été blessé, lié, traîné dans le camp des esclaves. J'ai pensé que mes insignes de légat m'avaient sauvé la vie et qu'on me réservait pour l'une de ces exécutions publiques dont les hommes, quels qu'ils soient, apprécient la cruauté.

J'ai perdu conscience.

La chaleur d'un feu m'a réveillé.

J'étais allongé sur le sol, au pied d'une falaise, près des flammes qui consumaient deux gros troncs d'arbres.

Une femme dansait autour du foyer, ses cheveux blonds tombant sur ses épaules, le corps caché par une peau de mouton. Elle s'arrêtait soudain, prenait à deux mains les anses d'une petite amphore, puis, la tête rejetée en arrière, elle buvait. Le vin coulait des commissures de ses lèvres sur sa poitrine.

Trois hommes étaient assis non loin du feu. L'un d'eux s'est levé et s'est avancé vers moi. Il portait une cape de couleur pourpre attachée à son cou par une chaîne d'or. Il était de haute stature. Sa prestance, son expression orgueilleuse, l'intensité de son regard et jusqu'aux rides méprisantes qui cernaient sa bouche, révélaient le chef.

Il a tiré de son fourreau un glaive court de centurion. Il a approché la pointe de sa lame de ma gorge, m'en a éraflé la peau et j'ai senti la brûlure de l'entaille, le sang qui perlait.

— Regarde Spartacus avant de mourir, m'a-t-il dit.

Puis, brusquement, il a rentré son glaive dans le fourreau et s'est assis près de moi.

— Tu es jeune, pour un légat, a-t-il repris. Qui es-tu ?

Je ne voulais pas répondre à ce barbare, à cet esclave.

J'étais magistrat de la République romaine. Je donnais des ordres et n'en recevais pas. J'étais citoyen. Spartacus, lui, n'était qu'une bête parlante.

J'avais suivi avec les légions sa trace sanglante. Les corps de citoyens égorgés, mutilés, de femmes éventrées, les villas réduites en cendres, les arbres fruitiers abattus, les vignes et les moissons saccagées jalonnaient sa route des Abruzzes à la Campanie, de la Lucanie au Bruttium.

Mais le piège s'était refermé sur lui. Nous allions le percer de nos javelots comme un sanglier acculé dans sa tanière.

Et pourtant, peut-être pour le défier, lui faire mesurer son indignité de bête sauvage et la grandeur de Rome, de cette République qu'il avait osé défier, dont il avait rejeté les lois, j'ai fini par lui dire que j'étais Gaius Fuscus Salinator, de la famille des Pedanius, aristocrates d'Espagne, citoyens de Rome pour qui nous avions combattu de père en fils, accédant aux plus hautes charges de la République.

Spartacus m'a considéré avec mépris, une moue déformant sa bouche.

— Tu n'es plus rien, a-t-il dit en se penchant vers moi. Tu as les chevilles et les poignets liés. Tu es semblable à un esclave ou à un gladiateur qu'on va égorger parce qu'il a déplu à ses maîtres. Cette nuit, ici même...

Il a pris une poignée de terre et l'a laissée lentement couler entre ses doigts.

— Toi, tes ancêtres, ta vie valent moins que cela : un peu de sable et de gravier.

Il s'est tourné vers les deux hommes assis de l'autre côté du feu.

La jeune femme continuait de danser, les frôlant, soulevant sa peau de mouton, montrant sa tunique de lin collée à son corps mince et musclé.

— Crassus va vaincre, a repris Spartacus. Demain ou dans quelques jours. Les dieux qui ont voulu la puissance de Rome en ont décidé ainsi. Et je vais mourir. Les dieux ont été généreux avec moi. Ils réclament à présent ma vie, je la leur dois.

Il s'est levé et a commencé à déambuler autour du foyer, enfonçant parfois ses doigts dans sa longue chevelure noire, serrant sa tête entre ses paumes. Puis il s'est arrêté, a posé une main sur l'épaule de l'un des hommes, et l'autre sur celle du second.

— Crassus veut que notre sang recouvre ce que nous avons fait. Il veut que l'on ne se souvienne que de notre châtiment, des supplices qu'il va nous infliger. Il faut, pour sa grandeur et celle de Rome, que nos victoires soient oubliées. Qu'aucun homme ne sache qui était Spartacus. Toi, Posidionos...

Il s'adressait au plus vieux des deux hommes, le chauve au visage rond dont j'imaginais, sous le long manteau, le corps replet.

— Tu m'as lu les histoires des Grecs, comment ils ont vaincu les empires. Tu as traversé la mer, enseigné à Rhodes, vécu à Délos et à Rome. Les Grecs, grâce à toi, ne sont pas morts. Quant à toi, Jaïr...

L'autre homme était maigre ; les joues creusées, le regard ardent, des mèches bouclées couvraient son front osseux.

— ... tu viens de Judée. L'histoire de ton peuple est tout entière dans un livre, m'as-tu dit. Et chacun connaît ainsi ton Dieu, le courage et la foi de tes ancêtres.

Spartacus s'est approché de moi, m'a touché de la pointe du pied, puis s'est accroupi.

— Celui dont on se souvient ne meurt pas, a-t-il dit.

22

Tout à coup, il a noué ses mains autour de mon cou et a commencé à serrer. C'était comme un collier de fer.

— Si tu veux vivre, légat..., a-t-il repris.

J'ai ouvert la bouche pour tenter de respirer. Ses pouces m'ont écrasé la gorge et j'ai eu l'impression que mes yeux allaient éclater, jaillir des orbites.

Le collier de ses doigts s'est quelque peu desserré.

— Je te laisse la vie, légat, si tu promets à Zeus, à Dionysos, à tous les dieux que tu honores de tes sacrifices et de tes prières que tu protégeras Posidionos le Grec, Jaïr le Juif et Apollonia, qui vient de Thrace comme moi. Ils te raconteront l'histoire de Spartacus et tu la feras connaître quand tu le jugeras bon. Peut-être attendras-tu, si tu es prudent – et tu l'es, légat, je le sens ! –, que Crassus soit mort. Mais, si tu refuses...

J'ai senti ses ongles s'enfoncer dans ma chair.

— Choisis, ou mes mains t'étoufferont. J'ai les pouces plus durs que le métal, capables d'arracher ta tête de ton corps, légat ! Mais si tu promets, tu partiras cette nuit avec eux. Ils seront à toi. Tu te feras reconnaître par les sentinelles romaines. Tu diras qu'ils t'ont sauvé, aidé à fuir. Tu es légat, on te croira. On respectera ta décision de les garder en vie. Ils seront tes esclaves. Tu les écouteras. Posidionos et Jaïr ont été des maîtres du savoir des lettres. Les livres sont leur pain. Apollonia, elle, parle avec les dieux. Moi, je ne suis qu'un guerrier thrace, mais ma lignée vaut la tienne : mes ancêtres ont été des hommes libres, des rois de leurs tribus. Ce sont des Romains comme toi qui m'ont réduit à la servitude et ont fait de moi un gladiateur promis à la mort. Mais les dieux généreux m'ont donné la gloire et la joie d'être à nouveau un homme libre à la tête d'une armée d'hommes, eux aussi, redevenus libres. Je veux qu'on sache tout cela !

Il m'avait serré le cou, son front appuyé au mien.

— Est-ce que je t'arrache la tête, légat ?

J'ai choisi d'avoir la vie sauve.

J'ai accepté la proposition de Spartacus et, après avoir regagné le camp romain, j'ai fait conduire Apollonia, Posidionos et Jaïr dans ma villa de Capoue.

Puis j'ai repris ma place auprès de Crassus.

Nous avons livré plusieurs batailles dans la presqu'île du Bruttium. Et nous avons vaincu.

J'ai vu mourir Spartacus et j'ai marché le glaive au poing parmi les cadavres de ses partisans.

J'ai entendu Crassus donner l'ordre de dresser six mille croix le long de la via Appia, entre Capoue et Rome, afin que soient suppliciés les esclaves que l'on n'avait pas égorgés après le combat.

Les cris et les râles des hommes et des femmes crucifiés m'ont hanté.

Puis je suis rentré à Capoue.

Ma villa est située non loin de cette école de gladiateurs, de ce *ludus* où a débuté la guerre de Spartacus.

Ce que j'écris d'elle et de lui au terme de ma vie, alors que Crassus est mort depuis des lustres et que la République se déchire entre fidèles et ennemis de Caius Julius Caesar, ce sont Posidionos le Grec, Jaïr le Juif et Apollonia la Thrace, prêtresse de Dionysos et devineresse, qui me l'ont appris.

PREMIÈRE PARTIE

3

Elle et lui, Apollonia et Spartacus, étaient de Thrace, le pays des hommes libres.

C'était le jour de leur union.

Ils se tenaient debout côte à côte dans une salle ronde au centre de laquelle se trouvaient une vasque de bronze posée sur un trépied et une statue de Dionysos en marbre veinée de rouge et de noir.

Un feu brûlait au creux de la vasque et les flammes éclairaient la couronne d'or qui ceignait la tête de Dionysos. Souvent, des jeunes femmes en tunique blanche venaient répandre des essences sur le feu, et les flammes jaillissaient, faisant surgir de la pénombre le long collier de fleurs qui descendait bas sur la poitrine du dieu et la verge dressée à laquelle étaient suspendues deux grappes de raisin aux grains charnus.

Cox, l'oracle de ce temple de Dionysos, s'était approché.

L'homme était vieux. Son visage émacié était à demi masqué par sa barbe et ses longs cheveux.

Il avait saisi les mains d'Apollonia et de Spartacus et les avait jointes, les serrant entre ses doigts osseux, puis avait dit :

— Soyez libres comme ces flammes sacrées qui brûlent pour Dionysos ! Il est venu en Thrace, il y a allumé ce feu de liberté pour qu'aucun homme, aucune femme de ce pays n'accepte la soumission, la servitude. Soyez fidèles à la volonté de Dionysos ! Que jamais aucune chaîne n'enserre vos poignets ! Toi, Apollonia, tu es fille d'Apollon, tes cheveux ont la couleur du soleil. Toi, Spartacus, tu as la force des torrents de tes montagnes, tu es fils de roi.

Il s'était éloigné. L'une des jeunes femmes lui avait tendu une petite amphore d'argent. Il l'avait soulevée, avait bu, puis l'avait tendue à Spartacus et à Apollonia qui l'avaient à leur tour portée à leurs lèvres. Alors les jeunes femmes les avaient entourés cependant que des joueurs de flûte avaient commencé d'égrener leurs trilles, poussées par le vent de cette saison printanière.

La fête des corps, dans l'ivresse de la danse et du vin, s'était prolongée bien au-delà du crépuscule.

De jeunes guerriers avaient accroché des torches aux colonnes du temple. Elles éclairaient le terre-plein, les bosquets, la forêt de pins, et leurs lueurs se reflétaient en contrebas sur l'étendue de plus en plus noire de la mer.

Cox s'était assis sur les marches du temple, bras croisés, suivant des yeux les rondes des jeunes gens qui disparaissaient dans la futaie.

Apollonia avait été entraînée par les joueurs de flûte, Spartacus par les jeunes femmes en tunique blanche. L'on avait entendu les rires et les chants, deviné les corps mêlés.

Au milieu de la nuit, Apollonia était revenue seule et s'était assise près de Cox.

L'oracle avait posé sa main sur le genou d'Apollonia, rappelant qu'il lui avait donné ce nom dès qu'il avait vu ses cheveux blonds pareils à ceux des Barbares venus du Nord.

Elle se souvenait de cette première rencontre.

Elle s'était enfuie du village et avait marché jusqu'au temple de Dionysos. L'oracle l'avait accueillie, l'entraînant au pied de la statue du dieu. Il lui avait présenté la petite amphore d'argent et l'avait invitée à boire.

La chaleur avait alors envahi le corps d'Apollonia et elle avait eu l'impression qu'on la soulevait avant de la précipiter dans un abîme.

Lorsqu'elle était revenue à elle, elle était allongée nue dans la salle ronde qu'éclairait le feu sacré brûlant dans la vasque de bronze.

Cox était agenouillé près d'elle et frottait contre ses seins et ses cuisses de fines branches au bout desquelles étaient accrochées des pommes de pin.

Apollonia avait frissonné, éprouvé du plaisir à sentir contre sa peau ces écailles rugueuses comme des griffes d'arbre, dont Cox lui avait dit qu'elles avaient des pouvoirs n'appartenant qu'aux dieux.

Elle s'était légèrement soulevée en prenant appui sur ses coudes et elle avait découvert que ses cuisses étaient maculées de sang.

— Dionysos est entré en toi, avait murmuré Cox. Tu es désormais sa prêtresse.

Jour après jour, et chaque nuit il lui avait appris tous les jeux du corps qui donnent du plaisir.

Il l'avait instruite afin qu'elle sache honorer Dionysos, connaître les désirs et les prédictions du dieu.

Elle avait célébré sa puissance, et, peu à peu, à un signe dans le ciel, à un mouvement des branches, au crépitement du feu, elle avait su deviner l'avenir et lire le destin de ceux qui entraient dans le temple afin de consulter l'oracle.

— Maintenant, tu es devineresse, lui avait dit Cox. Laisse-toi porter par la volonté de Dionysos. Écoute-le : il parle en toi !

Un jour, des guerriers du peuple mède en provenance de l'est de la Thrace, de la région du Strymon, et qui se dirigeaient vers la côte, avaient fait halte sur le terre-plein.

Apollonia s'était approchée avec les autres prêtresses de Dionysos. Mais elle avait refusé de se mêler aux danses et aux jeux.

L'un des guerriers était resté, comme elle, à l'écart. C'était le plus grand de tous. Sa chevelure noire couvrait son front et ses joues. Son corps était cambré, ses muscles, comme d'épaisses nervures, parcouraient ses épaules, son torse, ses bras et ses jambes.

Apollonia avait eu envie de caresser ce corps et était allée vers lui avec une amphore remplie d'huile ; lentement elle avait commencé à verser l'huile sur la nuque, le cou, les cuisses de l'homme, puis à masser ses muscles qui durcissaient sous ses paumes.

32

Elle avait empoigné sa verge dressée, aussi tendue que celle de Dionysos.

Elle avait pensé que le dieu s'était glissé dans le corps de ce jeune guerrier qu'elle avait embrassé à pleine bouche toute la nuit durant.

À l'aube, il s'était endormi et Apollonia était restée près de lui, assise sur les talons, bras tendus, les paumes posées, doigts écartés, sur la poitrine de l'homme, aussi dure que la pierre.

Elle avait voulu que chaque trait de ce visage aux lignes pures, sculpté comme celui de la statue de Dionysos, se grave en elle.

Lorsque le soleil avait recouvert son corps d'une lumière blonde, l'homme avait rouvert les yeux.

Il avait froncé les sourcils, ébloui, et elle avait remarqué qu'une ride profonde partageait alors son front, comme une blessure.

Apollonia avait eu envie de hurler, comme si elle avait deviné qu'une lame un jour trancherait ce visage en deux.

Elle avait dit :

— Moi, Apollonia, je suis à toi comme je suis à Dionysos.

Il s'était soulevé, lui avait saisi les poignets :

— Mon nom est Spartacus. J'appartiens au peuple mède. Je suis guerrier de Thrace, fils du roi de ma tribu. Je te prends avec moi aussi longtemps que les dieux le voudront.

Il l'avait attirée à lui, la forçant à coller son corps contre le sien.

— Tant que le sang coulera en moi, avait-il ajouté, jusqu'à ce que...

Elle lui avait fermé la bouche avec ses lèvres pour l'empêcher de prononcer le nom du souverain des morts.

Le lendemain, Cox, l'oracle de Dionysos, les avait unis.

4

Spartacus et Apollonia vécurent libres comme des loups.

Ils marchaient côte à côte et, à chaque pas, leurs épaules et leurs hanches se frôlaient.

Une meute d'une dizaine de guerriers et de trois jeunes prêtresses de Dionysos les suivaient.

Lorsque Spartacus s'immobilisait, levant le bras, les guerriers se rapprochaient de lui. Il leur montrait au loin, sur les hauteurs qui dominent la côte du Pont-Euxin ou celle de la mer Égée, les palissades et les tours de guet d'un camp romain.

Les légions avaient débarqué en Thrace depuis plusieurs saisons, mais elles ne s'étaient pas enfoncées dans les vallées, dressant leurs tentes, creusant des fossés, traçant les allées du camp à quelques centaines de pas du rivage. Mais des patrouilles composées de quelques hommes et d'un centurion s'aventuraient loin du camp, pénétrant jusqu'aux monts Haemos et Istranca.

C'est Apollonia qui, la première, avant même qu'on les vît ou les entendît, devinait leur approche.

Elle saisissait le poignet de Spartacus pour qu'il ne tire pas son glaive. Elle le forçait à gagner les sous-bois, à se tapir derrière les buissons, à laisser passer cette petite troupe dont les boucliers, les javelots, les glaives, les armures brillaient.

Leur assurance, leur marche lente et régulière, leur armement, les casques et parfois les chevaux fascinaient Spartacus et les guerriers. Ils suivaient dans le couvert du sous-bois l'avance des Romains.

Lorsque la nuit tombait, ils observaient comment le centurion choisissait avec soin le lieu de leur campement, organisant sa défense, allumant de grands feux autour desquels veillaient des sentinelles.

— Ils ont peur des loups de Thrace, murmurait Apollonia.

Personne, ajoutait-elle, ni Darius le Perse, ni Philippe le Macédonien, ni les Athéniens, ni les Barbares, n'avait pu vaincre ou domestiquer le peuple de Dionysos.

Les Romains n'y réussiraient pas non plus.

Apollonia s'éloignait, s'enfonçait dans la forêt, et Spartacus comme à regret la suivait.

Elle avait découvert à flanc de falaise, loin du campement romain, une grotte. Elle rassemblait des branches sèches et bientôt les flammes jaillissaient au centre de la cavité.

On faisait griller deux chevreaux achetés à des bergers. Apollonia détachait de son collier une fiole afin que chacun s'humectât les lèvres de ce liquide qui brûlait et qu'elle confectionnait en pilant des herbes, puis en les plongeant et en les faisant macérer dans de l'eau bouillante.

Après quoi, les guerriers offraient le vin de leurs amphores. L'un d'eux sortait sa flûte et les jeunes prêtresses de Dionysos commençaient à danser. Les corps se dénudaient tout en s'étirant et en se ployant avant de s'étendre et de se mêler les uns aux autres.

Comme depuis la première nuit, Spartacus et Apollonia se tenaient à l'écart, restant sur le seuil de la grotte à fixer les feux romains qui illuminaient, au-delà de la forêt, l'horizon.

— Ils ont la force des chasseurs, murmurait Spartacus. Nous avons l'instinct des loups. Mais, à la fin, les chasseurs tuent les loups et les écorchent pour se faire des vêtements de leurs peaux et de leur pelage.

Spartacus était assis jambes croisées, les mains sur les genoux, le dos droit, regardant devant lui.

— Je ne veux pas connaître le sort d'un loup, avait-il ajouté.

— Tu veux donc devenir chasseur ?

Il avait baissé la tête, le menton calé sur la poitrine.

Apollonia avait posé la main sur la nuque de Spartacus.

— Tu ne seras jamais romain, lui avait-elle dit. Tu resteras toujours un loup de Thrace. Les Romains te lieront bras et jambes. Tu seras leur esclave !

— Je deviendrai un soldat de leurs légions. Je porterai leur armure. Je serai plus courageux et plus fort que n'importe lequel d'entre eux. Ils reconnaîtront en moi le fils de roi, le guerrier.

— Ils te traiteront comme une bête sauvage. Et tu vaudras moins qu'un cheval.

Spartacus avait secoué la tête afin qu'Apollonia retire sa main.

— Je serai l'un d'eux, avait-il répété en se levant.

5

L'hiver vint. Il fallut disputer les chevreaux aux loups. Leurs meutes affamées s'approchaient si près du feu sur lequel grillait la viande qu'Apollonia disait apercevoir leurs yeux gris malgré les bourrasques de neige.

Elle invoquait Dionysos afin qu'il chassât ces bêtes aussi sauvages et aussi cruelles que les Daces, ces barbares venus du Nord, d'au-delà le grand fleuve, et que le vent glacial semblait pousser vers la Thrace.

Un jour qu'il faisait un froid si rigoureux que la neige et la terre gelées craquaient sous les pas et que les pierres éclataient avec un bruit de foudre, Apollonia écarta les bras, demandant à chacun de se taire afin qu'elle pût mieux entendre le choc des lames qui se heurtaient, les cris des blessés. Elle décrivit tout cela, que personne ne percevait, mais Dionysos lui avait donné le pouvoir de prédiction, celui d'entendre les bruits lointains et de voir ce qui n'était pas encore apparu.

Spartacus disait qu'elle était comme une louve qui, alors que rien ne bouge, dresse les oreilles et sent l'ennemi.

— Les Daces ! Ils vont vaincre, avait-elle murmuré d'un ton las.

Elle savait qu'elle ne pourrait retenir Spartacus et les guerriers. Déjà ils tiraient leurs glaives, s'élançaient dans la direction que, bras tendu, Apollonia leur indiquait.

Elle courut derrière eux dans le sous-bois. Ils cassaient ou pliaient les branches d'un coup d'épaule, et la neige tombait sur le sol avec un bruit d'étoffe froissée. La couche blanche était si épaisse et si dure qu'on ne s'y enfonçait pas. La surface brillante crissait sous les pas et s'étoilait sans se briser.

Spartacus surgit ainsi, entouré de ses guerriers, dans une clairière et y vit des hommes qui s'affrontaient, glaives et javelots brandis. À leurs longs cheveux noirs rassemblés en touffe au sommet de leur nuque, il reconnut les Daces et il se précipita sur eux, glaive levé. Les Daces étaient plusieurs centaines, mais ils furent surpris par cet assaut qui les prenait à revers.

À cet instant, malgré la neige qui recommençait à tomber, Spartacus aperçut les emblèmes romains, les aigles, les casques et les armures des légionnaires. Les Daces encerclaient une centurie romaine qui formait, avec ses boucliers, une sorte de carapace contre laquelle venaient se briser lances, javelots, épieux acérés. Mais le nombre des Barbares était tel que la centurie allait être submergée. Les Daces piétinaient les cadavres de leurs guerriers qui constituaient autour de la centurie romaine un marchepied permettant, en l'escaladant, de se jeter par-dessus les boucliers au beau milieu des légionnaires.

C'est alors que Spartacus et sa troupe avaient surgi. Leurs cris furent si puissants, leur attaque si violente, leur élan si grand que les Daces crurent que des centaines d'hommes les assaillaient.

Ils commencèrent alors à fuir vers la forêt cependant que Spartacus et les guerriers de Thrace les poursuivaient, les frappant à la gorge ou à la nuque à grands coups de glaive.

Il n'y eut bientôt plus dans la clairière, sur la neige, que les taches noires des corps et les rouges auréoles du sang.

Spartacus entendit l'éclat d'une trompette, puis un martèlement sourd. Il se retourna : les Romains avançaient sur deux lignes. Ils portaient leur bouclier rectangulaire et plat accroché au bras gauche et achevaient les blessés avec leur javelot ou leur glaive. Une cuirasse aux reflets argentés enserrant son buste, le métal travaillé reproduisant les muscles de son torse, un homme de haute taille marchait au milieu d'eux. Son casque s'ornait d'un panache allant d'une oreille à l'autre.

Il fit un signe et les légionnaires s'arrêtèrent alors que lui-même continuait à se diriger vers Spartacus.

Il s'immobilisa à quelques pas, surpris de voir Apollonia et les trois prêtresses de Dionysos s'approcher de Spartacus que ses guerriers thraces entouraient.

— Tu t'es battu comme un Romain, dit le centurion.

Il parlait grec.

— Les dieux vous ont envoyés, toi et les tiens, au moment le plus incertain de la bataille, continua-t-il. Tu as taillé dans le corps de ces Barbares comme on émonde un arbre. Qui es-tu ?

— Et toi ? demanda Spartacus.

Il avait gardé son glaive hors du fourreau. La neige qui tombait en rafale enveloppait les légionnaires romains d'un voile épais et blanc. Mais les cottes de mailles, les casques et les armes dessinaient des formes sombres.

— Je suis le centurion primipile qui commande la première cohorte de la VIIe Légion de la République romaine, répondit-il.

Il se tourna vers ses soldats.

— Voici tout ce qui reste de ma centurie. Les Daces sont aussi dangereux que les loups des montagnes de Thrace, que les fauves d'Afrique et que les serpents de Macédoine.

Il fit un nouveau pas.

— Mon nom est Nomius Castricus.

Il était maintenant si proche de Spartacus que celui-ci distinguait la large cicatrice qui fendait la joue droite du centurion.

— Je ne sais toujours rien de toi, reprit Castricus. Sinon – et cela m'a satisfait – que tu t'es battu pour Rome contre les Barbares. Mais qui es-tu ?

— J'appartiens au peuple mède, l'un de ceux dont la Thrace est le pays.

Il frappa la neige durcie du talon.

— C'est notre terre. Elle est libre, comme les hommes qui la possèdent.

— Tu es fier, remarqua Castricus.

— La lignée des Spartacus a régné sur les tribus de Kertch, au bord de la mer.

Nomius Castricus resta silencieux, contemplant autour de lui cette neige couverte de morts et de sang. Puis, d'un geste lent, il saisit la garde de son glaive et recula d'un pas, se tournant vers ses hommes immobiles qui ne l'avaient pas quitté des yeux, leurs javelots et leurs glaives appuyés à l'épaule droite, le corps légèrement penché en avant, comme prêts à s'élancer contre ces guerriers thraces dont l'attitude résolue les étonnait, les inquiétait.

Il y eut même des murmures d'impatience quand ils sentirent que Nomius Castricus hésitait, évaluant peut-être le temps qu'il faudrait à ses hommes pour le rejoindre et les chances qu'il aurait, en frappant le premier, d'abattre ce chef des Thraces dont le ton orgueilleux l'avait irrité.

Tout à coup, l'une des femmes, celle aux longs cheveux blonds, esquissa un pas de danse, faisant virevolter ses bras, et les trois autres jeunes femmes formèrent autour d'elle une ronde. C'était comme une fleur qui s'ouvrait, les corps s'inclinant en arrière, les cheveux traînant jusque dans la neige.

Nomius Castricus croisa les bras.

— Connais-tu la puissance de Rome? demanda-t-il. Il n'est pas un rivage de cette mer dont tu me parles que ses légions n'aient foulé du pied et conquis. Pas un peuple qui ait osé se dresser contre elle et qui n'ait dû s'agenouiller devant ses emblèmes, reconnaître la majesté de ses aigles et leur puissance.

D'un mouvement de tête, Castricus avait montré les enseignes de Rome dont des légionnaires avaient planté les hampes dans la neige.

— Rome est généreuse pour les peuples qui deviennent ses alliés, reprit Castricus. Si tu veux rester fort et fier, Thrace, sois avec elle comme tu l'as été aujourd'hui ; ne quitte jamais ce chemin !

Brusquement, Spartacus avait levé son glaive et Nomius Castricus avait reculé, empoignant son arme.

— Rome veut-elle mon glaive et le bras qui le tient ? dit Spartacus.

Il avait marché vers ses guerriers. Le cercle des prêtresses de Dionysos s'était ouvert et Spartacus avait posé la main sur l'épaule d'Apollonia.

— Cette femme est avec moi. Si tu veux l'arme et le bras, il faut la prendre aussi avec tous ceux qui voudront m'accompagner.

Castricus avait hoché la tête, tendu le bras vers les emblèmes de Rome.

— C'est le tribun Calvicius Sabinius, qui commande la VIIe Légion, qui te répondra. Je lui dirai comment tu as combattu pour Rome. Il y a toujours de la place pour d'intrépides guerriers dans l'armée de la République. Chacun peut y servir selon sa valeur. Les Crétois sont archers ; les Germains, cavaliers ; les natifs des Baléares, frondeurs. Regarde-moi, guerrier thrace : je suis né loin de Rome, dans la Gaule cisalpine, et je commande la première cohorte de la VIIe Légion. Rome honore la valeur de ceux qui acceptent ses lois.

Spartacus avait lentement rengainé son glaive dans le fourreau.

Les dieux avaient exaucé son désir.

6

Spartacus ne ploya pas la nuque devant le tribun Calcinius Sabinius.

— Que veux-tu pour récompense, toi qui t'es battu pour Rome ? lui avait demandé celui-ci.

Assis sur une estrade placée au croisement des deux voies qui partageaient le camp de la VIIe Légion, il avait le menton levé, la bouche dédaigneuse. Sa voix était lasse et méprisante.

Des légionnaires encadraient l'estrade, jambes légèrement écartées, le poing gauche fermé sur leur poitrine, le droit serré sur la hampe de leur javelot. Un porte-enseigne se tenait au côté du tribun.

Au pied de l'estrade, le centurion Nomius Castricus avait la main posée sur la garde de son glaive comme s'il avait craint que Spartacus ne se précipite sur l'estrade pour tenter d'égorger Sabinius.

— Que demande-t-il ? répéta le tribun, penché vers Castricus.

Spartacus se retourna, parcourut des yeux cette voie qui partageait le camp de porte à porte. À chaque pas qu'il avait fait après avoir franchi le fossé, puis l'intervalle séparant la palissade des tentes, et avoir ainsi pénétré dans le camp, il avait eu l'impression de s'enfoncer dans une nasse dont il ne pourrait s'échapper qu'avec l'aide des dieux.

Il avait regardé Apollonia. Elle paraissait sereine, souriante, semblant voleter sur la neige, suivie par les trois prêtresses de Dionysos. Il avait compris les questions du tribun et la réponse de Castricus. Des fantassins auxiliaires d'origine thrace et grecque étaient rassemblés à quelques centaines de pas du camp. Spartacus et les siens pouvaient les rejoindre. Étant de lignée royale, il était à même de susciter de nombreux enrôlements. Or l'armée avait besoin de fantassins pour contrôler ce pays de montagnes et de forêts, et repousser les invasions des Barbares.

— Ils sont valeureux, avait précisé Castricus.

Le tribun s'était levé, était descendu de l'estrade, suivi par le porte-enseigne. Il s'était approché de Spartacus, l'avait fixé sans que celui-ci baissât les yeux, puis il s'était campé devant Apollonia et avait longuement détaillé son corps, jetant de temps à autre un coup d'œil à Spartacus.

— Je te la laisse, avait-il enfin lâché. Elle sent la chèvre.

Il avait souri, s'était éloigné, faisant un geste à Castricus.

Le centurion s'était tourné vers Spartacus.

— Te voici auxiliaire de l'armée romaine, avait-il dit.

Il lui avait serré le bras au-dessus du coude.

— Il te faudra apprendre. Même un citoyen de la République baisse les yeux devant son tribun. Et tu n'es qu'un Thrace, Spartacus.

D'un mouvement brusque, Spartacus avait dégagé son bras.

Castricus s'était écarté vivement.

— Ne lève jamais la main sur un citoyen de Rome ! avait-il dit.

Mais, dès ce premier jour, Spartacus avait eu envie de saisir à la gorge ces légionnaires romains qui commandaient les auxiliaires.

Ils hurlaient leurs ordres comme on s'adresse à des chiens.

Ils défiaient les plus faibles des Thraces et des Grecs afin de les rouer de coups, puis de les contraindre à s'agenouiller, à demander grâce, à jurer obéissance et fidélité à Rome.

Ceux qui résistaient trop longtemps avaient les oreilles et le nez tranchés, les mains coupées, les yeux crevés afin que chacun, en Thrace et en Grèce, ait vent de ce qu'il advenait des rebelles. D'autres, liés par le cou, jambes entravées, étaient voués à l'esclavage, marqués au fer rouge sur les joues et le front, comme des bêtes de somme.

C'était donc cela, Rome ?

Autant mourir !

Mais, à l'instant où il allait bondir, Apollonia lui saisissait les poignets, le forçait à repousser son glaive dans le fourreau.

— Ne te bats pas, murmurait-elle. Les dieux, je le sais, te réservent un autre destin. Dionysos veille sur nous. Laisse-moi agir !

Elle s'approchait des légionnaires en compagnie des trois jeunes prêtresses de Dionysos. Elle s'accrochait au cou de l'un d'eux, l'entraînait. Elle demandait à boire.

Les jeunes prêtresses commençaient à danser. On célébrait Dionysos. Les Romains oubliaient

Spartacus qui s'éloignait, faisant lentement le tour du campement, poings serrés, la rage lui nouant la gorge.

Au-delà de l'espace autour du campement qui avait été déboisé par les soldats, il regardait la forêt, les sommets enneigés. Pourquoi les dieux l'avaient-ils aveuglé en lui suggérant de se mettre au service de Rome alors qu'elle n'offrait que honte et servitude ?

Autant mourir !

Les sentinelles lui intimaient l'ordre de s'éloigner des fossés et des palissades. S'il s'y refusait, elles alerteraient les légionnaires romains et Spartacus connaîtrait le sort que le centurion Nomius Castricus réservait à ceux qui tentaient de fuir. Ils étaient accusés de trahison, parfois mutilés, toujours réduits en esclavage ; quelques-uns d'entre eux avaient été crucifiés à la porte du camp afin que chacun les vît et entendît leurs râles, les cris et les battements d'ailes des rapaces qui venaient leur picorer les yeux, le visage.

Spartacus regagnait la tente. Il retrouvait Apollonia accroupie, traçant à l'aide d'une branchette des signes dans la terre, puis les effaçant de sa paume, murmurant à Spartacus :

— Je suis lisse comme cette terre : Dionysos efface ce qui ne doit pas rester en moi. Le vin dispense la joie et l'oubli. Bois, Spartacus !

Elle lui tendait une amphore, peut-être le cadeau de l'un de ces légionnaires. Spartacus l'écartait de ses lèvres. Il serrait la nuque d'Apollonia, ployait son corps. Elle se laissait prendre et il avait l'impression qu'elle l'entraînait dans une danse et une ivresse qu'il ne pouvait maîtriser, qui, au lieu de l'épuiser, lui insufflait de la force, la certitude que les dieux allaient le reconduire vers les forêts, là où il serait libre, et non pas soldat de Rome, traité comme un esclave, un chien qui doit aboyer et mordre quand ses maîtres lui en crient l'ordre.

Il aspirait à revivre dans la liberté du loup.

— Il faut repartir vers les forêts, avait-il murmuré à Apollonia.

Elle s'était redressée, de nouveau elle avait tracé avec la branche des arabesques sur le sol, les avait effacées, en avait composé d'autres, balançant la tête au gré d'un mouvement de plus en plus ample.

Elle l'avait enfin enlacé, ses mains lui enserrant la verge, sa langue lui léchant les lèvres et le cou.

— Laisse-toi guider, avait-elle dit.

Il n'avait su que fermer les yeux.

Apollonia lui avait ainsi appris chaque nuit la maîtrise du corps et de l'âme. Elle le forçait à ouvrir ses poings que la colère fermait comme des coquillages. Elle lui massait les doigts, ses propres mains glissant le long des phalanges, du poignet, des bras, caressant les épaules, le cou et la nuque.

Mais Spartacus était comme un chien enragé.

Le centurion Nomius Castricus l'avait humilié une nouvelle fois, le contraignant à sortir des rangs afin de s'agenouiller, lui, descendant d'une lignée royale, celle des Mèdes de Kertch, devant l'aigle de Rome.

Spartacus avait hésité. Mais Nomius Castricus se tenait à plusieurs pas, entouré de sa garde, le défiant du regard. Et il s'était incliné devant l'enseigne, enfonçant ses genoux dans la neige.

Castricus lui avait alors lancé :

— Rentre dans le rang, Thrace ! Et n'oublie jamais qu'un citoyen de Rome a droit de vie ou de mort sur les peuples qu'il a soumis. Un citoyen de Rome ne se bat pas contre un esclave ou un Barbare. Il punit. Il égorge. Mais il sait aussi récompenser.

Puis, se retournant, il avait crié :

— Baisse les yeux, Spartacus, ou je te les fais crever !

— Il ouvre des pièges devant toi, avait expliqué Apollonia.

Elle avait enduit la poitrine et les cuisses de Spartacus d'une mince pellicule d'huile et elle lui caressait la peau, d'abord d'un doigt léger, puis lui pinçant la chair, saisissant le muscle entre ses ongles.

— Si tu te débats, ajoutait-elle, la lame du piège s'enfoncera en toi, ta plaie sera plus large et plus profonde, ton sang s'écoulera. Tu seras vaincu. Apprends la patience, Spartacus. Dionysos te guette et t'observe. Il te met à l'épreuve. Il veut savoir si tu mérites l'attention qu'il te porte. Si tu sais attendre, il t'aidera.

Apollonia posait ses mains sur les épaules de Spartacus qui se laissait aller, respirait plus lentement, les paumes ouvertes tournées vers le ciel.

— Ne bondis pas sur le plaisir, la vengeance ou l'ennemi, ajoutait-elle. Laisse-les venir à toi.

Il semblait à Spartacus que tout le sang qu'il avait dans le corps refluait, là, dans son bas-ventre sur lequel se penchait Apollonia, lèvres entrouvertes.

Ainsi passa l'hiver.

Une nuit, alors que le vent soufflait en bourrasques, Apollonia l'avait réveillé.

— Cette nuit, Dionysos nous envoie la dernière tempête, avait-elle dit. C'est la plus forte. Elle nous protégera.

Ils s'étaient glissés hors de la tente, s'enfonçant dans la neige qui emplissait le fossé. Les flocons tombaient si dru qu'ils étouffaient les bruits, effaçaient en quelques instants toutes les traces.

Ils s'étaient ainsi rapprochés de la porte qu'on appelait décumane.

Blottie contre la palissade, la sentinelle avait la tête enveloppée dans sa cape.

Apollonia s'était avancée vers elle, puis, au moment où elle semblait s'offrir, ouvrant les bras, Spartacus avait terrassé l'homme.

— Ne le tue pas, avait-elle murmuré. Laisse Nomius Castricus le punir.

Spartacus avait poussé la sentinelle dans le fossé.

Ils avaient traversé en courant, la neige les frappant en pleine face, l'espace déboisé qui entourait les camps de la VIIe Légion et de son corps d'auxiliaires.

Ils n'avaient fait halte qu'après avoir marché jusqu'à la nuit suivante dans la forêt. C'était Apollonia qui choisissait la route, s'arrêtant parfois, invoquant Dionysos, levant les yeux vers la cime des arbres pour savoir d'où soufflait le vent.

— Il faut aller vers la mer grecque, avait-elle indiqué. Là où est apparu un jour Dionysos.

Spartacus la suivait à quelques pas, aux aguets.

À la fin du deuxième jour, il avait tué un loup qui s'élançait sur Apollonia. Il avait dépecé l'animal, lourd et vieux. Sa viande, qu'ils avaient mangée crue, encore tiède, était âcre et coriace.

7

Lorsqu'elle aperçut la mer, Apollonia s'arrêta, tendit le bras vers l'horizon puis s'agenouilla sur le sol avant de s'y allonger, le ventre et la bouche contre la terre sèche.

La neige avait fondu depuis longtemps et le ciel avait bleui.

Aux sombres et denses forêts du nord de la Thrace qu'Apollonia et Spartacus avaient parcourues jour après jour avaient succédé des bois de pins.

Spartacus s'adossa à l'un de ces arbres.

En fixant le lointain, il fut d'abord ébloui par la surface étincelante de la mer, puis il distingua à quelques centaines de pas seulement, sur une éminence, un temple aux hautes colonnes sculptées soutenant un toit plat, fait de blocs de marbre blanc.

Apollonia s'était redressée.

— Cybèle, la grande déesse, la grande Mère de tous les dieux, nous attend dans son sanctuaire, dit-elle en écartant les bras.

Tout à coup, ils entendirent des cris, les sons aigrelets des flûtes courbes, le battement sec des tambourins, le choc des cymbales, la rumeur sourde de phrases et de chants répétés. Ils virent, sortant du temple de Cybèle, des hommes nus qu'accompagnaient des femmes à peine vêtues d'une blanche tunique de tissu léger.

Autour d'eux se pressait une petite foule qui psalmodiait.

— C'est le jour du sang, murmura Apollonia en se mettant à marcher vers le temple.

Spartacus la suivit, puis s'arrêta cependant qu'elle se mêlait à la foule.

Les hommes nus hurlaient. Spartacus vit leurs bras se lever. Ils tenaient dans leurs poings des couteaux, des tessons de céramique. Ils se frappaient la poitrine, les avant-bras, les cuisses et même le visage. Le sang en jaillissait.

Certains, penchés, se tranchaient une partie du sexe qu'ils brandissaient en gesticulant.

La foule s'était écartée et le cortège ensanglanté faisait le tour du sanctuaire.

Quelques hommes s'agenouillaient, d'autres chancelaient. Tous criaient le nom de Cybèle, la grande Mère, pour qui ils versaient leur sang afin de célébrer leurs épousailles avec elle.

Spartacus rejoignit Apollonia. Les yeux exorbités, elle entonnait les chants des autres femmes.

Elle se tourna vers Spartacus et parut effrayée quand elle découvrit son expression de dégoût et l'entendit crier que se lacérer de la sorte était un acte de pure folie.

On ne devait verser son sang que dans les combats, pour défendre sa liberté, sa terre, sa lignée, mais non pas dans ces danses au cours desquelles des hommes se mutilaient, fiers, ivres de leurs

54

blessures et de leurs souffrances, leurs chairs taillées exhibées comme des trophées.

Il fit un pas, écartant la foule d'un mouvement
des épaules, et leva le poing, menaçant, tout en
repoussant Apollonia qui tentait de le retenir et
répétait :

— C'est le jour du sang ! Il faut honorer la
grande déesse Cybèle, Mère des dieux. Elle exige
ce sacrifice. Elle se nourrit du sang des hommes
pour enfanter les dieux !

Spartacus parut ne point l'avoir entendue. Il
marcha à la rencontre des hommes nus dont le
corps n'était plus qu'une plaie. Ils se frappaient
les uns les autres, se tenant par les épaules afin
de demeurer debout, enlacés, se tailladant le dos,
puis essayant d'avancer, jambes flageolantes,
cuisses rougies. De leur moignon de sexe le sang
coulait.

Spartacus se plaça devant eux, bras écartés.

— Vous n'obéissez pas aux dieux de la vie, aux
dieux protecteurs, aux dieux généreux, leur cria-
t-il, mais aux puissances des ténèbres et des
abîmes ! Vous êtes les esclaves des forces souterraines. Vous traitez votre corps comme s'il s'agissait de celui d'un animal. Vous insultez les dieux.
Libérez-vous !

Il saisit son glaive, essaya de les désarmer, mais
les hommes nus se débattirent et l'écartèrent
cependant que la foule hurlait, comme prise de
folie.

Des femmes s'enfuyaient, d'autres se tordaient
les bras, s'abattaient sur le sol.

— La grande déesse, Mère des dieux, ne veut
pas cela ! cria Spartacus. Ne soyez pas les esclaves des divinités noires. Elles sont les ennemies

des dieux. Elles veulent la destruction de leur œuvre. Elles dévorent les hommes, s'abreuvent de leur sang. Soyez libres !

Il se précipita dans le sanctuaire d'où s'échappèrent peu après en hurlant des femmes en tunique blanche.

Elles criaient d'une voix aiguë qu'un homme avait éteint le feu sacré, saccagé les offrandes, renversé les statues, profané le sanctuaire de la grande déesse. Le malheur allait s'abattre sur les hommes, le ciel s'obscurcir, les vents souffler en tempête, arracher arbres et toits, emporter les enfants, et des armées invincibles débarqueraient, réduisant les peuples de Macédoine et de Thrace en esclavage.

Ces femmes en furie entourèrent Spartacus, s'agrippèrent à lui, lui griffant les épaules et les joues, s'accrochant à ses cuisses, le mordant alors qu'il s'ébrouait comme un fauve prisonnier des mailles d'un filet que les chasseurs piquent de leurs javelots.

Apollonia se précipita, tirant les femmes par les cheveux, les renversant, les piétinant, découvrant que Spartacus avait le visage en sang et qu'une large plaie – celle dont elle avait eu la vision, lors de leur rencontre – lui partageait le front.

Elle l'entraîna alors qu'il vacillait, tête penchée, la démarche hésitante. La foule s'était dispersée et les quelques femmes qui restaient s'écartèrent, leur lançant des injures puis se détournant, se penchant sur les corps des hommes nus, pante-

56

lants, agenouillés ou étendus autour du sanctuaire.

— Libres ! répétait Spartacus, qu'Apollonia tirait vers la forêt de pins. L'homme doit être libre ! Eux sont esclaves !

Pour elle plus que pour lui, elle murmurait qu'être soumis aux dieux, les honorer, leur donner son sang et même sa vie, ce n'était pas être esclave. Cybèle était la Mère des dieux de l'Olympe. En la célébrant, en s'unissant à elle par le sang, on pénétrait dans leur royaume.

Ils étaient parvenus à la lisière du bois.

Spartacus se laissa tomber, cherchant à s'adosser à un arbre. Il objecta qu'il était issu d'une lignée qui n'avait jamais été soumise, qui ne célébrait que les dieux de joie, de force et de liberté. Personne, ni les Perses, ni les Daces, ni les Romains, n'avait jamais pu les réduire en esclavage. C'était ce désir d'être aussi libre qu'un loup qui l'avait fait s'enfuir du camp des auxiliaires. S'il avait refusé d'être humilié par le centurion Nomius Castricus ou le tribun Calvicius Sabinius, ce n'était pas pour se soumettre à des dieux plus exigeants encore, désireux eux aussi d'enchaîner les hommes.

— Libre ou mort ! énonça Spartacus.

Tout à coup, il saisit son glaive et redressa la tête.

Un homme se tenait devant lui, mains ouvertes, bras tendus.

Apollonia s'approcha à son tour, s'apprêtant à bondir sur lui.

Sous sa houppelande de laine grise, l'homme paraissait frêle. Son visage était osseux, ses joues creusées. Des boucles de cheveux noirs lui couvraient le front.

D'un geste, Spartacus demanda à Apollonia de ne pas se jeter sur cet homme désarmé qui s'était accroupi en face de lui.

— Ils t'ont blessé ? murmura l'inconnu.

Il écarta les pans de sa houppelande. Il portait une tunique blanche serrée à la taille par une large ceinture de cuir à laquelle était accrochée une sacoche. Il l'ouvrit, en tira une poignée de feuilles sèches, se tourna vers Apollonia, les lui tendit, lui demandant de les disposer sur la plaie qui partageait le front de Spartacus.

Elle hésita, mais Spartacus se pencha vers elle afin qu'elle pût appliquer les feuilles qui étanchèrent en quelques instants le sang, formant sur la plaie une croûte rouge sombre.

L'homme s'assit près de Spartacus.

— Tu es téméraire, dit-il. Tu t'es jeté au milieu d'un troupeau d'hommes enragés, aveugles, en plein délire.

Il s'interrompit, inclina la tête.

— Je connais tous les dieux. Ma terre est la Judée. Je suis Jaïr, Juif de Jéricho. On m'appelle aussi Jaïr le guérisseur.

Il dévisagea longuement Spartacus.

— Je t'ai vu, je t'ai entendu. Tu veux que l'homme soit libre ?

Il sourit.

— Les Romains ont fait de moi un esclave. Puis ils ont découvert que je connaissais l'art de guérir. Alors ils m'ont libéré de mes chaînes et je

58

suis devenu un esclave domestique. J'ai soigné le tribun Calvicius Sabinius qui commande la VIIᵉ Légion. Je t'ai vu quand ils t'ont poussé vers lui et que tu n'as pas baissé la tête. Ils auraient pu ou peut-être dû te la trancher. J'ai su que tu t'étais enfui et j'ai quitté le camp peu de jours après. Mais je n'ai pas fui. Les Romains me laissent aller à ma guise. J'ai besoin de liberté pour cueillir les herbes, les écorces, les plantes, ou récolter le venin des serpents. Je suis toujours rentré au camp. Qu'est-ce qu'être libre dans un monde tout entier soumis ? La liberté, tu la portes dans ton corps et dans ton esprit. Elle est dans le Livre. Un jour, je te parlerai de l'enseignement du Maître de Justice. Tu es digne de le connaître...

Il s'était tourné vers Apollonia et l'avait longuement dévisagée à son tour.

— Il te faudra tout abandonner, dit-il à Spartacus. Car n'est libre que celui qui vit dans le dénuement, avec pour seule richesse sa pensée et pour seul pouvoir celui qu'il exerce sur son corps. Non pour le mutiler, comme les hommes esclaves des divinités, mais pour le purifier, afin qu'il soit si léger que l'esprit se sente aussi libre qu'un oiseau, capable de voler si haut qu'il frôle la pensée de Dieu.

Il regarda à nouveau Apollonia, puis, se penchant vers Spartacus, il ajouta :

— Mais tu n'es pas prêt à renoncer. Tu veux être libre dans ce monde enchaîné. Tu auras alors à combattre. Car les Romains entendent soumettre tous les hommes. Tu as pu mesurer la puissance des légions. Elle vient de la force de leur désir. Ils veulent conquérir le monde. Faire de Rome la plus grande de toutes les villes, drainant vers elle toutes les richesses, le savoir, le grain. Celui qui n'est pas citoyen de Rome est esclave. Je le suis. Tu l'as été et, si tu restes de ce monde, tu le seras. Tu es vigoureux, audacieux ; les Romains t'obligeront à combattre tes frères ou des bêtes fauves. Tout esclave n'est pour eux qu'un animal doué de parole. Tel est ton destin si tu restes en ce monde.

Il hocha la tête.

— À moins que tu n'entreprennes le long voyage... Je t'indiquerai le chemin des grottes de Judée où nous écoutons le Maître de Justice nous parler du Dieu unique. Nous nous mettrons en route. Peut-être n'arriverons-nous jamais, car les Romains et les hommes en délire peuplent le monde. Mais, à chaque pas, tu te sentiras plus léger, plus pur. Tu te seras approché de la vraie et seule liberté. Tu ne posséderas plus rien, et pourtant tu te sentiras plus fort, parce que tu seras le maître de toi-même, et ta richesse sera infinie.

Il se leva, s'éloigna, puis se ravisa et revint vers Spartacus.

— Si tu refuses ce choix, tu ne connaîtras que l'esclavage, même si les Romains ne te chargent pas de chaînes. Et même si tu les combats. Au bout de cette route-là, tu n'obtiendras ni la liberté ni la vérité, mais la mort la plus cruelle, celle à laquelle les Romains te condamneront.

Jaïr s'assit à nouveau en face de Spartacus.

— J'ai vécu en Sicile parmi les bergers qui ne craignent ni les hommes ni les loups. Ils m'ont raconté quel fut le destin des esclaves qui s'étaient rebellés contre leurs maîtres. Veux-tu que je te fasse le récit de ces guerres serviles qui causèrent plus de morts qu'il n'y a de vivants dans Rome ? Et l'on dit qu'ils sont un million !

Spartacus inclina la tête et Jaïr le Juif, qu'on appelait aussi Jaïr le guérisseur, parla.

8

— C'était comme le feu ou bien ce fléau qui frappa l'Afrique..., commença Jaïr le Juif.

Mais, après ces quelques mots, il s'interrompit et ferma les yeux. Il ne reprit qu'après un long silence :

— Les esclaves, étaient si nombreux en Sicile à creuser la terre, à semer le grain, à récolter le blé sur des propriétés si vastes qu'on ne connaissait pas leurs limites, qu'aucun maître ne pouvait compter les têtes de ces outils parlants qui se reproduisaient, prolifiques comme des bêtes, et dont on mettait les enfants au travail dès qu'ils étaient en âge de marcher.

Les régisseurs frappaient, mutilaient, violaient, tuaient qui bon leur semblait. Personne ne se souvenait des paroles pleines de sagesse de Caton l'Ancien qui avait dit que le « zèle à l'ouvrage des outils parlants, des esclaves, était d'autant plus grand qu'on les maniait de façon libérale, en leur accordant chaque jour une relâche dans leur travail ». Mais qui respectait cette mesure de raison alors que débarquaient dans les ports de Sicile des milliers d'esclaves, Thraces, Parthes, Syriens, Juifs, Grecs, que les légions avaient poussés devant elles comme un troupeau captif ?

Jaïr posa la main sur le genou de Spartacus.

— J'ai été l'un de ces esclaves, plus tard. Mais le souvenir de ces grandes battues, dans tous les pays qui bordaient la Méditerranée, était encore vif, comme si ç'avait été la veille qu'on avait vu légionnaires et marchands d'esclaves vendre ou acheter les prisonniers, les entasser à fond de cale comme des sacs de grain ou des billots insensibles à bord des navires qui se dirigeaient vers la Sicile. Parce que là étaient les grands domaines où l'on semait et récoltait le blé dont Rome, la Rome insatiable, avait besoin pour nourrir ses citoyens, enrichir ses sénateurs, ses tribuns, payer ses légions.

Tant d'hommes et de femmes y débarquaient, tant d'enfants y naissaient que les maîtres et leurs régisseurs croyaient pouvoir agir comme ils l'entendaient, traiter ces corps plus durement que s'il s'était agi de ceux d'animaux de trait.

Quand on manquait de bras, on passait commande aux marchands qui, installés à Délos, avaient organisé le plus vaste marché d'esclaves de toute cette mer serve qu'était devenue la Méditerranée...

Jaïr rejeta la tête en arrière.

— J'ai été vendu à Délos, murmura-t-il. Chaque jour, sur le marché aux esclaves de cette petite île, il y avait plus de dix mille ventes. Nous étions serrés les uns contre les autres comme les abeilles dans un essaim.

Il croisa les bras et sourit.

— Je te parlais du feu et du fléau qui frappèrent l'Afrique. Ainsi furent les guerres serviles. Les bergers, qui étaient enfants quand elles éclatèrent, en parlaient encore avec effroi, même si leurs yeux brillaient comme ceux de l'ivrogne à l'évocation du vin.

La révolte commença quand quatre cents esclaves, près de la ville d'Enna, se rebellèrent parce qu'ils se savaient voués à la mort, et parce que celui qui ne craint plus pour sa vie ne peut plus être gouverné. Ils se rassemblèrent autour d'un Syrien, un homme immense, disaient les bergers, peut-être aussi grand et fort que toi, Spartacus. Il se nommait Eunus et se proclama roi.

En quelques jours, il se retrouva à la tête d'une armée de vingt mille hommes, des esclaves venus de toute l'île, mais aussi des paysans libres, d'anciens soldats affamés, des bergers, des bouviers, des femmes. Bientôt, ils furent deux cent mille. Ils prirent des villes : Enna, Agrigente, Taormina. La révolte se répandit plus vite que le feu qui, par temps sec et vent puissant, engloutit les forêts. Et les révoltés s'abattirent comme un fléau sur les campagnes et les villages, pareils à ces nuées de sauterelles qui s'abattaient sur les côtes d'Afrique, dévorant les récoltes, les herbes et leurs racines, les feuillages et les rameaux des arbres, et jusqu'aux écorces amères et au bois sec. Oui, Spartacus, les guerres serviles de Sicile, il y a une vie d'homme, furent ce feu dévastateur et ce fléau destructeur. Quand un consul réussissait à éteindre l'incendie, à écraser ces insectes, d'autres flammes s'élevaient, un nouveau nuage s'avançait.

Ainsi, lorsque Eunus et ceux qui le suivaient ne furent plus qu'une boue sanglante, des corps si martyrisés qu'on ne savait où étaient les membres, où la tête et le tronc, d'autres se déclarèrent rois des esclaves et prirent la tête de nouvelles bandes révoltées. Après Eunus il y eut Salvius et Athénion que l'on disait respectivement thrace et grec. Ils furent plus cruels encore que ne l'avaient été les armées d'esclaves d'Eunus, parce qu'ils savaient quel sort leur serait réservé par les légions du nouveau consul qui les traquaient.

Le nombre de cadavres fut si grand qu'il faisait penser en effet à ces immenses monceaux de sauterelles, à cet amas putréfié qui s'était constitué sur les rivages d'Afrique, quand un grand coup de vent avait projeté dans la mer africaine la nuée d'insectes et l'avait noyée. Un nouveau fléau était ainsi né du premier. Des milliers d'hommes avaient succombé à la corruption de l'air provoquée par cet amas d'insectes crevés.

Il en alla de même en Silice, Spartacus. La terre, me disaient les bergers, avait été si gorgée de sang, tant nourrie de cadavres en décomposition, que les herbes et le blé étaient empoisonnés et que ceux qui se nourrissaient de viande ou de farine en mouraient. Et les bergers d'ajouter au nombre des morts des guerres serviles les milliers de victimes de cette corruption de l'air et du sol causée par les cadavres d'esclaves.

Jaïr le Juif se tut.

Spartacus resta d'abord immobile, puis il se leva lentement tout en restant adossé au tronc d'arbre et en regardant droit devant lui.

— Ils ont conquis des villes, murmura-t-il. Ils ont régné sur les terres de ceux qui les traitaient comme de simples animaux doués de parole.

Il se tourna vers Jaïr.

— Tu as dit que le regard des bergers brillait au souvenir de ces révoltes ?

— Ivresse ! répondit Jaïr. Les révoltes ont été vaincues. Les esclaves ont été écrasés comme des sauterelles.

— Avant cela, remarqua Spartacus, ils se sont vengés.

Jaïr haussa les épaules.

— Des sauterelles, des corps qui pourrissent... Et le monde demeure ce qu'il était. On vend encore plus de mille hommes, chaque jour, sur le marché de Délos. Il n'y a jamais eu autant d'esclaves en Sicile et dans les campagnes d'Italie. Aux Syriens, aux Thraces, aux Parthes, aux Numides, aux Juifs, les légions ont ajouté les Gaulois, les Daces et les Germains.

Spartacus parut ne pas entendre.

— Les révoltés sont morts libres, murmura-t-il.

9

Spartacus marchait loin devant Apollonia.

Parfois, à la mi-journée, elle s'élançait en courant afin de le rejoindre. Elle s'accrochait à ses épaules, à son cou, l'enlaçait, voulait le contraindre à l'aimer dans les hautes herbes d'une clairière. Il lui enserrait les bras, hésitait, regardant autour de lui, cherchant à percer l'ombre de cette forêt du Nord qu'ils avaient regagnée parce qu'il suffisait d'y rester quelques instants aux aguets pour prendre un animal au piège ou le blesser d'un coup de glaive ou de javelot.

Apollonia l'entraînait, le forçait à se coller à elle, nouait ses jambes autour de sa taille. Leurs corps basculaient et il la pénétrait, dos cambré, la tête levée vers le ciel, les yeux fermés.

Mais, le plus souvent, il la repoussait d'un mouvement brusque. Elle se laissait tomber sur le sol, laissant Spartacus s'éloigner, reprendre de l'avance.

Elle ne se relevait qu'au moment où elle apercevait Jaïr le Juif qui les suivait à plusieurs centaines de pas, ne les retrouvant qu'à la nuit tombée, quand Spartacus avait choisi le lieu et l'instant de la halte, et déjà allumé un feu, battant les pierres à silex sur des brindilles et de fines branches sèches.

Jaïr ne s'approchait pas du feu, il s'asseyait là où la nuit n'était pas ébréchée par la lueur des flammes. Il croisait les bras, le menton sur la poitrine, se nourrissant des baies qu'il avait cueillies au cours de la marche, et parfois on entendait crisser sous ses dents la carapace d'un insecte qu'il mâchonnait longuement, indifférent au grésillement et au parfum de la viande qu'Apollonia avait placée sur les braises et dont elle tendait des morceaux, au bout d'une fine branche, à Spartacus. Celui-ci allait et venait, s'arrêtant souvent devant Jaïr le Juif, décidant enfin de s'asseoir en face de lui. Jaïr tendait la main vers le front du Thrace, effleurait du bout des doigts la cicatrice qui, comme une ride profonde, lui partageait le front en deux.

— C'est facile de soigner la peau, le corps, murmurait Jaïr. Mais, pour guérir de ce qui ronge les pensées, il faut plusieurs saisons, et parfois une vie entière n'y suffit pas.

Il se penchait vers Spartacus.

— Je sais que tu songes aux révoltes des esclaves de Sicile. Tu rêves...

Il s'interrompait, secouait la tête.

— Jamais, dans aucun royaume, aucune province de la République – et, pourtant, les esclaves s'étaient déjà révoltés en Italie, près de Rome, en Attique et même à Délos –, on ne vit révolte aussi puissante. Je t'ai dit : un fléau, qui parut capable de s'emparer de toute la Sicile. Puis les consuls ont débarqué avec des légions. Et ç'a été cette hécatombe de sauterelles. Pourquoi veux-tu que j'en recommence le récit ? Je t'ai vu remuer les lèvres, tu te le marmonnes toute la journée en marchant. Si tu connaissais le Maître de Justice, il te parlerait de notre Dieu, de ce qu'Il enseigne aux hommes. Et tu comprendrais enfin comment il faut vivre.

Jaïr le Juif posait les mains sur les épaules de Spartacus.

— Il n'y a pas d'esclave ni de maître. L'un obéit et l'autre commande, l'un souffre et l'autre croit jouir, mais tous deux meurent. L'un vaut l'autre quand vient le jugement de Dieu. Alors celui qui fut le maître n'est pas mieux traité que l'esclave. Pour celui qui sait, les hommes sont égaux. Le maître peut être esclave, et l'esclave, maître. Ce n'est pas la chaîne ni l'empreinte au fer rouge qui font l'esclave, mais ce qu'il pense.

Il appuyait ses paumes sur les épaules de Spartacus.

— Apprends à penser, Spartacus !

Celui-ci se levait, scrutait le ciel dont on apercevait des lambeaux entre les branches des arbres.

C'était déjà l'aube.

Il dispersait de la pointe de son javelot les braises du foyer.

Alors commençait une nouvelle journée de marche.

Parfois, la large saignée d'une voie ouvrait dans la forêt une plaie vive. Les troncs abattus s'amoncelaient sur chacune de ses lèvres. Spartacus s'accroupissait derrière eux et Apollonia le rejoignait. Jaïr se tenait à distance, dans la futaie.

Un jour, sur l'une de ces voies, passa, précédée par les porte-enseigne et les centurions, une cohorte romaine avançant de son pas inexorable.

Sur un autre chemin, plus tard – c'était déjà la fin de l'été –, s'avança, accompagné d'aboiements, un troupeau. Les chiens qui couraient tout autour s'arrêtèrent à quelques pas de Spartacus et d'Apollonia.

Spartacus bondit sur le berger et lui plaça le tranchant de son glaive sur la gorge, le questionnant.

L'homme apeuré dit d'une voix lasse que les patrouilles romaines parcouraient tout le pays, qu'une nouvelle légion avait établi son camp non loin du sanctuaire de Dionysos. Les soldats pillaient les villages, s'emparaient des troupeaux et des femmes. Ils avaient crucifié Cox, l'oracle qui avait voulu les empêcher de pénétrer dans le temple de Dionysos. Ils enchaînaient les hommes les plus jeunes, les conduisaient jusqu'à la côte où on les embarquait sur des galères.

— Nous ne sommes pour eux que des animaux, marmonna le berger.

Spartacus replaça son glaive dans le fourreau et, d'un signe, indiqua au berger qu'il pouvait s'éloigner. L'homme hésita, puis saisit parmi les moutons et les chèvres qui se pressaient autour de lui un chevreau qu'il tendit à Spartacus.

— Autant que ce soit pour toi, lança-t-il. Tu es thrace. Si tu es celui qui a quitté leur armée et éteint le feu sacré dans le temple de Cybèle, c'est toi que les Romains recherchent. Ils ont battu Cox, avant de le supplicier, pour qu'il dise ce qu'il savait de toi. Rentre dans la forêt, les Romains suivent les voies. Ils aiment la lumière et craignent l'obscurité de la futaie. Je vais m'y cacher, ajouta le berger en sifflant ses chiens et en marchant en direction des arbres.

Spartacus regarda le berger s'éloigner, les chiens harcelant le troupeau qui hésitait à s'engager sous les frondaisons.

Quand enfin la voie fut devenue vide, il reprit sa marche vers le nord, posant le chevreau sur ses épaules en le tenant par les pattes, attendant la nuit pour l'égorger.

Apollonia se précipita alors, recueillant le sang dans une petite amphore, arrachant l'animal encore pantelant des mains de Spartacus, lui ouvrant le ventre d'un long coup de poignard, puis plongeant ses mains dans les viscères, les répandant sur le sol où ils glissèrent, fumants, les uns sur les autres comme un nœud grouillant de serpents.

Elle but une gorgée du sang, puis, à gestes lents, elle sépara le cœur et le foie des boyaux.

Elle s'accroupit, effleura des lèvres ces viscères, puis but à nouveau une gorgée de sang. Enfin, d'un coup sec, elle fendit le cœur et le foie, prit chaque partie de ces organes dans ses paumes et les porta à ses lèvres avant de les jeter dans le feu. Quand, après cela, elle étendit les boyaux sur les flammes, celles-ci parurent d'abord étouffées, avant de rejaillir plus vives.

Apollonia s'approcha alors de Spartacus.

— La mort te guette, lui dit-elle. Je l'ai vue. Tu marches à sa rencontre. Tu peux la vaincre avec l'aide des dieux.

Elle s'agenouilla devant lui.

— Mais elle est habile et tenace. Écarte-toi de cette voie, c'est son chemin !

Spartacus ne répondit pas, mais, les jours suivants, il continua d'avancer, marchant en lisière de cette voie, ne se réfugiant dans la forêt qu'au moment où se faisaient entendre les tambours et les trompettes d'une centurie ou d'une cohorte romaines.

Alors il reculait lentement dans le sous-bois, comme à regret, comme s'il lui en coûtait de ne pas relever le défi, résistant à Apollonia qui voulait l'entraîner plus loin au cœur de la forêt.

Il se dégageait d'un mouvement de tout le torse, la repoussait, s'asseyait sur une souche, regardait passer à quelques dizaines de pas les emblèmes de Rome, ou bien ces chariots chargés de métaux que les esclaves extrayaient au nord de la Thrace ou sur lesquels s'entassaient des tissus de soie que les marchands venus d'Asie vendaient sur les rives du Pont-Euxin.

Puis, dès que la voie était à nouveau déserte, il s'empressait d'y retourner comme si cette vallée de lumière l'attirait irrésistiblement.

Un matin, alors que les pluies d'automne commençaient à transformer la voie en torrent boueux, Spartacus entendit le grincement des grandes roues d'une voiture, et, avant d'avoir pu ou voulu se dissimuler, il la vit surgir devant lui. Une dizaine d'esclaves armés de longs bâtons cloutés escortaient ce véhicule long et bas, couvert et fermé.

Spartacus resta quelques instants immobile, hésitant entre la fuite et le combat, puis il s'élança, glaive et javelot dressés, criant comme s'il avait dû entraîner derrière lui une troupe de guerriers.

Les esclaves imaginèrent sans doute qu'ils étaient tombés dans un guet-apens, que de la forêt allait surgir toute une troupe. Ils s'enfuirent, le bouvier sautant à bas de la voiture et abandonnant son attelage.

Spartacus s'approcha, souleva les peaux qui couvraient le toit et les côtés de la voiture. Il découvrit, assis sur des tapis, un homme replet au visage rond, aux yeux vifs, qui lui tendit aussitôt une bourse. Spartacus s'en empara, la soupesa, l'ouvrit. Il y plongea la main et en retira des pièces de bronze, d'argent et d'or.

— En voyage, précisa l'homme, c'est toute ma fortune.

Il se redressa et poursuivit :

— Si tu es esclave, ce petit trésor te permettra d'acheter ta liberté. J'appuierai ta demande auprès de ton maître. Je prêcherai l'indulgence si tu as commis quelque forfait. Je sais parler. J'enseigne. Je suis grec. On me connaît, on me respecte. Laisse-moi en vie et tu n'auras pas à regretter ta clémence.

L'homme avait le corps lourd, mais il descendit lestement de la voiture comme si son poids n'entravait en rien ses mouvements, lui laissant vivacité et agilité.

Il s'approcha de Spartacus et le dévisagea.

— Mais je me suis trompé sur toi. Tu es un homme libre, tu as le regard d'un guerrier. Alors, cet argent que je t'ai donné – je ne dis pas que tu me l'as volé : tu n'as rien exigé –, utilise-le pour t'éloigner des Romains. C'est un Grec qui te parle. Je sais tout d'eux. J'ai enseigné à Rhodes la philosophie aux jeunes aristocrates qui rêvent d'occuper les plus hautes charges de la République. J'ai parcouru toute la Méditerranée, de l'Asie à l'Espagne. Je n'y ai vu que des peuples soumis, des hommes marqués comme des bêtes sur le front ou la joue. Écoute-moi ! Les Romains ne supportent que ceux qui les servent. Tu es d'ici, de Thrace ? Quitte ton pays. Ceux qui agissent au nom de Rome, qu'ils soient tribuns, centurions ou simples citoyens de la République, n'auront de cesse de faire de toi un esclave. Ils ont besoin de bras vigoureux. Ils t'emploieront sur leurs domaines, si vastes qu'ils n'en connaissent pas les limites. J'ai vécu en Sicile et en Numidie, en Espagne. J'ai vu les hommes à l'échine courbée, plus frappés que des bœufs. Et si tu échappes aux travaux des champs, ils t'enfouiront dans une de leurs mines pour y extraire l'argent ou l'or. Tu ne seras plus qu'un rat. Tu y perdras ta peau, tes yeux, ta vie.

Il pencha la tête, jaugea le corps de Spartacus.

— Ou bien, parce que tu es fort, un laniste, un organisateur de jeux t'achètera et te poussera dans l'arène. Même les plus petites villes en possèdent une. On lâchera contre toi des bêtes fauves ou des gladiateurs germains ou numides. Il te faudra te battre, la foule t'applaudira ou exigera ta mort. Tu survivras peut-être aux premiers combats, mais ton destin sera scellé. Tu seras égorgé ou lacéré dans l'arène, et on traînera ton corps dans le sable avant d'en nourrir les lions et les tigres.

D'un mouvement du menton, il montra la bourse que Spartacus tenait toujours entre ses mains.

— Avec ce qu'elle contient, tu peux survivre, mais cours aussi vite que tu peux ! Je connais mes esclaves. Ils ont dû avertir un poste de guet romain, espérant ainsi qu'on ne les châtiera pas pour avoir fui. On va venir à mon secours, parce que l'on sait que je suis l'ami du tribun Calvicius Sabinius. Que pourras-tu faire contre une centurie ? Tu seras capturé.

Il posa la main sur l'avant-bras de Spartacus.

— Écoute Posidionos, dit-il. Grec, je suis un homme sage.

Spartacus dégagea son bras et jeta la bourse aux pieds de Posidionos.

10

Les légionnaires ont surgi de la forêt.

Apollonia a hurlé, bondi, mais ils s'étaient déjà jetés sur Spartacus et l'avaient terrassé.

Alors elle s'est agenouillée et a commencé d'invoquer, bras levés, Dionysos pour qu'il protège Spartacus.

Les légionnaires l'ont ignorée.

Ils maintenaient le Thrace couché sur le sol, le visage enfoncé dans la terre boueuse. Ils lui liaient les bras derrière le dos, coudes joints. Ils lui entravaient les chevilles, puis s'écartaient afin que le centurion Nomius Castricus pût s'approcher, poser son talon sur la nuque de Spartacus. Le centurion se baissa, saisit les cheveux du Thrace à pleines mains et lui souleva la tête.

— Je t'avais prévenu !

Castricus hésita. Il eût suffi qu'il tirât les cheveux d'un coup sec tout en continuant d'appuyer son pied sur la nuque de Spartacus pour que celui-ci en mourût.

— Ne le tue pas, fit Posidionos en s'avançant.

Il montra sa bourse à Castricus.

— J'achète sa vie.

Il enfonça la main dans sa bourse, en sortit une pièce d'or, puis une seconde sans que Castricus bougeât.

— Si tu le tues, je me plaindrai au tribun Calvicius Sabinius.

Castricus retira son pied, lâcha les cheveux de Spartacus dont la tête retomba ; puis le centurion prit les pièces que Posidionos lui tendait.

— Il a attaqué, blessé l'une de nos sentinelles, dit Castricus. Il a déserté le corps des auxiliaires. Il mérite la mort. Le tribun doit appliquer la loi.

— Tu m'as vendu sa vie, répliqua Posidionos.

Il sortit de la bourse deux nouvelles pièces.

— Je t'achète la femme, ajouta-t-il en montrant Apollonia qui continuait de psalmodier.

— Celle-là..., commença Castricus.

Il haussa les épaules.

— Celui qui la veut, la prend. C'est une chienne.

Il eut une moue de mépris.

— Mais tu es grec, reprit-il. Vous autres grecs, et même toi, rhéteur, vous êtes tous des chiens. Prends donc la chienne.

— C'est la vie de l'homme que je t'ai achetée, répéta Posidionos.

Il s'accroupit près de Spartacus dont le visage tuméfié, congestionné, grimaçait de douleur.

— C'est une marchandise de prix et tu l'as maltraitée.

Nomius Castricus se précipita, décocha de toute sa force un coup de pied dans le flanc de Spartacus qui tenta de se recroqueviller.

— Je t'ai vendu sa vie, dit Castricus, mais le tribun doit le juger. C'est lui qui décidera.

Il fit un geste et deux légionnaires soulevèrent Spartacus qui chancela, puis se redressa, et tout à coup se rua tête baissée sur Castricus qui, d'un coup de poing, l'envoya à terre. Les légionnaires le frappèrent alors avec la hampe de leur javelot, et le corps de Spartacus fut bientôt strié de larges traînées rouges.

— Arrête-les, dit Posidionos. Tu perds une fortune.

D'un geste de la main, Castricus ordonna aux légionnaires de s'éloigner de Spartacus.

— Il a déserté. Tu l'as repris, continua Posidionos. Tu as des droits sur lui. Mais sa vie est à moi aussi. Si tu le tues, tu jettes des pièces d'or dans la mer.

Le centurion regardait Posidionos sans paraître comprendre.

— Fais-le juger par les dieux, dit le Grec. Qu'il livre combat dans l'arène. Le tribun acceptera. Si le Thrace meurt, il est châtié. S'il vit, il sera esclave. Dans l'un et l'autre cas, il ne t'échappera pas.

— Et toi ?

— Je suis curieux du destin des hommes et du choix des dieux, répondit Posidionos. Comme tu l'as noté, je suis grec.

11

Spartacus était allongé, nu, les yeux fermés, les bras le long du corps, les jambes légèrement écartées.

Le sang avait séché sur sa peau lacérée.

Les légionnaires qui l'avaient jeté dans cette cage de bois dressée au milieu du camp de la VIIe Légion avaient dénoué ses liens et placé près de lui une écuelle de soupe de blé ainsi qu'une jarre pleine d'eau.

Spartacus devait rester en vie et recouvrer sa vigueur puisque le tribun Calvicius Sabinius avait décidé que le Thrace affronterait en combat à mains nues Galvix, l'un des Barbares daces que l'on avait épargné, tant son corps gigantesque et sa force démesurée semblaient n'avoir pu naître que d'un accouplement des dieux. Il méritait donc une mort particulière, non un égorgement de bête sur le champ de bataille. Sur ordre du tribun, on avait ainsi traîné Galvix dans le camp et on l'avait enchaîné au pied de la tribune du forum.

Jaïr le Juif, Jaïr le guérisseur, qui venait de rentrer au camp avec sa besace remplie d'herbes, ses flacons de venin, ses petites bourses d'insectes piqués, l'avait soigné. Et le Dace tirait maintenant sur sa chaîne comme un molosse furieux auquel les légionnaires lançaient de loin du pain et des morceaux de viande, puis poussaient vers lui, du bout de la hampe de leur javelot, un récipient plein d'eau.

Galvix grognait, tentait d'arracher sa chaîne, puis dormait, couché en boule, le poing fermé sous sa joue droite.

— Ça fera un beau combat, avait décrété le tribun lorsqu'on lui avait montré Spartacus.

Mais, depuis trois jours, Spartacus ne bougeait pas et le centurion Nomius Castricus s'inquiétait.

Il avait fait plusieurs fois le tour de la cage, s'arrêtant presque à chaque pas afin d'observer, entre les pieux qui tenaient lieu de barreaux, le corps du Thrace.

Spartacus avait les lèvres serrées et sa poitrine restait immobile.

De la pointe de son glaive, Castricus lui avait piqué le flanc à deux reprises sans qu'il tressaillît.

Au même instant, un chien avait hurlé à la mort.

Castricus avait aperçu l'animal couché devant l'autel où l'on célébrait le culte des dieux, où se lisaient les signes de leur volonté et se déchiffraient leurs augures.

Le chien avait levé le museau, défiant Castricus, puis s'était éloigné dans un trottinement oblique, hurlant à intervalles réguliers ; après qu'il eut disparu entre les tentes, Castricus l'avait encore entendu.

Alors le centurion avait lancé ses ordres.

Qu'on trouve Jaïr le guérisseur, et cette chienne qui se disait prêtresse de Dionysos et devineresse.

Qu'on les conduise auprès du Thrace.

Leurs vies répondraient de celle de Spartacus. Si le Thrace mourait avant le combat ou au cours de celui-ci, ces deux-là seraient égorgés. Si Spartacus survivait, ils subiraient son sort : on les vendrait tous trois comme esclaves.

Ces paroles dites, Nomius Castricus avait fait sacrifier deux poulets sur l'autel des dieux. Le sang rouge vif avait coulé en direction de la cage où l'on faisait entrer Jaïr le Juif et Apollonia.

Les foies des poulets étaient fermes et lisses, d'une belle teinte couleur de vin.

Castricus s'était éloigné d'un pas lent, contournant la tente du tribun et se dirigeant vers la tribune du forum.

Dans l'obscurité qui tombait, il devina Galvix le Dace.

Un collier de métal, qu'une chaîne à gros anneaux rattachait au pied de la tribune, lui enserrait le cou. Ses poignets et ses chevilles étaient liés. Il était accroupi, mais Castricus se tint éloigné tant le Dace paraissait capable, en bondissant, d'arracher sa chaîne et de briser ses liens.

Son cou était si large qu'il entourait la mâchoire d'un bourrelet de muscles.

Pour vaincre et tuer cet homme-là, il faudrait l'aide des dieux.

C'est ce qu'avait dit Posidionos au tribun lorsque celui-ci lui avait montré le Dace.

— Ce n'est pas un combat que tu organises, Sabinius, avait-il protesté, mais un sacrifice. Le Thrace est blessé. Tes légionnaires lui ont brisé les côtes et lacéré la peau. Comment veux-tu qu'il résiste à cette bête monstrueuse ? Ce Barbare me fait penser à une immense pieuvre que j'ai vue sortir de l'eau au large de la Sicile. Il a les bras aussi longs que des tentacules. Ses mains sont des étaux. Tu lui offres une proie au lieu de lui opposer un adversaire.

Ses mains baguées nouées sur son ventre, le dos appuyé à des coussins, les jambes étendues sur les tapis qui couvraient le sol de sa tente, Calvicius Sabinius avait secoué la tête.

— Tu voulais le jugement des dieux ? Je te l'offre ! avait-il riposté.

Il avait écarté les paumes, les tendant vers Posidionos.

— Tu es grec et rhéteur. Tu ne peux que trouver juste mon raisonnement. Si je mets deux hommes de force égale face à face, comment savoir lequel les dieux veulent sauver ? La volonté des dieux a besoin, pour se manifester, de l'inégalité des combattants. Si ton Thrace l'emporte, les dieux se seront prononcés sans appel. Et je te promets devant Jupiter que je lui accorderai la vie, même si, autour de moi, on réclame sa mort. Il sera vendu comme esclave. N'es-tu pas satisfait ?

Le tribun s'était levé et Posidionos l'avait suivi hors de la tente.

Un chien – peut-être celui qu'avait entendu et vu Castricus – avait alors hurlé, parant le crépuscule de couleurs funestes.

82

— Je te concède, Posidionos, avait ajouté le tribun en posant sa main sur l'épaule du Grec, que les dieux suivent plus souvent qu'on ne le dit les choix des hommes, et qu'ils hésitent à changer ce que les hommes ont eux-mêmes préparé. Et je ne sais quel guerrier pourrait tuer le Barbare dace ! Sais-tu qu'il a brisé la nuque de cinq légionnaires, à chaque fois d'un seul coup de poing, et qu'on ne l'a capturé qu'en le couvrant de l'un de ces filets avec lesquels on prend les grands fauves ? Le centurion voulait le faire égorger ou empaler. C'eût été comme jeter un mets savamment préparé. Nous allons le déguster dès que le Thrace pourra tenir sur ses jambes.

— Je n'ai pas d'appétit pour ce repas-là, observa Posidionos.

Il quitta le camp peu après, sans avoir revu Spartacus.

12

Jaïr le guérisseur et Apollonia ont été poussés si brutalement dans la cage qu'ils trébuchent, cependant que retombent les pieux liés qui ferment l'entrée.

Jaïr retient Apollonia, l'écarte et s'agenouille auprès de Spartacus. Il ne touche pas le corps immobile. Il semble d'abord l'envelopper de gestes lents, mains ouvertes, doigts tendus, comme s'il voulait l'en envelopper. Puis, avec un bout de tissu, il commence à le laver, faisant peu à peu apparaître, sous les croûtes de sang séché, la peau déchirée. L'eau de la jarre, dans laquelle il plonge les mains et essore le tissu, devient rouge.

Muscles raidis, lèvres serrées, yeux clos, Spartacus n'a pas bougé.

On entend les murmures d'Apollonia qui, assise sur ses talons, se balance d'avant en arrière, bras croisés sur la poitrine, les mains agrippées aux épaules.

Enfin le corps de Spartacus n'est plus prisonnier de sa gangue de terre et de sang. Jaïr se penche sur le visage du Thrace. Du bout des doigts, il effleure ses lèvres, les écarte, insinue ses ongles entre les dents, ouvre enfin la bouche de Spartacus dont le corps frissonne.

Alors, une main posée sur le front du colosse, l'autre appuyée sur sa poitrine, Jaïr commence à lui insuffler de l'air dans la bouche.

Spartacus se cambre, halète, son torse se gonfle et se creuse spasmodiquement. Jaïr l'asperge d'huile, de gouttes de venin, d'une mixture verte, puis, posant les flacons près de lui, commence à lui masser le corps. Il le retourne, lui presse la nuque et le dos. Il le chevauche, pèse sur le ventre, ses mains glissant de bas en haut, légères, pour ne pas irriter les plaies où perle un sang vif.

La nuit tombe.

Jaïr se retire dans l'un des angles de la cage. Il s'assoit, jambes croisées, le dos appuyé aux barreaux, ces pieux rugueux.

Il invoque Dieu l'Unique et le Juste, celui qui sauve, celui qui juge. Il Le prie de donner un peu de Sa force, de Son éternité à Spartacus le Thrace qui doit affronter Galvix le Dace, ce nœud de muscles et de violence, ce Barbare capable de rompre le fer dans son poing.

— Je sais, murmure Jaïr le Juif, que Spartacus Te connaît, ô Dieu, sans T'avoir rencontré. Laisse-le faire le chemin qui le conduira vers le Maître de Justice, vers Toi !

Il entend la voix d'Apollonia. Elle chuchote, allongée contre Spartacus. Elle le lèche, le caresse. Et il semble à Jaïr que Spartacus tressaille, tente de se soulever, geint.

La vie revient avec l'aube.

C'est la deuxième journée.

Jaïr le guérisseur continue de masser Spartacus, de couvrir ses plaies d'une mince couche
d'herbes et d'insectes pilés.

Spartacus tente de lui saisir le poignet. Jaïr desserre les doigts du Thrace, repousse sa main.

— Ne te laisse pas séduire par la mort, mar-
monne-t-il. Le temps du grand sommeil n'est pas
encore venu pour toi.

Il désigne Apollonia qui psalmodie, agenouillée
à quelques pas.

— Si tu meurs, ils la tueront.

Jaïr hésite, puis ajoute à mi-voix :

— Moi aussi !

Spartacus lui prend à nouveau les poignets, se
redresse, appuie son dos aux pieux. Il a les yeux
ouverts, mais garde la tête baissée, le menton sur
la poitrine, comme s'il ne pouvait encore faire
l'effort de le lever et de regarder droit devant lui.

— Ils nous tueront tous, murmure-t-il.

Jaïr secoue la tête.

— Tu dois te battre. Si tu l'emportes contre
Glavix le Dace, tu survivras. Et nous serons épargnés.

— Je ne connais pas le Dace.

— Ses mains sont des maillets, il peut aussi s'en
servir comme du tranchant d'une lame. Il broie, il
brise. Il fend. S'il te donne un coup de tête, il
t'écrase la mâchoire et le nez, ou te défonce la
poitrine. S'il te serre entre ses cuisses, il t'étouffe.
Le jour du combat, ne te laisse pas approcher,
saute autour de lui, essaie de le toucher à la gorge
pour qu'il ne puisse plus respirer, ou bien frappe
ses chevilles afin qu'il tombe. Il est fort mais
maladroit. Tu dois le surprendre.

Jaïr se lève.

— Je connais son corps, dit-il. Je l'ai soigné. Souviens-toi : s'il parvient à te toucher, à te saisir, il te tuera. Or c'est toi qui dois le tuer.

Spartacus écarte les bras.

— Ce n'est pas mon ennemi, il est lui aussi prisonnier des Romains. C'est mon allié. Je ne peux me battre contre lui. Je ne le veux pas !

Jaïr s'accroupit près de lui et recommence à le masser.

— Je vais te guérir, tu recouvreras ta force. Tu combattras. Le tribun Calvicius Sabinius a ordonné de faire dresser des gradins dans le forum du camp. Il offre ces jeux à sa légion. Trente paires de prisonniers daces s'affronteront d'abord. Ceux qui resteront debout après les combats devront résister à des chiens affamés qu'on a dressés à égorger. Il n'y aura pas de survivants. Puis on te conduira au centre de cette arène ; tu seras nu, comme Galvix le Dace. Vos corps auront été enduits d'huile. Et vous combattrez jusqu'à ce que l'un de vous deux meure.

Jaïr croise les bras.

— Regarde-moi ! ordonne-t-il.

Spartacus redresse la tête.

— À toi de choisir si tu veux mourir la nuque brisée, comme un chevreau qu'on abat d'un coup de maillet puis qu'on égorge, ou si tu veux te battre comme un homme libre.

— Je ne veux pas tuer un homme qui n'est pas mon ennemi, répond-il. Ne me soigne plus, Jaïr, laisse-moi plutôt mourir.

— Ce n'est pas de ta vie seule que tu décides, mais de la nôtre aussi et de celles que tu protégeras et sauveras si tu l'emportes. Dieu t'a mis sur ma route pour que je t'enseigne.

Spartacus secoue la tête, s'accroche aux barreaux, se hisse, fait quelques pas.

— Je croyais que ton Dieu unique voulait qu'on ne tue pas, objecte-t-il. Tu m'as dit cela, dans la forêt de pins. Tu m'as parlé du Maître de Justice qui juge les hommes. Et tu veux aujourd'hui que je tue ce Galvix dont j'ignore jusqu'au visage ? Tu veux sauver ta vie, Jaïr, c'est pour cela que tu me pousses à combattre. Mais les Romains ne nous épargneront pas. Ni moi, ni toi. Alors, autant choisir sa mort.

— Décide seul, Dieu t'inspirera, répond Jaïr. Mais chaque homme a le droit de se défendre, même s'il doit tuer pour cela.

Spartacus chancelle. Apollonia se précipite, l'enlace, le soutient.

— Dionysos te donnera la victoire, lui dit-elle. Tu tueras Galvix le Dace.

13

Ils enchaînent Spartacus et ordonnent à Jaïr le guérisseur d'enduire le corps nu du Thrace d'une épaisse couche d'huile. Puis ils l'enferment dans la grande tente qui sert de réserve et d'atelier à la VIIe Légion. Elle se trouve à l'extrémité du forum, au bord du fossé qui entoure le camp.

Galvix le Dace a été conduit dans une autre tente à quatre cents pas de là.

Spartacus demeure debout dans la pénombre.

Il entend les cris des soldats rassemblés sur les gradins. Les trente paires de prisonniers daces viennent d'entrer sur le forum aménagé en sorte d'arène. Des hommes en armes, épaule contre épaule, leurs javelots et leurs boucliers formant une muraille et une herse dont les pointes brillent au soleil de ce début d'après-midi, entourent cet espace au centre duquel les Daces doivent s'affronter à mains nues.

Le tribun Calvicius Sabinius et le centurion Nomius Castricus ont pris place sur la tribune qui fait face à la tente.

Jaïr et Apollonia sont attachés, mains liées, près des gradins.

Les trompettes sonnent, Sabinius lève son glaive, puis l'abaisse. Les soldats hurlent : « Tue, tue, tue ! »

Après un instant d'hésitation, les Daces se jettent les uns sur les autres, roulent à terre, cherchent les yeux, le sexe, le cou. On ne peut tuer qu'en mutilant, qu'en étranglant. Les ongles, les dents, les mains, les talons, chaque partie du corps devient arme.

C'est une mêlée rouge d'où émergent en chancelant quelques hommes tandis que d'autres tentent de se redresser avant de retomber.

Alors les molosses de Phrygie sont lâchés.

Ils ont le museau allongé, les oreilles pointues, le poil noir. Le sang et cette dizaine d'hommes nus, debout, serrés les uns contre les autres, les attirent. Ils n'aboient pas. Ils bondissent à la gorge, labourent les poitrines de leurs griffes recourbées. Ils déchirent, arrachent. Ils égorgent. Rien ne peut les faire lâcher prise.

« Tue, tue, tue ! » martèlent les soldats dressés sur les gradins, cependant que des battements de tambour scandent leurs cris.

Bientôt il n'y a plus que des chiens noirs, les crocs enfoncés dans des cadavres sanglants.

Des soldats surgissent, jettent des filets sur cet amoncellement de chair humaine et de bêtes furieuses. On frappe les chiens à coups de gourdin, on les pousse hors du forum, on traîne les corps lacérés.

L'arène n'est plus qu'une étendue d'herbe piétinée.

Les trompettes sonnent à nouveau quand apparaissent, encadrés par des soldats, Spartacus et Galvix.

On leur a ôté leurs chaînes. Ils sont encore aux extrémités opposées du forum. On les pique avec des javelots pour qu'ils marchent l'un vers l'autre.

Ils sont nus, comme des animaux.

Galvix le Dace dépasse des épaules et de la tête Spartacus. Il se tient penché en avant comme si ses longs bras et ses mains énormes pesaient si lourd qu'ils le forçaient à se courber vers le sol.

Il est à présent à deux pas de Spartacus. Il lève ses deux poings serrés qui vont s'abattre comme une masse.

« Tue, tue, tue ! »

Sont-ce ces cris qui le surprennent et le font hésiter ?

Spartacus bondit. Les tranchants de ses mains cisaillent l'air, frappent la gorge de Galvix le Dace dont les yeux se révulsent ; il chancelle, s'affaisse, s'agenouille, et Spartacus, de la pointe du pied, le frappe à nouveau à la gorge, puis recommence, atteignant l'estomac, le menton. La tête de Galvix est rejetée en arrière, sa gorge offerte.

« Tue, tue, tue ! »

Spartacus pourrait bondir sur cette gorge, la serrer, l'étrangler. Il avance déjà les mains.

« Tue, tue, tue ! »

Mais il recule de plusieurs pas.

Combien de temps s'écoule-t-il avant que le soleil qui a poursuivi sa course n'aveugle Spartacus ?

Le Thrace ne voit pas Galvix qui se redresse, avance d'un pas lent, les yeux mi-clos.

Lorsqu'il entend la respiration hachée, si proche, du Dace, il est trop tard.

Galvix se jette en avant, écrase Spartacus sous sa masse.

Spartacus tombe au milieu des cris : « Tue, tue, tue ! »

Galvix est sur lui. Ses genoux enfoncent les bras écartelés de Spartacus dans la terre. Son poids comprime la poitrine du Thrace.

La mort a donc ce visage aux yeux gris ?

Spartacus ne détourne pas le regard. Il veut la voir dans ce silence qui se déploie, se prolonge, recouvre le forum, mais que, tout à coup, perce, aigu, un cri de femme :

— Vis, vis, Spartacus ! Vis, par Dionysos !

Spartacus tourne la tête comme s'il cherchait à voir Apollonia, mais il découvre seulement le bleu léger du ciel de son enfance que la mort va noircir.

Spartacus ne connaîtra pas les grottes de Judée. Il ne rencontrera pas le Maître de Justice dont lui parlait Jaïr le Juif.

Brusquement, ce hurlement qui roule au-dessus de lui...

Galvix se dresse, son corps immense masque le ciel.

Il est debout, les poings dressés. Spartacus ne bouge pas.

Galvix commence à courir vers la ligne de boucliers hérissés de javelots.

Les soldats dans les gradins se sont levés, gesticulent, hurlent, cependant que Galvix, les poings en avant, bras tendus devant lui, continue sa course, de plus en plus vite, comme s'il ne voyait pas la carapace des boucliers, les pointes des javelots, ou comme s'il pensait pouvoir les écarter, les renverser avec son énorme corps.

Il hurle à son tour, et sa détermination est telle que les légionnaires vers lesquels il fonce reculent.

Il est sur eux. Il réussit à arracher un des boucliers. Plusieurs javelots s'enfoncent dans sa poitrine et ses cuisses, mais il a saisi à la gorge un des légionnaires. Il tombe avec lui sans que ses mains se dénouent, cependant que d'autres légionnaires lui entaillent le dos à grands coups de glaive. Sa tête roule, mais ses doigts continuent de serrer le cou du Romain dont les jambes tout à coup se raidissent.

Spartacus s'est relevé.
Pour lui, la mort n'a pas obscurci le ciel.

14

Spartacus avance, tête baissée.

Il n'a pas un regard pour ces hommes et ces femmes qui cheminent avec lui et auxquels il est lié par une corde rugueuse qui enserre le cou et les poignets. Près de lui marchent Jaïr le Juif et Apollonia. L'un ou l'autre parfois lui murmure :

— Tu es vivant, Spartacus.

Apollonia remercie Dionysos, et Jaïr invoque le Dieu unique qui dispose des hommes et des choses, et retient la mort quand la vie d'un homme peut servir Ses desseins de justice.

— Maintenant, tu Lui appartiens, ajoute Jaïr le Juif.

Spartacus semble ne pas entendre.

Parfois, les veines de son cou et de ses bras gonflent. Les muscles de ses cuisses et de ses mollets se contractent, comme s'il se préparait à bondir. Il fait quelques pas plus rapides, mais aussitôt la corde se tend. Elle l'étrangle, lui déchire les poignets, et toute la file d'esclaves auxquels il est attaché geint, grogne, certains trébuchent, et, sur quelques pas encore, Spartacus, qui a continué de forcer l'allure, les entraîne en même temps que la corde lui blesse le cou.

Les légionnaires qui poussent ce troupeau font claquer la lanière cloutée de leurs fouets.

Spartacus rentre la tête dans les épaules et ralentit le pas. Le fouet le cingle, lui entaille le dos. Il ne tressaille pas. Il ne tourne pas la tête quand l'un des légionnaires s'approche de l'esclave qui ne s'est pas relevé, que la file est contrainte de tirer – et la corde étrangle, et d'autres corps tombent.

Le Romain sectionne la corde, puis la renoue, fait rouler les corps des esclaves évanouis ou morts, et les égorge sur le bas-côté du chemin.

Et, cependant que les fouets claquent, la marche du troupeau reprend.

Au loin en contrebas apparaissent les maisons et la jetée du port de Velles. Des navires y sont amarrés. On y chargera les esclaves et, au moment où ils monteront à bord, on les frappera durement sur la nuque pour s'assurer qu'ils vont s'allonger sans protester les uns contre les autres au fond du navire. Ceux qui résisteront seront jetés à la mer, poignets et jambes entravés.

— Ils nous vendront sur le marché de Délos, murmure Jaïr le Juif. Celui qui ne sera pas acheté pour travailler dans les mines de Grèce ou d'Espagne pourra remercier Dieu.

— Les dieux ne se soucient pas des esclaves, observe Spartacus.

C'est la première fois qu'il parle depuis qu'ils ont quitté, il y a déjà plusieurs jours, le camp de la VIIᵉ Légion.

— Dieu voit l'esclave comme il voit les hommes libres, dit Jaïr le Juif d'une voix trop forte.

Le fouet claque, mais Spartacus s'est placé devant Jaïr et c'est lui que la lanière atteint, les clous lui labourent la chair.

— En Sicile, disais-tu, les esclaves ont voulu redevenir libres et les dieux les ont abandonnés. Tu parlais de morts plus nombreux qu'il n'y a d'habitants dans Rome.

— Les morts sont vivants, repartit Jaïr le Juif.

Spartacus se tourne si vivement que la corde se tend, reste serrée. Il tente de la saisir pour la tirer, mais celle qui lui lie les poignets est à dessein trop courte.

Jaïr fait un signe, Spartacus s'incline et le guérisseur, saisissant la corde entre ses dents, la desserre.

Un légionnaire hurle, menace, frappe de la hampe de son javelot les épaules et la nuque de Jaïr.

La marche devient plus facile, la voie descendant en pente douce vers la mer.

— Le Dace a choisi de mourir au lieu de me tuer, murmure Spartacus.

Le troupeau s'est immobilisé sur les quais, et les premiers esclaves sont dirigés vers la jetée. Les coups commencent à pleuvoir sur leur nuque. Ils chancellent, on les fait basculer dans la cale.

— Pourquoi ce Dace m'a-t-il épargné ? insiste Spartacus.

Il ne regarde pas Jaïr le Juif. Il n'attend pas de réponse.

— J'ai vu ses yeux gris, poursuit-il. Je ne pouvais plus me défendre. Alors il a hurlé, et m'a laissé la vie. Pourquoi ?

— Dieu l'Unique connaît le chemin, marmonne Jaïr.

C'est au rang de Spartacus d'avancer à présent vers l'un des navires.

Les fouets, les hampes des javelots frappent les esclaves. Un légionnaire retient Apollonia et la pousse sur le pont tandis que Jaïr et Spartacus, précipités dans la cale, tombent sur d'autres corps entassés.

L'air qu'ils respirent est moite, épais. Il sent la vomissure et l'urine.

Spartacus et Jaïr sont collés l'un contre l'autre.

— Dieu l'Unique..., reprend Jaïr le Juif.

— Le Dace a choisi de mourir en homme libre, réplique Spartacus.

— Dieu l'Unique l'a voulu ainsi, répète Jaïr.

— Je veux mourir comme le Dace ! s'exclame Spartacus.

15

Spartacus se tient nu, debout, les poings serrés devant son sexe.

Une corde tendue est nouée autour de ses poignets et de ses chevilles.

Une autre lie son cou à un pieu planté au centre de l'estrade sur laquelle va et vient Paquius, le marchand d'esclaves.

L'homme est petit, gros et vif. À chacun de ses pas il lève le bras, montre Spartacus.

— Citoyens de Rome, crie-t-il de sa voix éraillée de batelier, regardez ce que je suis allé pêcher à Délos, chez les Grecs !

Il s'esclaffe.

— Avez-vous jamais vu corps plus lisse, plus vigoureux que celui-là ?

Il s'approche de Spartacus, tend la main, effleure le torse, les hanches du Thrace dont tous les muscles se contractent.

— Voilà de la chair de gladiateur pour les grands jeux de Rome ! reprend Paquius.

Il s'avance jusqu'au bord de l'estrade, regarde la foule qui se presse entre les pentes de la colline du Palatin et la rive du Tibre. D'autres estrades sont dressées ici et là sur ce forum Boarium où se tient chaque jour le marché aux esclaves.

Les corps viennent de toutes les provinces de la République, des peuples que Rome a combattus et soumis. Le prix de la défaite se compte pour eux en hommes, en femmes, en enfants que l'on vend à Délos pour ceux de Grèce et d'Asie, ou ici, à Rome, parce que les prix y sont les plus élevés et qu'on y aime les corps étrangers comme autant de piments pour raviver des sens lassés, blasés.

— Je vends avec le gladiateur une paire ! lance Paquius.

Il montre Jaïr le Juif et Apollonia, accroupis, attachés au pieu.

Apollonia serre ses genoux entre ses bras. Jaïr regarde droit devant lui, le visage impassible.

Paquius les tire l'un et l'autre par les cheveux, les oblige à se redresser. Il soulève la tunique d'Apollonia, dévoile son sexe, ses seins, dit qu'elle est prêtresse de Dionysos, devineresse, que son corps est une bouche qui embrasse, suce, lèche.

— Et celui-là, le circoncis, connaît tous les secrets des guérisons. Il sèche les plaies, ferme les blessures.

Paquius s'avance jusqu'au bord de l'estrade et ouvre les bras.

— Si quelqu'un a vu meilleur lot sur ce marché de Rome, qu'il ose s'avancer ! Je vends les trois pour trente talents. Un gladiateur thrace, Spartacus, qui a le corps plus beau, plus musclé et plus doux que s'il avait été sculpté par Praxitèle. Une femme pour lui, celle-ci, Apollonia, mais qui ouvrira sa bouche à tous ceux qui le lui demanderont. Et Jaïr le Juif pour vous guérir de vos indigestions et faire disparaître vos pustules ! Les trois, trente talents !

Il fixe la foule, les bras toujours largement ouverts.

— Ils viennent du marché de Délos. Je les ai achetés à ceux qui les ont capturés. Celui qui en deviendra le maître les dressera à sa guise. Personne ne les a encore pervertis. Mais on connaît leurs dons. Celui-là a vaincu le plus fort guerrier du peuple dace, celle-ci a annoncé une tempête deux jours avant qu'elle ne souffle, et elle a ainsi sauvé mon navire. Celui-là, enfin, a remis sur pied un marin dont un mât, en tombant, avait brisé le dos. Le lot des trois : trente talents !

Un homme s'approche de l'estrade. Deux jeunes gens épilés, la tunique entrouverte, lui fraient un passage dans cette foule mêlée où se frôlent des femmes fardées, le visage couvert de poudre blanche, les yeux entourés de cercles noirs, les lèvres vertes, les cheveux rouges, et des adolescents aux corps lisses qui pressent leurs fesses musclées contre les ventres des Romains aux sourcils et aux crânes rasés. Ceux-ci hésitent à se laisser séduire, veulent voir ces corps qu'on dénude sur les estrades et qu'on peut toucher, dont on exige qu'ils ouvrent la bouche ou bien qu'ils tirent sur la peau de leur membre.

D'autres, dans la foule, viennent pour ces jeunes filles qu'on expose nues, dont on s'attache à montrer qu'elles ne sont pas encore nubiles, qu'on pourra donc les pervertir comme on l'entend, leur apprendre tous les vices, puis les rejeter, les revendre ou les louer à l'un de ces lupanars du quartier de Vélabre où elles se tiendront debout, maquillées, tunique ouverte, sur le pas de la porte de leurs chambres sordides, s'offrant pour une pièce de bronze – et certains, même parmi les plus riches, se délecteront de l'odeur fétide qui sort de leur bouche, qu'ils goûteront comme ils apprécient le garum, ce condiment puant, mélange de sang, d'abats, d'œuf et de poisson pourris.

L'homme, encadré par les deux jeunes gens qui l'accompagnent, est parvenu au bord de l'estrade. Apollonia le reconnaît. C'est Posidionos, ce rhéteur grec dont Spartacus avait attaqué la voiture, là-bas, en Thrace, en un temps qui semble aussi lointain que celui où, libre, elle avait rencontré le Thrace dans le temple de Dionysos, et où l'oracle Cox avait célébré leur union.

Elle observe Posidionos. Les deux jeunes gens se serrent contre lui et l'enlacent cependant qu'il parle à Paquius, les yeux rivés sur Spartacus, le visage tendu vers lui, les lèvres entrouvertes, les traits affinés et comme rajeunis par le désir.

Apollonia s'appuie aux cuisses de Spartacus. Si elle n'avait pas les bras liés, elle les étreindrait pour montrer à Posidionos, le Grec, qu'il ne disposera jamais du corps de Spartacus, même s'il en devenait le maître.

Elle voit les jeunes gens rire et se frotter contre Posidionos, lui caresser le ventre et le cou, faire des signes à Spartacus, grimacer des mimiques de connivence, paupières mi-closes, leurs lèvres esquissant un baiser.

Une voix forte a tout à coup dominé la rumeur de la foule.

— Je prends le lot, a-t-elle dit. Le Juif, la femme et le gladiateur thrace !

Apollonia a d'abord vu deux hommes, le torse pris dans leurs gilets de cuir, une arme au côté, écarter la foule à grands coups de poing, et, derrière eux, marchant lentement, un troisième homme, râblé, le crâne rasé, un poignard à la ceinture.

Il s'est placé près de Posidionos et ses deux gardes du corps ont bousculé les jeunes gens qui accompagnaient le Grec.

Il s'est adressé à Spartacus :

— Avec moi, tu n'auras que l'obligation de te battre, dit-il. Tu garderas ta femme et ton guérisseur. Tu recevras la meilleure nourriture, et du vin frais. Dans mon *ludus*, on t'apprendra les secrets des combats et du maniement des armes. Tu seras libre d'aller et venir. Tu ne seras obligé que de combattre. Je suis Cnaeus Lentulus Balatius, le laniste de Capoue. J'organise les jeux. Mon *ludus* est la meilleure école de gladiateurs de toute la République romaine. Ta vie sera aussi longue que tu le décideras. Si ta femme ne te suffit pas, je t'offrirai toutes celles que tu désireras. Un gladiateur n'est pas un esclave : c'est un homme qui combat pour sa vie.

Paquius s'est avancé.

— Tu parles, tu parles, Lentulus Balatius, mais j'ai déjà un acheteur pour le lot.

Il montre Posidionos, en retrait duquel se tiennent les deux jeunes gens.

— Ce rhéteur grec m'offre..., reprend Paquius.

Lentulus Balatius l'interrompt d'un geste et d'une moue méprisante.

Il se tourne vers l'intéressé.

— Tu veux faire ton giton d'un guerrier thrace, d'un gladiateur ? Tu es fou, Posidionos. Celui-là sera ton maître. Il te fera avaler sa merde ! Mais peut-être cela ne te déplairait-il pas ?

Il hausse les épaules.

— Contente-toi de tes épilés, poursuit-il. Et laisse les gladiateurs à nos jeux.

D'un signe, il invite ses gardes du corps à monter sur l'estrade. Ils bondissent, lui tendent les mains, le hissent.

Lentulus Balatius marche vers Spartacus, se campe devant lui ; son regard examine lentement le corps nu du Thrace.

— Ce menteur de Paquius n'a pas menti. Tu as des muscles de gladiateur et ton corps est beau comme ceux des plus belles statues des villas du Palatin.

De la tête il montre la colline où l'on devine, entre les cyprès et les pins parasols, le marbre et les colonnes des demeures des puissants de la République, sénateurs ou financiers, consuls et préteurs.

— Je t'achète, toi, la femme et le Juif, pour mon *ludus* de Capoue. Tu seras le gladiateur du laniste Lentulus Balatius !

Il se tourne vers Paquius.

— Je vais te compter cinquante talents.

Paquius lève les bras et dit :

— Le lot est à toi, Balatius !

Il baisse la voix et prévient :

— Méfie-toi, c'est un fauve. Regarde ses yeux. Il ne les baisse jamais. Ce ne sont pas ceux d'un esclave.

— On dresse bien les lions et les tigres, dit Balatius. Nous le dresserons.

Il tend la main, touche l'épaule puis le torse de Spartacus qui détourne la tête, rugit comme pour mordre, mais la corde qui le relie au pieu se tend, lui serre le cou.

Balatius rit et lui flatte l'épaule.

— Calme-toi, je ne suis pas un mauvais maître. Tous les gladiateurs de mon *ludus* te le diront.

Il s'éloigne et rejoint Paquius.

— Un gladiateur enragé, voilà qui fait un bon spectacle. Le corps de ce Thrace est celui d'un homme qui aime la vie. Dans l'arène, il lui faudra se battre pour la préserver. Il saura, il voudra vaincre.

Balatius se penche vers Paquius.

— Sais-tu pourquoi les gladiateurs les plus féroces sont les meilleurs et les plus fidèles des esclaves ? Parce qu'ils prennent plaisir à vaincre et à tuer.

Il désigne Spartacus d'un mouvement du menton.

— Ce Thrace est fait de la même chair que les autres. Un jour, j'en nourrirai mes fauves.

16

Spartacus se redresse en sursaut.

Il regarde autour de lui comme si le sommeil lui avait fait oublier cette salle sombre au plafond bas, ces hommes parqués à ses côtés, entravés eux aussi, allongés à même le sol ou assis, le dos appuyé à ce mur de brique dont l'enduit rouge s'écaille.

Il pose sa main sur la cuisse d'Apollonia, recroquevillée près de lui.

Tout à coup, il respire bruyamment, comme s'il étouffait et ne supportait plus cette odeur de poisson pourri, douce et aigre à la fois, qu'exhale ce quartier de Vélabre où Cnaeus Lentulus Balatius les a conduits après les avoir achetés au marché aux esclaves. On le dirait bâti sur un monceau de viandes avariées, de fruits blets, de boue, de merde et de sang mêlés.

Il se tourne, essayant de ne plus haleter, d'imiter Jaïr le Juif, assis près de lui, bras croisés, le dos droit sur ses jambes repliées, qui semble fixer l'horizon au-delà du muret qui ferme la salle et devant lequel passent et repassent ces hommes en armes qui appartiennent au *ludus* de Balatius.

Ce sont eux qui ont lié les uns aux autres les esclaves achetés ; eux qui les ont escortés jusqu'à cette salle ; eux qui ont repoussé la foule qui voulait toucher ces esclaves promis au rôle de gladiateur ; eux encore qui ont exigé une pièce pour permettre à telle ou telle femme de se frotter à ce Numide ou à ce Celte, de lui chuchoter qu'elle viendrait le rejoindre, cette nuit, et qu'il ferait ce qu'il voudrait d'elle – et de trembler, la tête rejetée en arrière, la bouche ouverte, vieille femme au corps avide et transi.

Elles sont là, ces femmes, à rôder de l'autre côté du muret, entourant les hommes en armes. Parfois, l'un d'eux s'éloigne avec l'une ou l'autre accrochée à son bras, qui se contente de ce gladiateur qui ne combat plus, devenu surveillant, entraîneur, serviteur du maître du *ludus*, Cnaeus Lentulus Balatius.

Ces hommes-là sont ceux dont la mort n'a pas voulu, que le destin a épargnés ; le corps qu'ils exhibent est couturé de cicatrices.

La lame du glaive a glissé sur sa gorge, explique l'un d'eux, comme si Zeus avait retenu le bras de l'adversaire qui avait cru lui avoir tranché le cou, et cette illusion lui avait coûté la vie.

— Et je suis là, poursuit l'homme, avec mon collier.

Et il fait toucher cette boursouflure de chair qui lui ceint la gorge.

Un autre découvre les trois sillons longs et profonds qui lui creusent le torse, du cou jusqu'à la taille.

— Griffes d'ours, dit-il fièrement.

Puis, repoussant du javelot la vingtaine d'esclaves dans la salle, il lance :

— Si un gladiateur veut survivre, il doit aimer la mort, dormir chaque nuit avec elle, marcher le jour appuyé à son bras. Et, dans l'arène, être son esclave, tuer pour l'honorer. Être prêt à tendre le cou, quand on est désarmé et que le vainqueur lève le glaive, dans l'attente du signe du maître et des ordres de la foule.

Il crie :

— Votre destin est de mourir, gladiateurs ! C'est pour cela que les femmes, toutes les femmes vont vouloir jouir de vous. Elles nous appellent « infâmes », mais elles rêvent de nous lécher, de nous ouvrir leur bouche et leurs cuisses !

Il se tourne.

— Les voici, les chiennes !

Et Spartacus les voit, fardées, lèvres entrouvertes, entourant les gardiens, les suppliant de les laisser pénétrer dans la salle ou bien de leur donner eux-mêmes un peu de leur force, eux qui ont connu le combat dans l'arène.

Spartacus serre la cuisse d'Apollonia.

— J'ai fait un songe, lui dit-il.

Elle l'écoute alors raconter comment ce serpent s'est enroulé autour de son visage, lui a caressé les lèvres de sa langue fourchue.

Elle se met à trembler, à osciller, les yeux exorbités. Elle dit qu'il sera le maître d'une grande et terrible puissance, qu'innombrables seront ceux qui se rassembleront autour de lui, constituant une armée d'hommes redevenus libres dont il sera le prince victorieux.

Elle se balance de plus en plus vite d'avant en arrière, invoquant Dionysos, et murmure :

— Toi, Spartacus, guerrier de Thrace, toi qu'on a enchaîné comme esclave, toi sur qui veillent les dieux, tu feras trembler Rome !

Ses mots se chevauchent, elle semble perdre la raison, branlant de la tête, ses cheveux lui balayant les épaules, ses paumes lui écrasant les oreilles comme si elle voulait s'empêcher d'entendre puis de répéter ce qu'une voix lui dicte, martèle, et à la fin, écartant les bras, elle clame et crie plus qu'elle n'énonce.

Elle dit que cette terrible puissance, ce pouvoir de prince dont Spartacus va disposer, enfanteront pour lui une fin aussi malheureuse que les plus grands triomphes obtenus.

— Les dieux reprendront ce qu'ils ont donné, ajoute-t-elle. Ils élèvent les hommes jusqu'à eux, puis les précipitent dans un abîme sans fond. Ils seront jaloux de toi, Spartacus. Ils auront fait ta gloire, mais provoqueront ensuite ton malheur...

Elle hurle, s'accroche à son cou, lui emprisonne les épaules, baise sa poitrine en geignant.

Spartacus ferme les yeux, se penche sur elle, lui embrasse les cheveux, la berce.

Et la nuit passe. Et l'aube vient.

Les gardiens crient qu'il faut se mettre en route, que trois chariots les attendent, qu'ils seront ainsi traités comme des animaux de prix, non comme de vulgaires esclaves marqués au fer. Ils sont choisis pour être gladiateurs. Le maître du *ludus* de Capoue, leur seigneur à tous, Cnaeus Lentulus Balatius, ne veut pas que ses gladiateurs usent leurs forces sur les pavés de la via Appia. Il veut qu'ils puissent dès leur arrivée commencer leur entraînement dans le *ludus*, puis paraître dans l'arène pour s'y battre vaillamment et y défier la mort avec courage et éclat.

— Toutes les femmes viendront à vous comme des chiennes ou des truies. Elles lécheront vos blessures. Elles vous offriront le meilleur vin, les grives les plus grasses, des tourterelles, des couilles de sanglier rôties. Vous pourrez tout exiger d'elles. Gladiateurs, nous avons la force invincible de la mort entre nos mains. Allons...

Les hommes se lèvent.

Ils se frôlent, s'observent, se défient. Les regards se croisent : celui du Thrace et du Numide, du Celte et du Germain, du Dace et du Gaulois.

Certains de ces hommes ont obtenu, comme Spartacus, le droit d'être accompagnés de leurs femmes. Elles sont entravées elles aussi. Lorsqu'elles sortent de la salle sombre, elles injurient celles qui, dehors, se pâment en regardant apparaître les gladiateurs, tentent de s'approcher d'eux, quémandent une caresse, suivent dans les rues fangeuses de ce quartier de Vélabre les trois chariots qui viennent de s'ébranler, qui se fraient difficilement un passage parmi les étals, au milieu de cette foule bruyante.

Le soleil aveugle Spartacus.

Il se souvient de cet instant crucial du combat qui l'opposa à Galvix le Dace.

Il murmure :

— Je ne le voyais pas. Il pouvait me tuer. Mais il a préféré sa mort à la mienne.

Spartacus se tourne vers Jaïr le Juif assis à ses côtés dans ce premier chariot.

— Pourquoi ?

Jaïr le dévisage, puis dit à voix basse comme on chuchote un secret :

— Chacun de nous est dans la main du Dieu unique. Il voit. Il guide. Oublie le Dace. Oublie les prophéties d'Apollonia, Spartacus. Agis et rêve en homme libre et juste. Ainsi tu suivras le chemin de Dieu.

DEUXIÈME PARTIE

17

Jaïr le Juif plaque ses paumes sur ses oreilles.

Il appuie de toutes ses forces pour que le battement du sang dans sa tête étouffe les hurlements qui déferlent depuis les gradins de l'arène situés au-dessus de ces salles souterraines où lui-même attend.

Il se recroqueville, jambes repliées, front sur les genoux. Il courbe la nuque comme si on le frappait.

« *Jugula ! Jugula !* Égorge ! Égorge ! »

La foule martèle le mot d'une voix unique et rauque qui gronde, répète :

« *Jugula ! Jugula !* Égorge ! Égorge ! »

Ce roulement entre par les soupiraux, résonne sous les voûtes basses, gagne les couloirs qui conduisent aux bâtiments du *ludus* accolés à l'amphithéâtre de Capoue, sur cette rive du Vulturne, la rivière qui emprisonne la ville dans l'un de ses méandres.

Il suffit ainsi de quelques centaines de pas pour se rendre du *ludus* à ces souterrains où les gladiateurs sont rassemblés avant de gravir les quelques marches qui permettent d'accéder à l'arène, à ce sable souvent si gorgé de sang qu'il est parsemé çà et là de larges taches brunes.

Tout à coup, c'est le silence, si inattendu, si brutal que Jaïr le Juif lève la tête, regarde autour de lui, puis vers le soupirail dont il s'approche. Il aperçoit en face, à l'autre bout de l'arène, la loge où sont assis les magistrats et patriciens de Capoue, et, debout près d'eux, appuyé à la balustrade, il reconnaît la silhouette de Cnaeus Lentulus Balatius, le maître du *ludus*, le propriétaire de cette gladiature, l'ordonnateur des jeux.

C'est le moment.

Une voix isolée, brusquement, aiguë, celle d'une femme qui hurle :

— *Jugula ! Jugula !* Égorge ! Égorge !

Et le hurlement recommence.

Jaïr le Juif recule, se rencogne dans la pénombre.

Il ne veut pas voir le bras du préteur se lever, poing fermé, hésitant peut-être encore en écoutant ce roulement : « *Jugula ! Jugula !* Égorge ! Égorge ! », mais non, le préteur va céder, retourner son poing, pouce renversé, donnant ainsi aux vainqueurs le signal d'égorger ceux dont ils tiennent le corps au bout de leur trident, de leur glaive, ou dont ils écrasent la poitrine de leur talon.

Silence à nouveau, puis une longue exhalaison comme de satisfaction et de relâchement des corps serrés les uns contre les autres sur les gradins au moment où les lames tranchent les gorges et où les pointes de fer crèvent les poitrines.

Brusquement, un flot de lumière envahit la salle, refoule la pénombre. Le portail qui donne sur l'arène vient d'être ouvert et les gladiateurs commencent à descendre en titubant le plan incliné qui conduit aux souterrains.

Ce sont les survivants de la vingtaine qui avaient été achetés à Rome au marché aux esclaves. Ils avaient été parqués côte à côte dans le quartier de Vélabre, puis, épaule contre épaule, avaient parcouru, assis dans les chariots, la via Appia de Rome à Capoue. Certains avaient chantonné dans leur langue.

L'un, un Celte, avait, à une halte à Minturno, réussi à rompre ses liens et avait couru dans la campagne parmi les oliviers. Les gardiens l'avaient poursuivi, rattrapé, battu jusqu'à ce que sa tête pende sur sa poitrine et qu'on ne devine plus la couleur de ses cheveux, leurs mèches collées par le sang noir qui avait séché.

Lentulus Balatius avait demandé qu'on l'asperge d'eau. Et le Celte avait tressailli, redressé un peu la tête. Balatius avait répété à plusieurs reprises :

— Il est vivant, ce chien, il est vivant ! Que les dieux en soient remerciés !

On l'avait attaché, jeté dans un chariot, et, à l'arrivée à Capoue, quand les nouveaux gladiateurs avaient découvert la ville, le méandre du Vulturne, et, loin au-delà des caps, ce mont conique empanaché d'une fumée grise qui s'enfonçait dans le ciel, à l'horizon, Balatius s'était approché de Jaïr le Juif.

— Tu es guérisseur, Juif, c'est pour cela qu'on t'a vendu, et toi...

Il s'était tourné vers Apollonia :

— Tu es prêtresse de Dionysos ? Eh bien...

Il avait désigné le corps du Celte :

— Je veux qu'il soit debout dès demain. Demande ce dont tu as besoin pour le soigner. S'il meurt ou s'il ne marche pas...

Il avait regardé longuement Jaïr le Juif.

— Mes lions libyens ont toujours faim, avait-il lancé en s'éloignant.

Jaïr avait enduit le corps du Celte d'huiles et d'onguents. Il lui avait massé la nuque et les cuisses, avait lavé ses cheveux blonds et bouclés, pansé ses plaies.

Le Celte avait peu à peu recouvré une respiration régulière. Il avait enfin ouvert ses yeux tuméfiés, regardé autour de lui, et s'était redressé, faisant comprendre à Jaïr le guérisseur qu'il se nommait Gaëlus, qu'il avait combattu et vaincu les Romains comme un guerrier, et qu'il n'acceptait pas d'avoir été condamné à cette condition infâme de gladiateur. Il s'était adressé à Spartacus qui ne comprenait pas sa langue, et c'est un Gaulois, Crixos, et un Germain, Œnomaus – eux aussi achetés au marché de Rome –, qui lui avaient répondu, expliquant ensuite à Spartacus que le Celte les exhortait à refuser de se battre, à se révolter, à s'enfuir comme lui-même l'avait tenté. Ne comprenaient-ils pas, avait-il répété, qu'ils seraient les plus forts s'ils agissaient ensemble, qu'ils pouvaient utiliser contre les gardiens les armes qu'on leur confiait pour les combats de l'arène ?

Crixos et Œnomaus avaient parlé à voix basse. Le premier était aussi grand que Spartacus, mais plus corpulent. Son front bas, son menton proéminent donnaient à son visage une expression dure et butée. Œnomaus, lui, était démesuré : des bras et des jambes interminables, un cou étiré, une tête qui paraissait petite, enveloppée d'une chevelure rousse et touffue.

Spartacus avait écouté sans répondre, et Gaëlus le Celte, après avoir gesticulé, s'était endormi.

Le lendemain matin, Lentulus Balatius, entouré de ses gardiens, s'était approché de Gaëlus qui se tenait debout, bras croisés, adossé à l'un des portails ouvrant sur les corridors qui conduisaient aux salles souterraines creusées sous les gradins de l'amphithéâtre.

— Tu as hâte d'y entrer ? avait lancé Balatius. Ne t'inquiète pas ! Balatius n'oublie rien. Tu as voulu fuir ? Tu aimes courir ? Tu vas courir...

Balatius s'était tourné vers Curius, un homme libre qui avait choisi d'être gladiateur et qui, après plusieurs combats victorieux, avait été désigné comme maître d'armes du Ludus.

— Veille à ce qu'il soit bien nourri, ajouta Balatius. Entraîne-le à la course. Je veux qu'il ouvre les prochains jeux et que la population de Capoue soit étonnée par le spectacle que je vais lui offrir.

Dès que le laniste eut quitté le casernement, Curius s'approcha de Spartacus.

— On te consulte, on t'écoute, commença-t-il. Tu as une femme avec toi, et celui-ci, ce Juif guérisseur, ne te quitte pas. Balatius a dû te payer cher, je le devine à la manière dont il te regarde. Il te traite comme le chef de la nouvelle gladiature. Mais je le connais : il est cruel et vindicatif. Le Celte l'a défié en cherchant à s'enfuir. Si Balatius a renoncé à le tuer, c'est que le sort qu'il lui réserve est pire que la mort. Conseille à Crixos le Gaulois et à Œnomaus le Germain de le lui expliquer. Ils ont confiance en toi, ils t'obéiront.

Il posa la main sur l'épaule de Spartacus.

— Si le Celte était un homme sage, il s'ouvrirait les veines. Ce serait pour lui une mort heureuse et douce, sinon...

Mais le Celte avait, en reprenant des forces, recouvré le goût à la vie.

On l'avait bien nourri. Balatius avait même autorisé l'une des femmes qui rôdait sur les berges du Vulturne à s'offrir à lui. Gaëlus s'était retiré avec elle dans l'une des *cella* dont disposaient les gladiateurs. Et on avait entendu les cris de la femme.

— Mourir, mourir, pourquoi mourir ? avait répondu Gaëlus à Crixos le Gaulois. Je me battrai. Je survivrai. Et je tuerai Lentulus Balatius !

Mais, un matin, les gardiens se jetèrent sur Gaëlus et lui enchaînèrent les poignets dans le dos, puis ils le dénudèrent et versèrent sur lui une jarre de sang frais.

Lentulus Balatius vint l'examiner.

— Tu as couru ? Ils vont te faire courir !

Plus tard, les trompettes et les tambours annoncèrent l'ouverture des jeux de Capoue et Lentulus Balatius, depuis la tribune, clama que, pour ouvrir dignement ces jeux, il allait offrir au plus beau de ses fauves, un lion de Libye, un homme nu aux mains liées qui n'aurait que la course pour éviter d'être dévoré.

— S'il survit, j'en fais un homme libre !

Il donna l'ordre qu'on ouvrît les portails, celui par lequel entraient dans l'arène les gladiateurs et celui d'où bondissaient les fauves. L'odeur du sang collait à la peau de Gaëlus.

Il ne courut pas longtemps.

Le lion, les pattes posées sur la poitrine de l'homme, le dépeça lentement, sa mâchoire broyant le visage du Celte.

Les esclaves achetés à Rome n'avaient pas participé à ces tout premiers jeux. Il fallait les dresser, leur apprendre à combattre dans une arène, à éviter le filet lancé par un rétiaire, à repousser le trident ou l'épée recourbée.

D'aucuns devaient combattre sans même voir leur adversaire, le visage enfermé dans un casque prolongé par un masque en métal dépourvu d'ouverture.

D'autres – Crixos le Gaulois était l'un d'eux – étaient entièrement couverts d'armures, écrasés sous un tel poids de métal qu'ils devaient avancer à petits pas, jambes écartées, et qu'il suffisait d'une poussée pour les faire basculer ; ils étaient alors incapables de se redresser.

Spartacus avait le bouclier et l'épée recourbée et dentelée du guerrier thrace, cependant qu'Œnomaus le Germain était armé d'une hache à deux tranchants, au long manche, qu'il savait faire tournoyer, fauchant tous ceux qui s'approchaient.

Tous ceux-là, qui composaient la nouvelle gladiature, entrèrent dans l'arène pour les seconds jeux de Capoue.

C'était déjà l'été. Une épaisse couche de brume stagnait au-dessus du Vulturne.

Des souterrains où étaient enfermés les fauves montait une odeur âcre. On débutait les jeux à la fin du jour, quand la chaleur commençait à se dissiper et que s'étirait le long crépuscule.

Jaïr le Juif avait entendu le choc des armes, les cris saluant les plus belles passes d'armes, puis ce hurlement : « *Jugula ! Jugula !* Égorge ! Égorge ! », et ce cri de pâmoison quand le préteur avait retourné son pouce, donné l'ordre de trancher les cous, d'enfoncer javelots et tridents dans les corps.

Et maintenant Jaïr le Juif voit s'avancer lentement, sur le plan incliné qui conduit aux salles souterraines, les gladiateurs survivants.

Ils titubent, leurs corps couverts de sang.

18

Jaïr le guérisseur voit le sang couler sur la poitrine de Spartacus.

Il s'approche du Thrace dont l'épaule droite est entaillée ; et un filet de sang dessine sur le bras et la main une traînée noirâtre.

Spartacus hésite, puis se laisse tomber sur le sol. Jaïr se penche. La blessure n'est que superficielle. L'homme qui frappait a dû être tué au moment où la lame de son arme – glaive ou hache – s'abattait sur Spartacus.

Jaïr commence à étancher le sang, puis recouvre la plaie d'onguents.

Spartacus semble ne même pas s'apercevoir qu'on le soigne. Il a laissé retomber sa tête sur sa poitrine, les mains entre les cuisses, le dos voûté.

Il ne regarde pas Crixos le Gaulois qui s'arrête devant lui, puis, tout à coup, s'effondre, comme écrasé par le poids de métal de cette armure qui lui couvre tout le corps. Il tente en vain de se redresser. Œnomaus le Germain, dont la poitrine est labourée de sillons rouges, s'emploie à dénouer les lacets de cuir qui, dans le dos, sur la nuque et à la taille, sur les cuisses, fixent les pièces de l'armure au corps de Crixos. D'autres gladiateurs s'appuient au mur et se laissent glisser à terre, ferment les yeux, d'abord silencieux, puis réclament du vin.

Jaïr les regarde. Ils étaient une vingtaine à être entrés dans l'arène : tous ceux de la nouvelle gladiature composée des esclaves achetés à Rome. Ils ne sont plus que sept qu'entourent les gladiateurs du *ludus* venus par les corridors et qui ont envahi bruyamment les salles souterraines.

— Le Dace, murmure Spartacus, souviens-toi de Galvix le Dace, il m'a épargné. Il a choisi de mourir plutôt que de me tuer.

De sa main gauche, il serre la nuque de Jaïr, l'oblige à se pencher davantage.

— Quand j'ai vu ce Numide lever sa hache, reprend-il, je me suis jeté en avant, l'épée au poing. Je l'ai enfoncée dans son ventre, jusqu'à la garde. Il a lâché son arme.

Il pose sa main droite sur sa poitrine.

— Son sang a giclé, m'a recouvert. Son sang s'est mêlé au mien. C'était mon frère, Jaïr, et je l'ai tué. Je n'ai pas eu le courage de Galvix le Dace.

Il secoue la tête. On pourrait croire qu'il sanglote, mais ses yeux restent secs.

— J'ai tué mon frère..., répète-t-il.

Tout à coup, le silence s'établit sous les voûtes. Les gladiateurs s'écartent pour laisser passer Cnaeus Lentulus Balatius qui s'avance, entouré de ses gardes. Curius, le maître d'armes, marche près de lui.

— Je veux les voir, dit Balatius d'une voix forte. Vifs, blessés ou morts, ils sont à moi. Montre-moi les blessés, Curius.

— Ils sont vainqueurs, observe Curius.

— Ils sont à moi ! répète Balatius. Et tu l'es aussi, par contrat. Tu as choisi. N'oublie jamais que je dispose de toi, même si tu es un homme libre. Tu m'as vendu ta liberté, Curius. Et je peux te pousser dans l'arène, les mains liées dans le dos, comme je l'ai décidé pour ce Celte. Tu sais ce qu'il est advenu de lui.

Il fait signe aux gladiateurs de s'éloigner afin qu'il puisse voir les survivants.

Balatius aperçoit Spartacus et, à son côté, Jaïr le guérisseur.

— Dis-moi, toi, le Juif, il faut combien de jours pour que le Thrace puisse à nouveau combattre ?

— Donne-moi une épée, répond Spartacus en levant son bras ensanglanté.

Balatius sourit.

— Tu t'es bien battu. Tu as embroché ce Numide, tu l'as coupé en deux. Le préteur a goûté ton art de tuer. C'est toi, Spartacus ? Curius me dit que les gladiateurs t'écoutent. Conseille-leur de se montrer avec moi comme des agneaux, et comme des tigres dans l'arène.

Il tourne le dos à Spartacus, considère Crixos le Gaulois, puis Œnomaus le Germain.

— Vous trois, vous ouvrirez les prochains jeux.

Les autres survivants des combats sont allongés sur le sol, leurs corps couverts de sang et de sueur.

— Ceux-là, qu'on leur donne une arme, ordonne Balatius.

Il empoigne le bras du maître d'armes.

— Tu les entends ?

D'un hochement de tête, il montre les gradins de l'arène qu'on aperçoit par les soupiraux. La foule est debout, elle crie et gesticule.

— Curius, qu'ils se battent à nouveau !

— Ils ont déjà vaincu, répète le maître d'armes.

— Tu les entends ? Le préteur m'a payé cher pour ces jeux.

Il hausse la voix.

— Je vous gave de viande et de vin, je vous livre des femmes. Vous avez une vie de patricien, vous, les infâmes, qui n'êtes rien. Mais il faut se battre. C'est le prix !

Il dévisage les gladiateurs, les fixe jusqu'à ce que la plupart baissent les yeux.

— Les blessés, dans l'arène, avec des tridents et des glaives, tout de suite ! reprend-il. Fais-les porter, jette-les dedans s'il le faut, Curius ! Maintenant ! Qu'on les asperge d'eau froide ! On se souviendra, à Capoue, des gladiateurs du *ludus* de Balatius, ajoute-t-il. Un jour, je vous ferai combattre à Rome !

Il se retire lentement.

— Aux bêtes, aux bêtes ! répète-t-il. Qu'ils affrontent mes fauves !

Spartacus se lève, les gladiateurs l'entourent. Ils sont plusieurs dizaines, peut-être deux cents. Ils grondent. Mais Spartacus est le seul à dresser le poing.

19

Les visages des gladiateurs s'estompent dans la pénombre des salles souterraines.

On ne voit que des épaules, des bras, des torses, le haut des cuisses. Chargée de poussière, la lumière qui tombe des soupiraux tranche ainsi les corps.

Jaïr le Juif est au centre de cette masse mutilée qui tressaille, se porte en avant, et il résiste à la poussée, puis reflue sous les voûtes, écoute les cris qui tombent des gradins, entend les rugissements des fauves, le martèlement de leurs pattes alors qu'ils tournent dans les salles voisines, attendant qu'on leur ouvre les portes pour bondir dans l'arène et s'y repaître de chair humaine.

À quelques pas devant lui, Jaïr voit les pointes des javelots et des glaives, les boucliers des hommes d'armes, ces chacals dévoués à Lentulus Balatius.

Ils se tiennent jambes écartées, lames et lances tendues, herse de métal contenant la masse des gladiateurs qu'ils refoulent peu à peu sous les voûtes, dans les recoins, là où l'on ne peut se tenir debout. Et les gladiateurs s'accroupissent.

Jaïr sent les peaux huileuses. Dans l'obscurité plus dense, il devine les gantelets, les pièces d'armure, les cuirs et les anneaux des gilets. Il s'appuie contre la hanche et l'épaule de Spartacus, effleure le bras de Crixos le Gaulois. Les deux mains lourdes d'Œnomaus pèsent sur ses épaules.

Il voit s'avancer Curius, le maître d'armes du *ludus*. D'un geste, celui-ci a arrêté ses chacals qui s'ébranlaient derrière lui ; il ne reste presque plus d'espace aux deux cents gladiateurs sans arme ni bouclier, la gorge et la poitrine nues.

— Qu'est-ce que vous voulez ? leur crie Curius. Que je vous crève comme des rats ?

Il fait encore un pas.

Jaïr le Juif sent que tout le corps de Spartacus tremble. Le Thrace est tenté de sauter à la gorge de Curius ; puis les autres gladiateurs s'élanceraient à leur tour. Les chacals seraient certes vainqueurs, mais quelques-uns d'entre eux, et d'abord Curius, auraient eu le corps lacéré à coups de dents et de griffes.

Jaïr le Juif pose la main sur la cuisse de Spartacus. Il appuie, serre jusqu'à ce que le tremblement de Spartacus cesse.

Curius a reculé.

— Vous avez entendu Lentulus Balatius ? Ce qu'il veut, ce qu'il ordonne est notre loi. Si vous vous dressez contre lui, vous êtes des rats et mourrez comme des rats. Vous n'êtes des hommes qu'en combattant pour lui. Il vous a achetés. Il vous entraîne. Il vous nourrit. Il vous donne une chance de survivre. De connaître une belle vie en attendant la mort à laquelle nul ne peut échapper. Vous préféreriez ramper dans une galerie de mine, ou sécher au soleil dans un champ de blé ? Grâce à lui, vous vivez et mourrez en guerriers.

Curius revient sur ses pas, heurte de son bouclier le corps de Spartacus.

— Toi, le Thrace, murmure-t-il, tu as levé le poing. Tu sais que Lentulus Balatius n'oublie rien. Un jour il te fera lier les mains, comme il l'a fait avec Gaëlus le Celte. Ou, mieux – Curius recule –, il te fera trancher les poings et te poussera dans l'arène. Voilà ce qu'on gagne, quand on oublie qu'on n'est rien, seulement un infâme auquel un maître concède un peu de vie.

Curius est maintenant derrière ses hommes.

— Votre vie sera encore plus courte si vous désobéissez. Votre mort sera celle des rats ! lance-t-il.

Il marche vers les quatre gladiateurs blessés qu'on aide à se remettre debout et dont les corps ruissellent de l'eau dont on vient de les asperger. Curius leur fait remettre des glaives et des tridents.

Deux hommes ouvrent les portails. La lumière et les hurlements de la foule jaillissent, emplissent les salles souterraines, recouvrent la masse sombre des gladiateurs qui, éblouis, cherchent à distinguer les blessés qu'on pousse dans l'arène.

Jaïr entend le rugissement des fauves.

Les chacals de Lentulus Balatius reculent, leurs javelots et leurs glaives toujours tendus.

Les gladiateurs avancent au fur et à mesure, se redressent cependant qu'on referme les portes, que la pénombre à nouveau s'étend, que les cris déferlent par les soupiraux.

Le Juif suit Spartacus qui s'approche de l'une des ouvertures et se hisse en s'accrochant aux barreaux. Jaïr l'imite.

Il aperçoit un instant la loge des patriciens et des magistrats de la ville, puis des jets de sable la masquent.

Il devine un corps ensanglanté. Il ferme les yeux, se laisse glisser, se refusant à en voir davantage. Mais il entend les rugissements de la foule et ceux des fauves qui se mêlent et se confondent.

Jaïr reste accroupi, appuyé contre le mur. Spartacus s'assoit près de lui dans la pénombre, alors que la lumière grisâtre éclaire les autres gladiateurs auxquels Curius a fait distribuer des amphores de vin.

Les hommes boivent, tête renversée, yeux mi-clos, offrant leur gorge, et le vin qui glisse au coin de leur bouche a la couleur du sang.

— Plus jamais je ne tuerai un de mes frères, murmure Spartacus.

Il serre les poings, les brandit.

20

Apollonia s'agenouille devant Spartacus. Elle lui saisit les poings, les embrasse, le force à déplier les doigts, à ouvrir les mains. Elle pose les lèvres au creux de ses paumes.

Le Parthe est assis à même le sol dans la *cella* qu'il occupe à l'extrémité des bâtiments du *ludus*, là où Lentulus Balatius loge les gladiateurs qui ont déjà combattu et vaincu, dont on commence à connaître les noms à Capoue et qu'il faut soigner comme des animaux de prix pour qu'ils animent les prochains jeux : alors les crieurs se répandront sur les rives du Vulturne, sur les places et les marchés de Capoue en annonçant que Crixos le Gaulois, Œnomaus le Germain, Vindex le Phrygien et Spartacus le Thrace entreront ensemble dans l'arène et auront en face d'eux cinq paires de gladiateurs pour un combat à mort. Les survivants affronteront les fauves. Les jeux se dérouleront du milieu de la journée à la nuit. Et, s'il le faut, on les prolongera à la lueur des torches. Du vin et du pain seront distribués aux spectateurs de par la volonté du préteur Claudius Glaber, venu de Rome assister aux jeux du plus grand des lanistes de toute la République, Cnaeus Lentulus Balatius !

Apollonia replie les doigts de Spartacus, l'oblige ainsi à serrer les poings. Elle les rapproche, les emprisonne entre ses mains. Elle les embrasse, les lèche. Elle geint. Elle raconte dans un murmure, la tête penchée, les poings de Spartacus contre ses lèvres.

Elle s'est glissée, dit-elle, dans la salle où se tiennent les chacals de Lentulus Balatius. Ils buvaient. Elle a dansé pour eux. Elle a entendu Curius, le maître d'armes, répéter qu'il avait reçu l'ordre de Lentulus Balatius de trancher, avant les prochains jeux, les poings de Spartacus le Thrace.

Elle s'interrompt. Elle embrasse les poings de Spartacus, lui ouvre les mains, lui baise chaque doigt.

— Tes poings ! gémit-elle.

Il les ferme, les brandit. Tout son corps s'est tendu, durci. Il dit qu'il combattra avec ses mains, en homme libre, et qu'il tuera Curius. Qu'il faudra dix chacals pour le terrasser. Et ce n'est que mort qu'il pliera les genoux.

— Jamais mes mains ! dit-il, les dents serrées.

Apollonia l'enlace.

— Curius a bu, reprend-elle. Il a dit qu'il devait obéir à Lentulus Balatius, que ceux qui se rebellaient contre le maître du Ludus devenaient un morceau de chair avariée bonne à jeter aux fauves. Pas aux lions, mais aux hyènes et aux chacals !

Apollonia s'était approchée de Curius. Elle l'avait caressé. Elle lui avait rappelé qu'elle était prêtresse de Dionysos, devineresse. Il l'avait entraînée dans sa *cella*. Là, il avait encore bu, crié qu'un gladiateur devait entrer dans l'arène avec ses mains et ses armes. Un maître d'armes n'était

130

pas un boucher qui dépèce la viande avant de la livrer. Lui, Curius, était un homme libre, chargé d'apprendre aux gladiateurs à défendre leur vie comme des guerriers. Couper les poings d'un homme avant qu'il ait combattu était la tâche d'un bourreau, non la sienne à lui, Curius. Il avait tranché des bras, crevé des yeux, mais c'étaient ceux des Barbares après avoir remporté la victoire et parce qu'il fallait punir ceux qui avaient osé défier les légions et renvoyer les vaincus dans leurs tribus pour que leurs corps mutilés montrent à tout leur peuple la force terrible de Rome.

— Curius ne veut pas, murmure Apollonia, mais il a peur. Il a bu et vomi toute la nuit. S'il ne te tranche pas les poings, ce sont les siens que Lentulus Balatius fera couper. Ils sont plusieurs, parmi les chacals, à vouloir chasser Curius du *ludus*, le jeter dans l'arène pour prendre sa place. Il le sait, il se méfie d'un Espagnol au poitrail et au cuir noirs de taureau. Je l'ai vu, Spartacus. Il m'a touchée. Il se nomme Vacerra. Il n'a pas besoin d'arme pour tuer. Il a des mains d'étrangleur, ses doigts sont des tiges de fer. Il m'a serré le cou. J'ai senti ses ongles s'enfoncer dans ma nuque. « J'arrache ta langue si tu parles », m'a-t-il dit.

Elle se tait quelques instants, soupire, puis ajoute que Dionysos lui a appris à apaiser les taureaux, et qu'elle a su calmer Vacerra.

— Lui te coupera les poings aussi bien que ceux de Curius. Il deviendra maître d'armes et le *ludus* de Lentulus Balatius ne sera plus qu'une boucherie.

Spartacus se lève, cherche à dénouer les bras d'Apollonia. Mais elle lui enlace les cuisses, la bouche plaquée sur son sexe.

— Avec ces mêmes poings je vais les tuer, gronde Spartacus.

Apollonia secoue la tête.

— Tu seras seul, sans arme, tu n'auras même pas le temps de lever et d'abattre les poings qu'ils t'auront crevé le ventre et ouvert la gorge. Et ils te jetteront aux fauves.

Elle presse ses lèvres sur le sexe de Spartacus.

— Dionysos ne veut pas que tu meures, murmure-t-elle. N'oublie pas le serpent qui enveloppait ton visage, la puissance d'un prince que ce songe t'annonçait.

Le corps d'Apollonia s'est mis à trembler.

— Je suis la voix, la chair de Dionysos. Elles te donnent la force et te montrent le chemin.

Spartacus s'immobilise, les doigts plongés dans les cheveux d'Apollonia.

— Que dit Dionysos ? questionne-t-il.

Apollonia prend le sexe du Thrace dans sa bouche.

Le corps de Spartacus s'arque comme si une force irrépressible lui prenait les reins. Il sent la sève de la puissance monter en lui, un feu d'or fondu se répand le long de ses jambes, de ses cuisses, dans son ventre et jusque dans son membre.

Apollonia se redresse enfin.

— Il faut fuir dès cette nuit, dit-elle.

Elle sort de la *cella* et Spartacus entend ses pas courir dans le couloir, sa voix réveiller les autres gladiateurs.

21

Les gladiateurs sont entrés dans la *cella* de Spartacus, tendant vers lui leurs mains ouvertes.

Ils sont sans arme.

Ils se pressent les uns contre les autres dans la petite pièce, ne quittant pas le Thrace des yeux. Il est debout, bras croisés. Jaïr le Juif se tient près de lui. On devine à peine, dans la pénombre, le corps d'Apollonia adossé au mur du fond.

Vindex le Phrygien s'avance, écarte Crixos le Gaulois et Œnomaus le Germain. Il dit qu'il a vu au début de la nuit Vacerra le chacal, l'œil et l'oreille de Lentulus Balatius, faire enlever par des esclaves toutes les armes entreposées dans le *ludus*.

Vindex porte la main gauche à son cou cependant qu'il pose la droite sur sa poitrine, doigts écartés, comme s'il voulait ainsi se protéger la gorge et le cœur, ou comme s'il sentait déjà les blessures que javelots et glaives allaient lui infliger.

— Nous sommes nus, remontre-t-il. Que veux-tu que nous fassions ? Vacerra n'a même pas laissé les pieux d'entraînement ni les filets. Nos mains sont vides. Ils nous tueront quand ils voudront, ou bien ils nous livreront aux fauves.

Ils choisiront parmi nous celui qu'ils puniront le premier.

Il lève les mains au-dessus de sa tête.

— Curius l'a dit, Vacerra l'a répété en criant dans le *ludus* : ils commenceront par toi, Spartacus. Ils te trancheront les poignets. Et, plus tard, ce seront les nôtres. Que veux-tu que nous fassions ?

Vindex le Phrygien se dresse sur la pointe des pieds. Ainsi, lui qui est déjà d'une haute stature domine des épaules et de la tête les gladiateurs qui se sont agglutinés dans le couloir devant la *cella* de Spartacus.

Ils sont plusieurs dizaines dont l'obscurité mêle les corps et les visages, créant un magma noirâtre d'où s'élèvent un murmure et des bribes de phrases qui résonnent tout à coup, renvoyées par les cloisons. Ce sont presque des plaintes, des supplications.

L'une des voix dit que Lentulus Balatius ne pourra pas tous les tuer. Il a besoin de ses gladiateurs pour ses jeux. Que penseraient les spectateurs et les patriciens de Capoue si Balatius n'offrait que des combats entre manchots ? « Il faudra bien qu'il laisse leurs mains à la plupart et qu'il nous rende les armes s'il veut que nous combattions. Rentrons dans nos *cella* et attendons ! »

Une autre voix crie que Lentulus Balatius les livrera tous aux fauves dès qu'il aura acheté au marché aux esclaves, à Rome, de quoi constituer une nouvelle gladiature.

— Ces combattants-là, nous ne les connaîtrons pas. Ils nous laisseront jeter dans l'arène comme nous avons laissé dévorer les gladiateurs blessés. Chacun n'a qu'une vie ! glapit la voix sur un ton plus aigu encore. À chacun de la défendre. Que l'autre crève, si moi je survis !

— Aucun de vous ne survivra ! lance Apollonia.
Elle a bondi hors de l'ombre. Elle s'est accrochée au cou de Crixos et d'Œnomaus. Elle s'agrippe à leurs corps, se juche sur leurs épaules.
— Dionysos me dit que nous devons fuir dès cette nuit, que les chacals nous égorgeront ou nous mutileront à l'aube, que Lentulus Balatius en a décidé ainsi. C'est Vacerra qu'il a chargé de nettoyer le *ludus*. Puis on traînera nos corps dans l'arène et les fauves seront lâchés. Ils achèveront la besogne. Ainsi s'ouvriront les nouveaux jeux de Capoue. Il y aura du sang, du carnage pour tous. Après le festin des fauves, on poussera Curius et quelques chacals dans l'arène. Et il faudra bien qu'ils se battent !
Cambrée, prenant appui sur la tête de Crixos et d'Œnomaus, Apollonia répète :
— Il faut fuir dès cette nuit, dès maintenant !
Elle se laisse glisser le long des corps des deux gladiateurs. Il y a un instant de silence, puis, tout à coup, la voix de Vindex le Phrygien retentit :
— Fuir où ? Nous sommes nus. On nous pourchassera comme on traque les loups. Nous serons pris. Heureux ceux qu'on aura tués ! On écorchera les autres au fouet. On les crucifiera.

Spartacus fait un pas en avant, prend Vindex aux épaules, le secoue.
— Que ceux qui veulent se laisser égorger ou mutiler restent ici, dit-il. Que les autres qui ne

craignent pas de mourir en loups viennent avec moi !

Il repousse Vindex, Crixos, Œnomaus.

Les autres gladiateurs s'écartent, le laissent s'engager dans le couloir. Apollonia et Jaïr le suivent, et, derrière eux, on se précipite, poings levés, cependant que quelques gladiateurs se collent contre les cloisons, laissent passer ce flux de plusieurs dizaines d'hommes, puis regagnent leur *cella*, tête baissée, se retournant souvent, se ravisant parfois – et alors quelques-uns d'entre eux rejoignent le groupe qui, guidé par Spartacus, a gagné les portes du *ludus* donnant sur les rives du Vulturne.

On heurte les battants de l'épaule et du pied, on soulève les poutres qui les bloquent, on les enfonce, on les ouvre enfin, et, tout à coup, c'est la brise blanche de la nuit lunaire qui s'engouffre dans le *ludus* en même temps que la rumeur des eaux du Vulturne qui coulent en contrebas.

Brusquement, un homme se dresse, bras écartés, devant Spartacus.

Il crie que les gladiateurs doivent rentrer dans le *ludus*, qu'ils sauveront ainsi leur vie, que lui, Curius, ne rapportera rien à Lentulus Balatius de cette tentative de fuite, de cette révolte, qu'il est encore temps de renoncer, que fuir revient à se précipiter dans un abîme : on ne peut plus s'accrocher à la paroi, on s'y fracasse les os, on s'y écrase, on n'est plus qu'une chair pantelante bonne à nourrir les rapaces, à régaler aigles, vautours ou corbeaux.

Spartacus a empoigné les avant-bras de Curius, le maître d'armes. Dans le clair de lune, il ne discerne que sa silhouette, ne reconnaît que sa voix.

— Laisse-nous passer ! dit-il en le repoussant de côté. Nous voulons combattre et mourir en hommes libres, et non pas être égorgés comme des animaux de boucherie.

Curius ne résiste pas ; il marche aux côtés de Spartacus en répétant qu'il est lui-même un homme libre, un gladiateur qui a passé un contrat avec Lentulus Balatius, qu'il n'est pas un bourreau ni un boucher, qu'il l'a dit et redit toute la nuit à Apollonia, et qu'il a retenu Vacerra.

— Viens avec nous, lui dit Spartacus. Lentulus Balatius te jettera aux fauves dès demain si tu restes.

Il s'arrête, fixe Curius.

— Tu n'es pas un chacal, dit-il. Nous serons tous des hommes libres !

Spartacus se remet à marcher à grands pas sur cette berge sinueuse qui descend en pente douce vers le Vulturne.

La ville de Capoue est un sombre amoncellement de volumes qui s'encastrent les uns dans les autres sur la rive gauche du fleuve.

Spartacus se retourne sans cesser d'avancer. Dans la blancheur nocturne, il compte sept à huit dizaines de gladiateurs qui marchent épaule contre épaule comme pour se rassurer.

— Lentulus Balatius demandera aux magistrats de lancer à ta poursuite la milice de Capoue, objecte encore Curius.

Il hausse les épaules.

— C'est vrai qu'ils ne savent pas se battre, mais vous n'avez pas d'armes, poursuit-il.

— Nous nous battrons, s'il le faut, avec des branches et des pierres acérées, répond Spartacus. Nous ne resterons pas les mains nues !

Ils ont déjà parcouru tout le méandre du Vulturne qui entoure la ville. Ils franchissent un pont dont les pierres paraissent blanches sous la lune.

Au-delà commence la campagne, s'étendent les plantations d'arbres fruitiers, les vignobles, les champs de blé. Ce n'est pas encore l'aube et la terre est vide d'hommes.

— Le préteur Claudius Glaber est à Capoue, reprend Curius. Si tu échappes à la milice, Glaber obtiendra de Rome une armée qui te poursuivra. Où iras-tu, Spartacus ?

Le Thrace tend le bras, montre le cône noir du Vésuve qui est comme l'extrémité d'une lance enfoncée dans la chair blanche de l'horizon.

TROISIÈME PARTIE

22

— Ces chiens se sont enfuis cette nuit ! s'exclame Cnaeus Lentulus Balatius.

Il est assis dans sa villa de Capoue, les mains croisées sur son ventre, la tête levée, regardant les fresques peintes sur les murs et le plafond du péristyle du jardin intérieur.

Au-delà du vestibule et de l'entrée de la demeure, on aperçoit l'allée de pins parasols qui conduit au Vulturne. Des barques sont amarrées à des piquets plantés sur la berge.

— Combien sont-ils ? demande le préteur Claudius Glaber, installé dans un fauteuil de cuir.

Il a les avant-bras posés sur les accoudoirs sculptés. Ses doigts serrent les têtes de lion taillées dans le bois, dont les yeux sont des pierres bleues.

Lentulus Balatius ne tourne pas la tête. Ses pouces s'enroulent l'un sur l'autre dans un lent mouvement de rotation.

— Plus de soixante-dix, soixante-quinze, et je ne compte pas quelques serviteurs qui se sont joints à eux, et Curius, un homme libre, mon maître d'armes. On l'a vu marcher aux côtés de ce Thrace que tu m'as vendu, Paquius.

Le marchand d'esclaves est arrivé ce matin de Rome en compagnie de Posidionos et des deux jeunes gens qui ne quittent jamais le rhéteur grec. Ils se tiennent maintenant sur le seuil du vestibule, debout l'un en face de l'autre, les jambes et les bras nus, les cheveux bouclés, leurs corps si bien dessinés qu'on dirait deux statues. Du péristyle, on entend leurs jacassements.

— Tu m'as vendu le Thrace, un guérisseur juif et une prêtresse de Dionysos pour cinquante talents.

— Tu m'as en effet proposé cette somme, marmonne Paquius.

Il est assis sur un petit siège aux pieds croisés. Il se tient courbé, les coudes sur les cuisses ; sous sa tunique blanche on aperçoit son abdomen proéminent.

— C'est toi, Posidionos, dit Lentulus Baliatius en penchant la tête vers le Grec, c'est toi qui le voulais, ce Thrace, pour le mettre dans ton lit. Et tu viens jusqu'ici...

— Je désirais le voir combattre, j'allais même te proposer de le racheter.

— Cours-lui après ! maugrée Lentulus Balatius.

Il ricane.

— Ils ont traversé le pont, reprend-il. Un esclave les a vus à l'aube marchant dans la direction du Vésuve. La prêtresse ouvrait la marche, et, derrière elle, venait ton Spartacus.

Il montre d'un mouvement du menton les deux jeunes gens.

— Je croyais que tu n'appréciais que les jeunes à la peau lisse, aux culs épilés. Il te faut donc aussi te frotter à la corne d'un gladiateur ?

Il hausse les épaules.

— Tu as bien la curiosité et les goûts d'un rhéteur grec, Posidionos. Tu ne peux pas dissimuler tes origines ! Mais sache-le...

Il lève la main, menace de l'index :

— Le tribun de la milice de Capoue s'est lancé à leur poursuite avec sa troupe. Je connais Amillus, il va les traquer et nous les ramener ici vivants. Je veux les avoir là – il frappe du pied le sol dallé du péristyle –, enchaînés avec la peur dans les yeux, le corps couvert de sueur, comme des bêtes sauvages qu'on a capturées, et me proposerais-tu mille talents, me supplierais-tu comme un amant aveuglé par la passion que je ne te le céderais pas ! Préteur...

Il s'incline devant Claudius Glaber.

— J'organiserai pour toi, avec ces chiens-là, des jeux comme tu ne peux même pas en imaginer. Tu as vu ce que j'ai fait du Celte ? Il a couru avec ses poings coupés comme s'il pouvait échapper à mes lions de Libye. Avec ceux-là, avec ton Spartacus, Posidionos, je veux un spectacle qu'aucun habitant de Capoue ne puisse oublier. Mes lions aiment la viande vivante. Je vais leur en donner ! Je connais mes fauves. Ils prendront leur temps. Ces jeux-là seront les plus beaux qu'un laniste ait jamais présentés dans les villes de la République. Même à Rome, préteur, tu n'auras pas vu ce que je te montrerai !

— Rattrape-les d'abord, dit sobrement Posidionos.

Il se lève, fait quelques pas sur la pelouse du jardin, s'approche de la fontaine, passe les mains sous le jet.

— Ce Thrace est comme de l'eau, continue-t-il. Il te glissera entre les doigts. En Thrace, le tribun de la VIIe Légion, Calvicius Sabinius, l'avait mis en cage et avait choisi lui-même un Dace, un géant, Galvix, qui devait lui briser la nuque d'un seul coup de poing dans un combat à mort à mains nues. Et sais-tu ce qu'il est advenu ? Galvix a refusé de le tuer et a choisi de mourir.

Posidionos se rassoit près du préteur Glaber.

— Spartacus est un homme que les dieux protègent, poursuit-il. J'en suis sûr. Cette prêtresse et ce Juif guérisseur veillent sur lui. Il ne mourra que lorsque les dieux l'auront décidé. Tu voulais le jeter aux fauves ? Il s'est enfui. Tu veux le prendre vivant ? Il t'échappera, Balatius, et, s'il te revient un jour, tu n'auras que sa chair morte.

— Tu divagues, rhéteur ! Tu n'es qu'un Grec à la tête farcie de mensonges. Ici, Rome règne par le glaive et la loi. Nul ne peut défier Rome, ni un peuple ni un roi. Crois-tu qu'un chien infâme, un gladiateur thrace pourra vaincre alors qu'Hannibal et Carthage ou les centaines de milliers d'esclaves révoltés de Sicile ont été vaincus ? Tu rêves, rhéteur !

Lentulus Balatius frappe dans ses mains. Les esclaves apportent des amphores remplies de vin frais, des vasques pleines de champignons frits et de laitues, des plats chargés de grives dodues à la chair fondante.

— J'ai nourri ces chiens comme des patriciens, dit Lentulus Balatius, parlant la bouche pleine, s'essuyant les lèvres du revers de la main.

Il grommelle :

— Je veux qu'ils me rendent ma viande et mon vin avec leur chair et leur sang !

Le crépuscule étend peu à peu son voile pourpre et gris, et les pins parasols de l'allée s'effacent dans la pénombre qui semble monter du Vulturne.

On allume des lampes et des torches. L'huile et la résine grésillent. Les jeunes esclaves de Posidionos se sont allongés dans le vestibule.

Tout à coup, on entend des bruits de voix. Des silhouettes s'avancent lentement, d'autres traversent en courant l'atrium, le jardin intérieur.

L'une d'elles s'incline devant Lentulus Balatius :

— J'étais avec la milice, murmure l'homme. Le tribun Amillus est blessé.

Lentulus se lève, prend l'homme aux épaules, hurle :

— Je te l'avais dit, Vacerra : ce sera eux ou toi !

Vacerra montre ses bras ensanglantés.

— Ils ont des armes, explique-t-il. Des esclaves se sont joints à eux après avoir coupé les arbres fruitiers, saigné les bœufs. Ils étaient comme fous. Les miliciens se sont enfuis. Le tribun Amillus et moi...

Lentulus Balatius repousse Vacerra.

— Rentre au *ludus*, gronde-t-il en se rasseyant lourdement. Tu seras mon maître d'armes.

Le préteur Claudius Glaber fait un signe, invitant Vacerra à s'approcher.

— Raconte-moi, lui dit-il.

23

Illustres et Vénérés Sénateurs,

Moi, Claudius Glaber, préteur de la République, en visite à Capoue afin d'y rendre en votre nom la Justice, je lance un cri d'alarme.

Depuis plusieurs jours, un vent mauvais souffle sur cette province. Des gladiateurs ont fui le ludus *du laniste Cnaeus Lentulus Balatius. Ils n'étaient que soixante et treize, sans armes, mais ils s'en sont procuré et des esclaves travaillant dans les champs se sont joints à eux.*

Ils ont marché vers le mont Vésuve et personne, pour l'heure, n'a pu les arrêter.

Après avoir quitté les bâtiments du ludus, *sur les rives du Vulturne, avec la complicité du maître d'armes, un gladiateur libre, ils ont dévalisé une rôtisserie située aux abords de l'amphithéâtre de Capoue.*

Ils se sont ainsi emparés de coutelas et de broches, ainsi que de victuailles.

Le laniste, Cnaeus Lentulus Balatius, averti de cette rébellion et de cette fuite, a obtenu des magistrats de la ville qu'ils lancent la milice de Capoue à la poursuite de ces infâmes esclaves.

146

Consulté par Balatius et les magistrats, j'ai approuvé cette décision. La milice, composée de trois cents hommes sous les ordres du tribun Amillus, s'est donc rassemblée dans la nuit même et a quitté Capoue à l'aube, chacun étant persuadé qu'avant la fin de la journée Amillus et ses miliciens ramèneraient, enchaînés, les fugitifs.

Le laniste Balatius songeait déjà à des jeux livrant ses gladiateurs rebelles à ses lions.

Je connais trop les bêtes sauvages que sont les esclaves pour avoir cru à cette fin rapide et heureuse de ce qui est, j'en exprime la crainte, un début d'incendie.

Ma famille garde encore le souvenir des guerres serviles qui ont ensanglanté la Sicile, détruit les plus beaux de nos greniers et de nos celliers, et tué bien des nôtres.

Un esclave qui rompt le licol devient un fauve. Et pis encore s'il est un gladiateur qui sait se battre et mourir.

En quelques jours à peine, les fuyards du ludus de Capoue ont montré qu'ils étaient aussi néfastes qu'une armée barbare. Et ils ne sont encore qu'une centaine.

En recueillant les récits de ceux qui les ont en vain poursuivis et traqués, j'ai pu reconstituer leur marche.

Armés des broches et des coutelas en provenance de la rôtisserie, la panse remplie de viande et de vin, ils se sont donc dirigés vers le Vésuve, abattant ici et là les arbres fruitiers, mettant le feu aux greniers, saccageant les champs de blé.

Ils semblent s'être concilié les dieux.

Une prêtresse de Dionysos, la compagne de l'un des chefs qu'ils se sont donnés, un guerrier thrace qui fut soldat auxiliaire de la République et dont le nom est Spartacus, marche à leur tête, chante et danse.

Elle a conduit la bande sur l'un des chemins qui mène au port de Cumes et qu'empruntent de nombreux convois.

Ces gladiateurs ont ainsi pu dévaliser plusieurs chariots remplis d'armes destinées au ludus de Capoue et fabriquées en Sicile. Ils ont donc disposé de tridents, de filets, d'épées courbes : équipements de gladiateurs, mais, entre leurs mains, armes redoutables.

Les miliciens de Capoue ont pu le mesurer plus tard, quand ils ont affronté les fuyards.

Le tribun Amillus, que j'ai vu blessé et humilié, m'a fait le récit de ce combat.

Les miliciens étaient trois fois plus nombreux que les esclaves, mais ceux-ci ont rugi comme des bêtes sauvages et mis en fuite la plupart des miliciens qui ont abandonné leurs armes. Seuls une poignée d'entre eux, dont le tribun, ont résisté. Amillus m'a dit sa surprise de voir ces esclaves obéir au Thrace Spartacus comme des soldats, et rompre le combat en emportant les armes des miliciens sans s'attarder à tenter de tuer ceux qui, comme lui, Amillus, continuaient à se battre.

Avec de l'effroi dans les yeux, le tribun de la milice de Capoue m'a répété que ce Spartacus était un chef de guerre déterminé, faisant preuve de sang-froid et ayant imposé son autorité à cette troupe de gladiateurs et d'esclaves.

J'ai interrogé le laniste Cnaeus Lentulus Balatius, lequel a dû reconnaître que, dans sa gladiature, ce Spartacus était en effet écouté et suivi.

C'est la menace d'un châtiment que Balatius
avait décidé d'infliger au même Spartacus qui a
d'abord déclenché les réticences du maître d'armes
du ludus, puis sa trahison, la révolte des gladiateurs et, enfin, la fuite du maître d'armes en compagnie des esclaves.

Un rhéteur grec, Posidionos, qui se trouve à
Capoue, a connu Spartacus en Thrace et semble
lui-même attiré par cet homme dont il souligne la
bravoure. Il rappelle combien la fortune l'a déjà
favorisé à plusieurs reprises. Spartacus a ainsi survécu à un combat organisé par le tribun de la
VIIe Légion qui ne pouvait, selon les règles, que se
conclure par sa mort. Mais son adversaire a
renoncé à le tuer et a préféré mourir lui-même plutôt que de le faire périr.

Le Thrace est un guerrier fier de ses origines, qu'il
dit royales.

La prêtresse de Dionysos et le guérisseur juif qui
l'accompagnent lui répètent qu'il est un protégé des
dieux, et c'est aussi ce qu'assure Posidionos. Menée
par un homme tel que celui-ci, cette révolte de gladiateurs peut constituer un grand danger pour la
République.

La province de Capoue est riche. On y compte
des dizaines de milliers d'esclaves travaillant dans
les villas et les domaines.

Si la rumeur d'une révolte d'esclaves victorieuse
se répand, elle risque de ravager la province comme

un feu d'été quand le vent pousse les flammes et qu'elles dévorent moissons, forêts et greniers.

La province de Capoue est proche de Rome.

Si cette révolte de gladiateurs n'est pas étouffée, elle deviendra une guerre servile qui ne pourra être cantonnée dans une île, comme ce fut le cas en Sicile, mais qui menacera notre capitale comme le firent jadis les armées barbares.

À ce jour, la centaine de fugitifs a commencé de gravir les pentes du mont Vésuve.

Peut-être est-ce le signe que les dieux ont commencé de les aveugler, car, une fois sur ce sommet, il sera facile de les encercler.

Certes, ils possèdent aujourd'hui des armes de guerre : lances, javelots, glaives, poignards. Ils disposent des cuirasses, des casques, des boucliers, des jambières dont ils se sont emparés sur les chariots ou dont ils ont dépouillé les miliciens de Capoue.

Mais, Illustres et Vénérés Sénateurs, si vous me confiez la conduite de la poursuite et de la bataille, j'étoufferai cette révolte avant que sa rumeur n'embrase la province.

Je vous demande donc de m'autoriser à lever une armée de trois mille fantassins dont je prendrai le commandement.

J'entourerai le sommet du mont Vésuve d'une couronne de fer, puis, pas à pas, j'en ferai la conquête, ne laissant sur ces pentes que les cadavres de ces bêtes sauvages, préservant néanmoins la vie de certaines d'entre elles, et d'abord celle du guerrier thrace Spartacus pour que leur châtiment laisse à jamais le souvenir de la puissance invincible de Rome.

QUATRIÈME PARTIE

24

Spartacus marche sur cette terre grisâtre qui ressemble à une couche de cendre.

C'est une poussière fine dans laquelle brillent des éclats de métal, comme de lointaines étoiles dans un ciel d'orage.

Il s'arrête, lève la tête.

Chaque jour, quand le crépuscule embrase l'horizon et que la mer prend alors la couleur du sang, le sommet du mont Vésuve disparaît, caché par des nuages noirâtres.

— Regarde, dit Apollonia. Dionysos s'endort.

D'une main elle s'accroche au bras de Spartacus, de l'autre elle arrache une grappe rabougrie de cette vigne sauvage aux sarments épais et noueux comme des bras de gladiateur.

— C'est la terre de Dionysos ! s'exclame-t-elle.

Elle écrase les grains de raisin entre ses doigts. Elle porte cette chair verte et gluante à sa bouche, s'en enduit les lèvres.

— C'est le sang de Dionysos ! reprend-elle.

Spartacus dégage son bras, avance jusqu'au bord du plateau, le dernier avant les pentes raides, presque verticales, qui constituent la pointe du cône dont ils ont gravi la base en courant, sautant de rocher en rocher, craignant d'être rejoints par ces troupes romaines dont les esclaves travaillant dans les champs d'orge et de blé, les vignobles leur ont dit qu'elles avaient quitté Capoue – la nouvelle s'en était répandue de domaine en domaine, d'esclave à esclave : un cri, des chuchotements avaient suffi.

Au pied du mont, un berger leur a montré la plaine qui se prolonge jusqu'à Capoue :

— Ils sont trois mille fantassins, leur a-t-il dit. C'est le préteur Claudius Glaber qui les commande. Parmi les soldats, il y a aussi les gardes du corps du *ludus* de Lentulus Balatius. On dit que le laniste a déjà annoncé qu'il offrirait bientôt aux citoyens de Capoue des jeux tels que personne n'en aura encore jamais vu de semblables. Il fera combattre, dit-il, les gladiateurs qui, par lâcheté, trahissant leur maître, se sont enfuis, et qui seront bien contraints à faire preuve de courage. Il crèvera les yeux aux uns, tranchera les membres aux autres ; ce sera un combat de bêtes sauvages, quand, blessées, elles deviennent folles furieuses de douleur.

Le berger les a guidés sur les pentes du mont Vésuve ; là, il leur a indiqué qu'au-dessous de la demeure des dieux qui vivaient là-haut, au sommet, et parfois grondaient, faisant trembler la terre, il existait une étendue plate, large comme une main de géant.

On ne pouvait accéder à ce plateau que par un seul défilé, si étroit qu'un homme pouvait à peine y passer de face. C'était le plateau des hommes libres, là où les esclaves de la province se réfugiaient et où personne ne pouvait venir les chercher, puisqu'il suffisait d'une fronde et d'une pierre bien ajustée pour tuer quiconque s'aventurait dans le défilé.

— Sur cette terre grise pousse la vigne sauvage. L'esclave y vaut l'homme libre, leur a encore dit le berger.

Il a montré ce plateau qui dessinait comme une marche d'escalier. Des falaises l'encadraient, le rendant inaccessible. Le passage qui permettait d'y accéder avait en effet à peine la largeur d'un homme.

Ils s'engagèrent l'un après l'autre derrière le berger.

D'abord Apollonia, parce qu'elle était la prêtresse de Dionysos et que le mont Vésuve était la demeure du dieu.

Puis Spartacus, parce que les gladiateurs en avaient décidé ainsi, tendant le bras vers lui, répétant tous ensemble : « Toi, le Thrace, toi d'abord. »

Après quoi ils désignèrent Crixos le Gaulois, puis Œnomaus le Germain, enfin Vindex le Phrygien.

Ils hésitèrent et l'un d'eux montra Jaïr le guérisseur. Il y eut alors des murmures, mais on le poussa vers le défilé et il le franchit après les quatre chefs.

Ensuite les gladiateurs se retournèrent et l'un d'eux s'approcha de Curius, le maître d'armes du *ludus* :

— Toi, tu passeras le dernier.

Ils ont ainsi atteint ce plateau et Spartacus a placé cinq hommes à la sortie du défilé. Ils devaient tuer quiconque essaierait de le franchir.

Puis il a ordonné qu'on roule des blocs de façon à l'obstruer davantage encore.

Et l'attente a commencé.

Ils avaient faim. Ils ont mâchonné les grains de raisin aigres et verts, les feuilles de vigne sauvage ; ils ont déterré des racines et cherché à capturer sur les pentes qui s'élevaient vers le sommet du mont Vésuve des petits animaux aussi gris que la cendre et qui couraient s'enfouir dans leurs terriers. Ils les ont débusqués avec des pieux, des javelots, des lances ; ils les ont tués en écrasant leurs museaux de rat aux yeux rouges. Puis ils se sont partagé cette viande coriace qu'ils ont dévorée crue.

Car ils n'ont pu allumer de feu.

Ils ont aussi guetté les oiseaux qui nichaient dans les anfractuosités des falaises. Ils ont mangé des serpents, de grosses araignées.

Certains – des gladiateurs italiens pour la plupart – ont entouré Spartacus, lui reprochant de les avoir conduits sur ce plateau, au flanc de ce mont Vésuve qui était une montagne maudite ; ils ont déclaré qu'ils allaient redescendre dans la plaine, qu'on y trouverait des fruits, de l'orge, des villas à piller, de la viande et des femmes.

Ils se sont tournés vers Apollonia, disant qu'ils ne s'étaient pas enfuis du *ludus* de Capoue pour subir à nouveau l'injustice puisque certains, comme Spartacus, avaient des femmes, et eux non.

Apollonia s'est avancée. Elle a ouvert sa tunique et crié :

— Que celui qui me veut me prenne !

Mais aucun de ceux qui avaient protesté n'a osé la toucher. Spartacus a montré le défilé et répondu que chacun était libre de quitter le camp, mais que la mort l'attendait à coup sûr dans la plaine. Si, par miracle, il survivait, celui qui partirait ne serait plus jamais admis parmi eux.

Un seul gladiateur, qu'on appelait Genua le Ligure, s'est glissé entre les blocs et a disparu dans le défilé. Les autres ont regagné les cahutes qu'ils avaient construites avec des sarments et le feuillage des vignes.

Ils ont eu soif et se sont agenouillés pour boire l'eau des mares boueuses. Lorsque l'averse a dévalé du ciel et des pentes, ils ont essayé de la recueillir dans des tissus noués comme des outres. Au bout de quelques jours, ils ont dû les lécher, les presser comme s'ils avaient pu y retrouver une source de cette manne céleste dont Apollonia prétendait que les dieux la leur mesuraient pour les inciter à rester sur leurs gardes, en sorte que les Romains ne pussent les surprendre.

Un jour sans vent, une poussière tourbillonnante a cependant caché la plaine et le bas des pentes.

Les gladiateurs se sont approchés des bords du plateau et ont entendu les tambours et les trompettes de l'armée du préteur Claudius Glaber.

Éblouis par l'éclat des cuirasses et des lames, ils ont deviné les longues files de fantassins qui commençaient de gravir lentement le mont Vésuve derrière leurs emblèmes.

Le préteur Claudius Glaber était entouré de ses six licteurs, faisceaux sur l'épaule. L'un d'eux, qui se tenait aux côtés de Glaber, portait une hampe au sommet de laquelle l'aigle de Rome déployait ses ailes noires.

Certains, sur le plateau, ont crié qu'il fallait courir à la rencontre de ces milices, les attaquer par surprise alors qu'elles étaient en pleine ascension, ne pas attendre qu'elles encerclent le plateau.

On y crevait déjà de faim et de soif ; comment pourrait-on y survivre si les Romains les assiégeaient ?

Ici, chacun savait ce dont était capable l'armée de Rome. Ses hommes demeureraient là, sur le plateau inférieur, tout le temps qu'il faudrait. Peut-être même allumeraient-ils de grands feux pour les enfumer comme des rats.

Spartacus appela au centre du plateau Crixos le Gaulois, Œnomaus le Germain, Vindex le Phrygien, et voulut que Jaïr le Juif et Curius, le maître d'armes, prennent place auprès de lui, refermant ainsi le cercle.

Apollonia se tenait debout, les yeux clos, la tête renversée en arrière, les jambes écartées, les mains sur les hanches, faisant tourner son corps au gré d'une rotation de plus en plus ample et rapide, si bien qu'après quelques instants le bout de ses mèches blondes effleurait la terre couleur de cendre.

— Nous les tuerons ! clama Spartacus d'une voix forte pour être entendu des gladiateurs qui entouraient à quelques pas le petit groupe assis.

Et, gardant le bras tendu, il désigna le défilé.

— Toi, Vindex le Phrygien, tu défonceras les visages avec les pierres de ta fronde. Et si celui que tu as frappé se redresse, les autres l'écharperont. Aucun Romain, eût-il le corps entièrement couvert par son armure, ne doit franchir ce défilé. Et comme ils ne pourront gravir les falaises ni hisser jusqu'à leur camp des machines de siège, rien ne changera pour nous. Nous continuerons de vivre sous la protection de Dionysos.

Il regarda en direction du sommet du mont Vésuve.

— Nous mourrons sans même qu'ils nous attaquent, observa Crixos le Gaulois. Nous avons faim et soif. Nos forces s'épuisent. Où sont l'orge, les haricots, les fruits séchés, la viande et le vin du *ludus* ? Nous étions destinés à la mort, mais notre corps ne souffrait qu'au combat. Ici nous sommes libres, mais chaque instant nous est une douleur.

Spartacus s'est levé.

— Ceux qui regrettent la captivité n'ont qu'à quitter le plateau comme l'a fait Genua le Ligure.

— Je dis seulement qu'il ne faut pas laisser nos corps pourrir ici, mais qu'il faut se battre, Spartacus ! martèle Crixos.

— Il faut guetter avant de frapper, riposte le Thrace. À la chasse, dans nos forêts, on guette des jours et des nuits durant l'ours ou le loup avant de les attaquer.

Ainsi, chaque jour, depuis que le préteur Claudius Glaber a fait dresser ses tentes en contrebas du plateau, Spartacus se rend jusqu'au rebord de la falaise pour observer les milites de cette armée de trois mille hommes qui semble se soucier bien

159

peu de cette centaine de fuyards assiégés au-dessus d'eux.

Ils ont d'abord essayé de les attaquer, mais plusieurs sont tombés en tentant de franchir le défilé et Claudius Glaber a décidé d'arrêter ces assauts inutiles. La mort ira moissonner seule ces esclaves qui n'ont ni nourriture, ni eau, ni feu.

Il suffit d'attendre.

L'odeur des moutons qui rôtissent, de la soupe d'orge qui bout s'élève jusqu'au plateau.

Spartacus s'allonge.

Il a l'impression que, s'il restait debout, il vacillerait et basculerait dans le vide. Il arrache des feuilles et des grappes à la vigne sauvage. Il brise des sarments, se remplit la bouche de ces grains, de ces tiges, de ces fibres.

Il regarde la falaise tomber, lisse, à l'aplomb du camp romain.

Il suffirait de pouvoir glisser une nuit le long de la paroi rocheuse. On surprendrait ainsi ces soldats qui ripaillent et ronflent dans leurs tentes, qu'aucune sentinelle, qu'aucun poste de guet ne garde.

Spartacus commence à tresser les fibres qu'il ne peut avaler. Peu à peu il voit naître entre ses doigts une corde.

Il se retourne, allongé sur le dos, et son regard se perd parmi les pentes couvertes d'une vigne sauvage si dense que sarments et feuillages masquent la terre couleur de cendre.

Spartacus se lève, entre dans les cahutes. Il réveille, houspille les hommes aux regards voilés par l'inaction, la faim et la soif.

— Ces sarments ! crie-t-il. Tous les sarments !
Qu'on les arrache, les tranche, les porte au centre
du plateau !

Il suffit d'un jour pour que les sarments s'en-
tassent. Spartacus saisit l'un d'eux, le mord, arrache les fibres, s'apprête à les tresser, à les nouer,
quand Vindex le Phrygien lance un cri.

On le rejoint au bord du plateau.

Au bas des falaises, au milieu du camp romain,
une croix a été dressée. On distingue la silhouette
d'un homme dont la tête tombe sur l'épaule gauche. Son corps est couvert de sang. Des oiseaux
volettent autour de son visage.

— Genua le Ligure ! s'écrie Crixos.

Tous restent un long moment immobiles, à
regarder.

Puis Spartacus se détourne, s'éloigne, et tous
le suivent.

25

Spartacus lève la tête.

La lune n'est plus qu'un tesson de poterie que les nuages ternissent et font peu à peu disparaître.

Il se penche au-dessus du vide, cet abîme noir au fond duquel meurent les braises des foyers que les Romains, chaque nuit, laissent s'éteindre.

— Maintenant ! dit le Thrace.

Derrière lui, les gladiateurs sont nus et gris, le corps enduit de cette terre cendreuse qui couvre le plateau.

Ils tiennent dans leurs bras les longues cordes qu'ils ont tressées avec les fibres des sarments.

Voilà plusieurs jours qu'ils les tordent, les nouent, éprouvent leur résistance. Ils se sont souvent interrompus, rejetant au loin les sarments dont ils devaient arracher les fibres.

« Ce n'est pas là combat de gladiateur ! » protestaient-ils.

Crixos le Gaulois s'est approché plusieurs fois de Spartacus, secouant sa grosse tête dont les cheveux hirsutes masquent le front et les joues.

— Nous nous briserons les os, a-t-il objecté. Ils n'auront plus qu'à nous égorger.

— Je descendrai le premier, s'est borné à répondre Spartacus.

C'est maintenant, par cette nuit sans lune.

On jette les cordes.

Elles se balancent le long de la falaise qui surplombe l'arrière du camp romain que personne ne garde.

Quel préteur peut imaginer que des hommes glisseront, nus, leur poignard serré entre les dents, et qu'ils se rueront sur les légionnaires endormis après leurs ripailles ?

— Je te suis, dit Crixos.

Œnomaus le Germain descendra le dernier après avoir jeté les lances et les javelots.

Apollonia se place entre Spartacus et Crixos. Elle est nue, couverte de cendre, elle aussi. Elle dit :

— Je sais tuer. Je veux tuer, moi aussi !

Seulement la rumeur du vent. Il vient de la mer, remonte les pentes du mont Vésuve, emporte les bruits : frottement des corps et des cordes contre la roche, cris étouffés d'un homme qui a heurté la falaise, choc sourd des armes qui écrasent les herbes.

Car le plateau où le préteur Claudius Glaber a fait dresser les tentes de son armée est fait de bonne terre meuble, et de nombreuses sources jaillissent entre les rochers. Un torrent coule au pied de la croix sur laquelle Genua le Ligure n'est plus qu'un corps décharné, racorni, dans lequel les oiseaux noirs plantent leurs serres, lui arrachant de leurs becs acérés ce qui lui reste de chair.

Spartacus est accroupi, un poignard dans la main gauche, la droite serrant la hampe d'un javelot. De cette arme il montre, au milieu du camp, la grande tente du préteur Claudius Glaber.

— Pour moi, murmure-t-il.

— Et pour moi ! renchérit Crixos le Gaulois.

Vindex le Phrygien se joint à eux.

Jaïr le Juif s'est assis, jambes croisées. Il secoue la tête, dit qu'il ne tue pas.

— Moi, je tue ! répète Apollonia.

Ses cheveux sont couverts de terre. Elle lève ses deux mains qui serrent chacune un poignard.

— Allons, ordonne Spartacus.

Les licteurs dorment, recroquevillés dans l'entrée de la grande tente du préteur Claudius Glaber.

Ils meurent ensemble, sans un cri.

Le préteur est couché, bras écartés, poings fermés.

Spartacus lui écrase les lèvres de sa paume, lui enfonce son genou dans le ventre. L'effroi emplit le regard de Glaber.

— Je suis un homme libre de Thrace, lâche Spartacus.

Glaber se débat, puis, tout à coup, se raidit.

Spartacus se retourne. Crixos et Vindex ont planté leurs poignards jusqu'à la garde dans les flancs du préteur. Le sang gicle. Spartacus se redresse ; il voudrait parler, mais un cri jaillit, enfle, recouvre tout le camp, envahit la tente :

« *Jugula ! Jugula ! Jugula !* »

Les gladiateurs et les esclaves profèrent ce mot qu'ils ont entendu hurler dans l'arène. Mais c'était leur propre mort qu'il annonçait.

Cette nuit, ce sont eux qui tuent, qui clament « *Jugula ! Jugula !* ». Les milites s'enfuient. Saisis de terreur, ils se jettent du haut des rochers.

On renverse les tentes, on brise les coffres, on plonge le visage dans les jarres remplies d'orge bouillie, on boit avec tant d'avidité le vin des amphores qu'il coule sur les poitrines, dessinant des sillons dans la poussière grisâtre dont les corps sont couverts.

Spartacus parcourt le camp, enjambe les hommes que les gladiateurs dépouillent, qu'ils achèvent d'un coup de lame en pleine gorge : « *Jugula ! Jugula !* »

Il s'assoit près de Jaïr le Juif qui, les yeux clos, reste immobile, tête baissée, mains jointes, le menton sur la poitrine.

— L'odeur du sang, murmure-t-il. Comme dans les arènes. L'homme pareil aux fauves...

— Ici le sang est versé pour vivre, réplique Spartacus. Là-bas, à Capoue, le sang...

Jaïr le Juif pose la main sur la cuisse de Spartacus et l'interrompt :

— Le sang de l'homme a toujours la couleur de la souffrance, dit-il.

Spartacus écarte brutalement Jaïr. Il se lève, marche à grands pas vers la croix, crie qu'il faut qu'on donne une sépulture décente au corps de Genua le Ligure.

Il commence, de la pointe de son javelot, à trancher les liens du crucifié et à chasser les oiseaux.

Il lui faudrait de l'aide. Il essaie de retenir des gladiateurs qui passent à proximité, mais ceux-ci se dérobent, paraissent ne pas l'entendre, ne pas le comprendre.

Il hurle pourtant, dans cette aube qui s'annonce et alors que des dizaines d'oiseaux noirs tournoient au-dessus du camp.

Il voit s'avancer vers lui Jaïr le Juif. Il s'assoit au pied de la croix, repliant les jambes, les emprisonnant entre ses bras, le front sur les genoux.

Il sent alors l'épaule de Jaïr contre la sienne.

— Les hommes sont ainsi, dit le guérisseur. Seuls quelques-uns se souviennent encore des morts et les honorent.

26

Souvent, sans cesser d'avancer, Spartacus se retourne.

Derrière lui marchent Apollonia et Jaïr le Juif, puis, à quelques pas, Crixos le Gaulois, Œnomaus le Germain, Vindex le Phrygien, et, plus loin encore, parmi la colonne bruyante des esclaves et des gladiateurs, il y a Curius, le maître d'armes du *ludus* de Capoue.

À l'horizon, Spartacus distingue les plateaux et les falaises du Vésuve, lignes qui se coupent au-dessous du sommet déjà enveloppé par les brumes.

Il plisse les yeux.

Il lui semble apercevoir les rapaces, cette nuée noire qui doit disputer aux loups les corps des soldats romains.

Il imagine le cadavre du préteur Claudius Glaber que les esclaves ont voulu clouer sur la croix après qu'on eut descendu et enseveli le corps de Genua le Ligure. À peine avait-on crucifié le préteur que, déjà, les oiseaux venaient lui crever les yeux, lui déchirer le ventre.

C'est alors que Spartacus a quitté le plateau, sautant et courant le long des pentes vers cette plaine de Campanie.

Il ne s'est pas soucié de savoir si on le suivait. Mais à peine eut-il atteint les premiers vergers, les vignobles, les champs d'orge et de blé, que des hommes, des femmes et même des enfants écartaient les branches des orangers et des citronniers, des poiriers et des pommiers, se faufilaient entre les ceps, couraient dans les épis et marchaient à ses côtés sur le bord du chemin.

Il y avait des bergers et des bouviers qui disaient avoir abandonné leurs troupeaux pour rejoindre l'armée des hommes libres, celle qui avait – tout le monde l'avait appris en Campanie en voyant les Romains s'enfuir en désordre avec la peur aux yeux, vers Nola et Capoue – vaincu l'armée du préteur.

Et les bergers et les bouviers de dire, en brandissant des pieux acérés, qu'ils savaient se battre, qu'ils chassaient les meutes de loups, qu'ils repoussaient les brigands. Certains d'entre eux étaient d'anciens légionnaires, oui, des hommes libres, des citoyens romains, mais que la misère et la faim enchaînaient à l'instar d'esclaves.

Ils ajoutaient que la défaite de l'armée du préteur Claudius Glaber était le signe que les dieux accordaient protection aux esclaves et aux pauvres pour qu'ils se rassemblent, partagent entre eux les richesses, celles des champs et des vergers, des villas regorgeant de victuailles.

Le blé et l'orge s'entassaient dans les greniers, les figues séchaient par milliers sur les claies, le vin débordait des amphores et des tonneaux. La richesse était partout, il suffisait de décider de s'en emparer, de la répartir entre les hommes qui, chaque jour, labouraient les champs, taillaient les arbres et les sarments, moissonnaient, cueillaient les fruits et pressaient les grappes, et auxquels on donnait comme à des chiens une écuelle de grain mal cuit, des fruits pourris.

Et celui qui relevait la tête, dont les maîtres, les régisseurs, lisaient la révolte dans les yeux, on lui déchirait le corps à grands coups de lanière, ou bien on le jetait vivant dans une porcherie ou un chenil où les porcs et les chiens se révélaient plus affamés, plus enragés que des fauves.

Spartacus les avait écoutés sans répondre, et ils avaient cessé de lui parler, le laissant seul.

Après quelques pas, il s'était retourné et avait vu ces pauvres, ces femmes, ces enfants se mêler aux gladiateurs et aux esclaves de Capoue qui l'avaient donc suivi, quittant à sa suite le camp romain, descendant les pentes du Vésuve. Au premier rang de cette troupe marchaient Crixos le Gaulois, Œnomaus le Germain, Vindex le Phrygien, Jaïr et Apollonia.

Spartacus avait baissé la tête et souri.

Plus tard, il avait vu venir à sa rencontre une cinquantaine d'hommes armés de tridents et de filets, de glaives courts et de poignards.

Il ne s'était pas arrêté, les forçant à s'écarter et à marcher à ses côtés. Ils lui dirent qu'ils étaient des gladiateurs du *ludus* de Nola et du *ludus* de Cumes et qu'ils s'étaient enfuis pour les rejoindre, lui, Spartacus, et les gladiateurs du laniste Lentulus Balatius. Même à Cumes, port situé de l'autre côté de la baie, pourtant éloigné du Vésuve, ils avaient appris qu'une armée de trois mille milites romains avait été défaite par des esclaves et des gladiateurs en fuite. Le préteur Glaber avait été crucifié, des centaines de fantassins égorgés. Les esclaves vainqueurs disposaient donc des armes, des tuniques, des boucliers de cette armée romaine. Ils s'étaient emparés des enseignes et avaient brisé à grands coups de glaive les ailes de l'aigle romaine.

D'un mouvement de tête, Spartacus leur avait montré l'emblème qu'un esclave de la troupe traînait.

Puis il avait hâté le pas pour rester à nouveau seul, laissant ces gladiateurs s'amalgamer à la troupe.

Et, quand le Thrace se retournait, il découvrait ce long cortège confus qui grossissait à chaque instant, dont souvent des hommes et des femmes s'échappaient pour s'enlacer au bord du chemin, se chevaucher cependant que d'autres cassaient une branche d'arbre pour cueillir un fruit qu'il rejetait après avoir à peine mordu dedans.

Jaïr le Juif s'est placé à la droite de Spartacus ; ils marchent épaule contre épaule.

— Ce pourrait être une armée, remarque Jaïr.

Ces bouviers, ces bergers, ces gladiateurs, ces hommes misérables, mais libres, souvent d'anciens légionnaires, savent se battre. Ils veulent la justice, ajoute-t-il.

Il se retourne.

— Regarde, ils sont déjà plusieurs milliers.

Il saisit le bras de Spartacus.

— Ce n'est encore qu'un troupeau. Ils saccagent les vergers. Ils pillent et boivent. Il leur faut un berger, sinon, il suffira d'une centurie romaine pour les mettre en fuite, les milites les égorgeront l'un après l'autre, et on poussera les gladiateurs dans l'arène, poings tranchés. Souviens-toi de Gaëlus le Celte !

Ils avancent un long moment en silence.

— Ils nous traqueront quoi que nous fassions, murmure Spartacus. Ils voudront effacer notre victoire et venger le préteur.

Il se penche vers Jaïr le Juif.

— Je pensais échanger la vie du préteur contre notre liberté.

— Les Gaulois, les Germains, les Celtes, les Phrygiens, les bergers, les gladiateurs, les esclaves et les hommes libres n'ont que leurs désirs en tête, objecte Jaïr. Si tu laisses chacun d'eux agir comme il l'entend, autant offrir ta gorge ou tes poignets au glaive de Rome !

Apollonia a saisi le bras gauche de Spartacus.

— Obéis à Dionysos, dit-elle. Il a rendu sourds et aveugles les Romains. Il les a ensevelis dans le sommeil. Il nous a permis de vaincre. Il te protège !

Spartacus se dégage, repousse avec violence Jaïr et Apollonia sur les bas-côtés de cette voie pavée qui traverse la Campanie.

Depuis qu'ils marchent à travers la plaine, ils n'ont rencontré aucun obstacle. Les villas ont été abandonnées. Les esclaves racontent que les maîtres se sont réfugiés dans les villes de Nola, de Nucérie, d'Abellinum ; certains se sont dirigés vers le port de Cumes.

Les esclaves crient qu'ils sont devenus à leur tour des hommes libres, qu'ils ne se laisseront plus jamais enchaîner, réduire en servitude, et qu'ils veulent combattre.

Certains poussent devant eux des bœufs et des moutons et disent : « Ils sont à nous ! Tout est à nous, il suffit de le prendre ! »

— Ils sont comme un troupeau de bêtes sauvages, remarque Jaïr le Juif. Il t'appartient d'en faire une armée d'hommes libres.

Spartacus ralentit le pas comme s'il était tout à coup gagné par la lassitude.

— Dieu l'Unique, poursuit Jaïr, et le Maître de Justice disent que l'homme doit devenir ce qu'il est. Deviens ce que tu es, Spartacus : le berger de ce troupeau. Conduis-le !

27

Spartacus regarde les corps étendus qu'on dirait morts parmi les massifs de roses rouges et les statues de marbre.

Il se tient debout sur la terrasse de cette villa dont le jardin et le verger sont si vastes qu'ils semblent se prolonger jusqu'à l'horizon, vers le Vésuve et la mer, à peine séparés du mont et du rivage par une ligne de cyprès et quelques bouquets de pins parasols.

Il s'appuie à la balustrade, baisse la tête comme si le spectacle de ces esclaves et de ces gladiateurs vautrés, emmêlés, des femmes souvent nues, certaines adossées aux socles des statues dont les têtes et les bras ont été brisés, lui donnait la nausée.

Il reste ainsi un long moment immobile mais finit par se redresser et se retourne.

Il voit sur la terrasse, dans le vestibule de la villa, puis dans les pièces, les meubles renversés, le vin répandu sur les mosaïques qui se confond ainsi avec le sang des quelques gardiens qui ont voulu s'opposer à l'irruption des esclaves dans la villa, puis à son saccage.

Ils ont été tués avant de comprendre que rien ne pouvait résister à cette ruée, et leurs corps ont été démembrés, chaque assaillant tenant à donner son cou d'épieu ou de poignard, à brandir un morceau de chair de ces hommes qui étaient de ceux qui frappaient, violaient, humiliaient les esclaves. Et cette tête martelée qu'on envoyait rouler dans le jardin parmi celles des statues prouvait qu'on était devenu un homme libre.

Spartacus rentre dans la villa, traverse l'atrium, puis ces pièces plus sombres où il distingue des couples enlacés, des hommes qui, les yeux clos, boivent encore, n'ayant même plus la force de soulever l'amphore jusqu'à leurs lèvres, puis roulent sur le côté parmi leurs vomissures.

Il enjambe les corps.

Hommes, ou bêtes sauvages ?

Armée, ou horde ?

Il ressort sur la terrasse, ébloui, ne voyant plus tout à coup que le Vésuve et la mer.

Au-delà, à quelques jours de navigation, il y a les forêts de Thrace, les meutes de loups, la chasse en hiver, le ciel de l'enfance.

Il a envie de brandir le poing, de menacer ces dieux qui l'ont arraché à sa terre, à ses forêts, à ses cieux, pour le jeter ici, au milieu de ce troupeau.

Il faudrait rejoindre le rivage, s'emparer d'un navire, contraindre l'équipage à mettre le cap sur les côtes de Thrace, ces criques et ces golfes qu'il avait aperçus depuis le temple de Cybèle.

Ou bien il lui faudrait marcher à la tête d'une armée, vaincre les légions que Rome lèverait, franchir les fleuves et les montagnes, et voir tout à coup au loin les sombres forêts de Thrace, entendre les chants, les mots de son peuple.

Il faudrait...

Il descend les quelques marches qui conduisent au jardin.

Les corps sont si nombreux qu'ils cachent à demi la terre et les dalles des allées.

Ici et là, des hommes sont accroupis autour d'un feu. Des moutons, des chevreaux, des quartiers de bœuf rôtissent au-dessus des braises.

À chaque pas Spartacus découvre des arbres dont toutes les branches ont été cassées, des vignes arrachées, piétinées. Pas une seule statue qui n'ait été mutilée. Et on a égorgé et éventré les bêtes pour un simple morceau de viande. Leurs cadavres gisent là, entrailles épandues, que picorent en croassant les oiseaux.

On interpelle Spartacus. On lui tend une amphore, de la viande de mouton qui grésille encore.

Qu'il boive ! Qu'il mange !

Il s'éloigne. Peut-être ces voix qui tout à coup grondent profèrent-elles des injures. Mais il ne comprend pas cette langue. Ces hommes-là sont des Germains, puisqu'ils sont assis autour d'Œnomaus. Plus loin, les Gaulois de Crixos l'invitent à s'asseoir à leurs côtés, à boire avec eux. Ils croisent les mains sur leurs panses gonflées. Ils rient, tête à la renverse, ivres morts.

Ils offrent leur gorge.

Il suffirait d'une poignée de cavaliers romains surgissant tout à coup de cette ligne de cyprès ou de ces quelques bouquets de pins parasols, suivis par une centurie de milites, pour que Gaulois, Celtes, Thraces, Daces et ces gladiateurs échappés du *ludus* de Nola et du *ludus* de Cumes, et ces bouviers, et ces bergers, et ces esclaves qui ont abandonné leurs troupeaux, leurs champs, leur servitude, ne soient plus, avant même d'avoir entendu le galop des chevaux, le pas des fantassins, que des cadavres parmi les statues mutilées, les bêtes éventrées, les arbres dépecés, les vignes, les fruits et les fleurs piétinés.

Spartacus arpente longtemps encore le verger et le jardin.

Il y a là des milliers d'hommes et de femmes, un immense flot qui a crû comme un torrent sorti de son lit et dans lequel viennent se rassembler tous les cours d'eau, qui bientôt submerge, emporte les arbres, les bœufs, défonce les murs des villas, noie les hommes. Enfin il s'épuise, se réduit, se tarit, s'assèche.

Qui garde encore souvenir de sa puissance, de sa folie ?

Spartacus s'arrête. Au milieu des amphores, des débris de statues, il remarque, droit, un tambour romain pris dans le camp de l'armée de Claudius Glaber.

Il se saisit de ce haut cylindre de peau tendue, aux flancs serrés par des lanières de cuir qui retiennent deux baguettes renflées à l'une de leurs extrémités.

Il le porte jusqu'à la terrasse.

Jaïr le Juif est assis, jambes croisées, le dos appuyé au mur de couleur ocre.

Spartacus place le tambour devant lui.

— Frappe, dit-il à Jaïr, frappe !

Le tambour commence à résonner. Les corps dans le verger et le jardin se soulèvent, certains marchent jusqu'au pied de la villa et regardent Spartacus qui, les mains appuyées à la balustrade, la tête droite, a les yeux rivés sur l'horizon, le Vésuve, la mer.

Il fait un signe à Jaïr le Juif qui cesse de frapper le tambour.

— Vous êtes comme des bêtes sauvages déjà mortes ! leur crie Spartacus.

Il tend le bras.

— Je veux des hommes libres, des hommes qui sachent se battre, tuer et mourir !

— Tu veux des gladiateurs, en somme ! proteste une voix.

Il y a des cris, des rugissements, des rires.

— Tu veux remplacer Lentulus Balatius, devenir notre laniste, notre maître ! poursuit la voix.

— Tu n'es que l'un d'entre nous, crie quelqu'un d'autre. Il n'y a plus de maître !

Apollonia, tout à coup, bondit par-dessus la balustrade. Elle écarte puis lève les bras. Elle montre ses seins et ses cuisses en se balançant de gauche et de droite. Elle fait tournoyer ses longues mèches autour de son visage. Elle dit qu'elle est la prêtresse de Dionysos, celle qui sait lire les signes et les augures.

Rien de ce qui survient aux hommes n'échappe à la volonté des dieux, ajoute-t-elle.

Elle tend le bras vers le Vésuve, et tous, bouviers et gladiateurs, Gaulois et Germains, Celtes et Phrygiens, tournent la tête vers l'horizon.

— Qui peut croire, lance Apollonia, que Dionysos, dont le mont Vésuve est l'une des demeures, n'a pas guidé les pas de Spartacus ? Qui peut imaginer que Dionysos n'a pas aveuglé les Romains ? tressé lui-même ces cordes en animant vos mains, en nous invitant à les lancer le long de la falaise ? Nous sommes soumis aux dieux, et Spartacus le Thrace obéit à leurs désirs ! Spartacus est votre prince par la volonté de Dionysos !

Apollonia se dépouille de sa tunique et apparaît nue dans le silence qui s'est fait.

Puis des poings se lèvent. On gronde. On brandit javelots, pieux et glaives.

Spartacus se tourne vers Jaïr le Juif.

Le tambour bat de nouveau, étouffant les cris.

28

Enveloppé par la lumière du crépuscule, le corps d'Apollonia ressemble à une statue drapée dans une tunique rouge.

Elle est appuyée à l'une des colonnes de porphyre qui, légères, entourent l'atrium de la villa.

Jaïr le Juif, lui, est adossé au mur dont les fresques bleutées disparaissent peu à peu dans la pénombre. La petite niche où devaient se trouver les statuettes des dieux protecteurs et la lampe à huile destinée à les honorer et à les éclairer est déjà un trou noir et vide.

Tout a été volé ou brisé.

Les voix de Crixos le Gaulois, d'Œnomaus le Germain, de Vindex le Phrygien résonnent dans l'atrium comme dans un puits.

— Les dieux veulent ce que veulent les hommes ! dit Crixos.

Il se tourne vers Apollonia.

— Ta prêtresse exprime ton désir, Spartacus, et non pas celui de Dionysos.

Il montre ses mains.

— Avec mes doigts et ceux des autres Gaulois, avec ceux des autres gladiateurs – d'un mouvement de tête, il désigne Œnomaus et Vindex –, nous avons, fibre après fibre, tressé les cordes, et c'est nous qui avons glissé le long de la falaise, nous qui avons tué le préteur et ses milites !

Il ricane.

— Je n'ai pas vu les mains de Dionysos, je ne l'ai vu égorger aucun Romain !

Il pointe le doigt sur Spartacus, assis sur le rebord de l'impluvium et qui, de temps à autre, d'un geste léger et distrait, effleure de ses ongles l'eau de ce bassin carré.

— Mais toi, tu veux seulement être notre prince, notre maître...

Il se dirige d'un pas rapide jusqu'à un coin de l'atrium, empoigne le bras de Curius. Le maître d'armes du *ludus* de Capoue se rebiffe et repousse d'un coup d'avant-bras la main de Crixos, tire son glaive, avance un pied, se cale sur l'autre.

— Voilà ce que tu veux être, Spartacus, reprend Crixos : notre nouveau maître, pareil à celui-ci !

D'un mouvement vif, Crixos sort son glaive et, avant que Curius ait pu se défendre, lui place la lame sur la gorge.

— Je vais le tuer ! lance Crixos.

Il désarme Curius, lui tire les cheveux, fait basculer sa tête en arrière. La gorge du maître d'armes s'incurve et semble jaillir.

— Je te tuerai après, commence le Thrace d'une voix placide.

Il continue de caresser l'eau de l'impluvium du bout des doigts.

— J'avais juré de ne plus jamais tuer l'un de mes frères, continue-t-il, mais toi, Crixos, si tu l'égorges, tu n'auras pas le temps de voir son sang sécher.

Œnomaus et Vindex ont reculé jusqu'aux colonnes et croisé les bras comme pour montrer qu'ils n'entendent pas prendre parti mais veulent rester en dehors de ce combat.

Jaïr le Juif se détache du mur, sort de la pénombre, entre dans la lumière ensanglantée du crépuscule qui continue d'auréoler Apollonia.

Il s'avance jusqu'à se trouver entre Spartacus et Crixos le Gaulois. Celui-ci n'a pas lâché les cheveux de Curius et maintient le tranchant de sa lame contre la gorge du maître d'armes.

— Qui va crier *Jugula ! Jugula !* Égorge ! Égorge ! interroge Jaïr le Juif. Qui va se réjouir de ce spectacle ? Curius mort, Crixos ou Spartacus, l'un tué, l'autre blessé ? Qui va renverser le pouce ? Vous le connaissez : c'est Cnaeus Lentulus Balatius, et les préteurs romains, les milites de leurs centuries qui sont déjà en marche pour venger le préteur Claudius Glaber crieront : *Jugula ! Jugula !* Et vous allez leur offrir ce combat ? vos corps ? Comment ne se réjouiraient-ils pas ? Ils commençaient à vous craindre ; vous étiez plusieurs milliers, les esclaves, les gladiateurs en fuite allaient à vous pour vous rejoindre. Et vous vous entre-tuez ! Je ne sais si vos dieux vous aveuglent, s'ils veulent votre défaite, ou bien s'ils ont jugé que vous n'étiez pas dignes de vivre en hommes libres ; mais je sais que les Romains, vos maîtres, d'avance vous applaudissent et crient : *Jugula ! Jugula !*

Jaïr le Juif rentre dans l'ombre.

D'une poussée, Crixos le Gaulois écarte Curius, qui trébuche, tombe entre deux colonnes.

Crixos rengaine son glaive, hésite, puis va s'asseoir auprès de Spartacus.

29

Spartacus est allongé, nu, les bras écartés, sur les dalles de marbre froid, dans la plus grande des chambres qui donne sur l'atrium de la villa.

Apollonia le chevauche.

Il sent son poids sur son bas-ventre. Elle lui écrase le sexe, serre les genoux et les cuisses contre ses flancs. Elle lui agrippe les épaules. Puis elle se cambre, bras tendus, avant de plier, de le couvrir de ses cheveux, de lui embrasser la poitrine, de la lécher.

Il ne veut pas l'enlacer, la coller contre lui, la maintenir pour que cesse ce plaisir qu'elle lui prodigue, aussi aigu et déchirant qu'une douleur.

Elle lui parle en lui mordillant l'oreille, couchée contre lui comme on le fait sur l'encolure d'un cheval lancé au galop qu'on encourage d'un murmure.

— Dionysos te porte, dit Apollonia. Laisse-toi entraîner, guider par lui. Ne lui résiste pas.

Elle enfonce ses ongles dans le dos et la nuque du Thrace.

— Sinon, il te jettera à terre et tu seras vaincu.

Elle se cambre à nouveau, halète. Sa respiration rauque envahit la chambre, s'amplifie, s'accélère.

— Tu les as entendus : Gaulois, Celtes, Phrygiens, Germains, gladiateurs et esclaves, bergers et bouviers, tous te suivent et t'obéissent, Dionysos t'a donné le pouvoir d'être leur chef, le prince des esclaves. Le songe et la prédiction se réalisent, Spartacus !

Il ne bouge pas, ne répond pas à Apollonia qui maintenant le harcèle, lui répète qu'à la tête de cette foule de plusieurs milliers d'esclaves il doit marcher à présent vers les villes. Crixos le Gaulois l'a dit et il a raison : l'automne et l'hiver approchent, les pluies vont s'abattre, les arbres seront dépouillés, les raisins récoltés ou pourris, les blés coupés ; il faut donc aller là où sont le vin, le grain, les fruits séchés. Dans les celliers et les greniers.

— Ordonne-leur ! Crixos le veut aussi. Tous t'obéiront parce que Dionysos et les dieux parlent par ta bouche, ajoute-t-elle.

Elle reste appuyée contre lui à lui lécher le cou, puis les lèvres, et les mots passent ainsi d'une bouche à l'autre comme des langues qui se mêlent.

— Fouette, tue ceux qui refuseront de t'obéir ! dit-elle.

Il tourne la tête pour fuir ces lèvres, cette langue insistantes.

Il voudrait être seul sous les arbres aux branches ployées par la neige. Il s'enfoncerait jusqu'à la taille dans la blanche épaisseur et dans ce grand silence qui, l'hiver, couvre d'un ciel limpide le pays de Thrace.

— Ils ne se rebelleront pas si toi-même obéis à Dionysos, reprend Apollonia. Tue-les avant que la pensée de s'enfuir ou d'agir à leur guise vienne les habiter !

Il ferme les yeux. Il se sent las.

Il a éprouvé ce même sentiment, dans l'atrium, avant que l'averse n'oblige Crixos, Vindex, Œnomaus, Curius et Jaïr le Juif à se réfugier dans les chambres.

Ils ont laissé à Spartacus et à Apollonia la plus vaste. Mais, avant que Spartacus puisse s'allonger, nu, dans la pénombre, il a dû les écouter.

Crixos le Gaulois a martelé qu'il voulait bien être le centurion d'une légion d'esclaves dont Spartacus serait le tribun.

— Le consul, le consul ! a rectifié Œnomaus le Germain.

À condition, a repris Crixos, qu'il commande, lui, à tous les Gaulois ; et Vindex a ajouté qu'il voulait pour sa part être le chef des Phrygiens, et Œnomaus a prétendu au commandement des Germains et des Celtes.

Crixos a de nouveau tiré son glaive et dit que les Celtes devaient être rassemblés au sein de la centurie gauloise. Que les Germains rejoignent les Phrygiens, et les Thraces et les Daces !

Se tenant à distance, n'osant approcher du bassin comme s'il avait craint que Crixos ne le saisisse encore une fois par les cheveux, le menaçant de lui trancher la gorge, Curius a exposé à son tour :

— Les bouviers et les bergers sont agiles. Les bergers courent plus vite que leurs chiens, les bouviers peuvent faire plier un bœuf, mais il faut leur apprendre à se battre contre une légion, les cohortes, les centuries qui avancent bouclier contre bouclier.

— Nous ne combattrons pas comme les légions, a répondu Spartacus. Les Romains seront le troupeau et nous serons les loups. Il n'y aura ni jour ni nuit pour nous ; nous attaquerons quand les chiens et les bergers du troupeau se seront assoupis.

Spartacus s'est penché sur le bassin et tous se sont approchés.

Il a tracé un profond sillon d'un lent mouvement de sa main tout entière plongée dans l'eau.

— Nous ne devons pas laisser plus de trace que ma main, a-t-il dit en la sortant de l'eau. Les Romains ne doivent trouver devant eux qu'une surface lisse, intacte.

Il a de nouveau enfoncé la main dans l'eau.

— Nous surgirons, nous creuserons dans leurs rangs un trou, puis nous disparaîtrons.

Crixos le Gaulois est resté penché sur l'impluvium. Puis il a souligné qu'après les victoires les hommes libres ou esclaves, gladiateurs ou bouviers avaient besoin de vin, de femmes, de butin, de tapis sur lesquels s'allonger, de feu pour se réchauffer. Qu'il faudrait bien, surtout si l'on était encore vivants quand viendraient la saison des pluies et du vent, puis celle du gel et de la neige, des toits de tuile pour se protéger, des greniers et des celliers, des étables pour y trouver de quoi ripailler. Parce qu'un homme qui a survécu à un combat doit satisfaire son corps, le remercier de s'être montré le plus fort, de ne pas avoir faibli face à l'ennemi.

— Il nous faut des villes !

Œnomaus a ri.

— Les citoyens romains nous serviront, et nous organiserons des jeux. Ils seront nos esclaves, nos gladiateurs, et nous leurs maîtres !

C'est à cet instant que Spartacus s'est senti las et qu'il en est venu à penser que commander aux hommes était aussi un esclavage. Que, peut-être, on n'était homme libre que lorsqu'on marchait seul dans la forêt, sous le ciel de son enfance.

De grosses gouttes ont commencé de s'écraser sur les galets qui composaient le sol de l'atrium, puis à crépiter en frappant, de plus en plus denses, l'eau de l'impluvium.

Crixos, Œnomaus, Vindex, Curius et Jaïr n'avaient pas bougé. La pluie fraîche glissait sur leurs visages et leurs corps.

— Il nous faut des villes, a répété Crixos en levant la tête vers le ciel.

— D'abord il nous faudra vaincre, a murmuré Spartacus en se redressant.

Il a serré le poing, l'a brandi.

— Une armée est comme un poing fermé. Les doigts les uns contre les autres, repliés, prêts à frapper ensemble.

Il a fait quelques pas vers la galerie bordée de colonnes de porphyre. Apollonia se tenait appuyée à l'une d'elles. Les portes des chambres de la villa ouvraient sur cette galerie.

— Sans les doigts, pas de poing ! a lancé Crixos le Gaulois en rejoignant Spartacus. Voilà déjà la pluie. Demain ce sera le froid. Sans villes, nous pourrirons.

— D'abord il faut vaincre, a riposté Spartacus.

Puis il a quitté l'atrium.

— Prends la chambre du maître, a lancé Crixos en riant. Tu es notre consul !

— Vaincre ! s'est borné à répéter Spartacus.

Il est entré dans la chambre et Apollonia l'a suivi en s'accrochant à lui et en le dévêtant. Il s'est allongé sur le marbre et a frissonné contre les dalles glacées.

Puis il a écarté les bras, et, quand Apollonia l'a chevauché, qu'elle lui a murmuré qu'il devait suivre Dionysos, que, s'il n'exécutait pas la volonté des dieux, il serait jeté à terre, vaincu, en faisant glisser sa paume sur le marbre, il a cherché à tâtons ses armes.

Le glaive était à sa droite, le javelot à sa gauche.

Il les a serrés, ne les lâchant plus.

Alors seulement il s'est abandonné à la chevauchée dans laquelle l'entraînait Apollonia.

30

Ces hommes-là qui, alors que la nuit s'étend, regardent les feux que les esclaves révoltés allument dans la plaine ont le corps et la posture des puissants.

L'un d'eux est le préteur Publius Varinius.

Debout, bras croisés, sa cuirasse sculptée moulant son torse, il se tient à trois pas devant les autres, au bord du rempart de l'acropole de Cumes qui domine tout le paysage de l'embouchure et du cours du Vulturne, au nord, jusqu'au mont Vésuve, au sud.

Parfois le préteur lève la tête. Il suit le vol de ces oiseaux qui, venus de la mer, des îles où ils nichent, s'enfoncent dans les terres pour aller, de leurs becs jaune et noir, lacérer les cadavres des citoyens romains que la horde de bêtes sauvages – ces bouviers, ces bergers, ces gladiateurs en fuite, tous ces animaux infâmes, cette tourbe d'esclaves barbares – a massacrés. Et, parmi les morts, Claudius Glaber, préteur de la République, dont on a retrouvé le corps crucifié parmi ce qu'il restait du camp de son armée, dévasté, jonché de centaines de soldats égorgés dans leur sommeil.

Varinius tend le bras et, d'un geste lent, parcourt tout l'horizon entre les villes de Capoue et de Nola qui ressemblent à un amoncellement de cubes que rosit la lumière du crépuscule. Entre elles, les flammes ne forment plus qu'un immense brasier, comme si tous les foyers s'étaient rejoints en un instant. Les fumées peu à peu envahissent le ciel, précédant et annonçant la nuit.

— Ils brûlent les champs d'orge et de blé, constate Publius Varinius.

Il se retourne.

— Il faut crever le ventre de tous ces rats !

Il a un mouvement d'impatience, rejetant en arrière les pans de sa cape.

— On les a laissés proliférer, maugrée-t-il. Les rats ont une portée d'une dizaine, d'une vingtaine de rejetons, ils mettent bas jour après jour. Les esclaves sont de la même espèce. Quand on laisse vivre un fuyard, c'est toute une foule qui se rassemble autour de lui, et, si on ne l'écrase pas, elle enfle encore. Qui ne se souvient des guerres serviles de Sicile ? Il a fallu tuer un million d'esclaves pour que les lois de Rome, que l'ordre de la République puissent à nouveau régenter l'île, et que le blé soit à nouveau récolté.

Il s'interrompt, reprend son souffle.

— Rome a besoin de grain ; la plèbe, de pain. Nous n'allons pas laisser ces rats défier la République.

Il frappe du talon.

— Nous sommes ici pour en finir.

Il donne des ordres tout en marchant le long des remparts, tantôt regardant vers la mer dont les vagues courtes viennent battre les quais, les murailles du port et de la forteresse de Cumes, tantôt le visage tourné vers la plaine que la nuit engloutit mais où rougeoient, encore plus vifs, les incendies.

Il veut, dit-il, que le légat Furius prenne demain à l'aube la tête d'une armée de deux mille hommes, et qu'ils attaquent et dispersent ces rats.

Furius sort du groupe.

C'est un homme jeune au corps encore un peu frêle. Il s'incline, s'éloigne, et, peu après, on entend sa voix qui, dans la nuit, s'élève du pied des remparts où s'est établi, hors de la ville fortifiée, le camp romain. Les trompettes sonnent pour le rassemblement des centurions qui devront préparer la marche sur Nola et Capoue.

— Je veux qu'on nettoie la plaine, reprend Publius Varinius.

Il charge le préteur Martial Cossinius de suivre avec un millier d'hommes, demain, à la tombée de la nuit, les centuries de Furius, et de saisir tous ceux qui auraient échappé au légat.

— Je veux que la plaine tout entière soit une nasse, une fosse pour les esclaves. Qu'on les traque et qu'on s'empare de tous ceux qui ne sont pas partis avec leurs maîtres. Que tous les yeux qui ont vu la révolte soient crevés ! Que toutes les langues qui pourraient la raconter soient arrachées !

Le préteur Martial Cossinius, un homme corpulent aux doigts bagués, s'ébaubit.

— Il suffit de leur trancher la gorge, dit-il. Tu veux quoi, au juste, Varinius : qu'on les tue comme des rats, ou bien...

Publius Varinius l'interrompt, lui prend le bras et l'entraîne dans ses allers et retours le long des remparts.

— Il faut en laisser vivre quelques-uns, répond-il, mais avec les yeux morts, les mains coupées, la langue tranchée. Leurs corps mutilés, Cossinius, resteront le seul souvenir de la révolte.

Il montre l'incendie qui illumine l'horizon, les villes de Nola et de Capoue maintenant écarlates.

— De ces flammes il ne subsistera rien, pas même un peu de cendre. Mais ces rats sans pattes, sans langue, aux yeux crevés, ces rats errants, aucun esclave ne pourra les oublier.

— Combien en veux-tu, Publius Varinius ?

Le préteur hausse les épaules.

— Entends-toi avec le légat. Que Furius garde dix dizaines de prisonniers qu'il te livrera. Je te connais, Martial Cossinius, tu es habile, tu es préteur, la guerre t'est familière, tu débusqueras bien plusieurs centaines de ces rats qui auront échappé au filet de Furius. Il est jeune, il n'a guère combattu. Il est impulsif et voudra vaincre avec éclat. Ta chasse sera bonne. Tu pourras donc choisir parmi ces bêtes sauvages les plus jeunes, les plus féroces. C'est celles-là que je veux que tu laisses vivre et témoigner.

Publius Varinius s'arrête, enveloppe de son bras les épaules de Martial Cossinius.

— Les plus vigoureuses, ordonne qu'on leur brise les jambes, mais il faut qu'elles survivent, tu entends, qu'elles se traînent longtemps, aveugles, muettes, rampant sur leurs moignons.

Il s'esclaffe :

— Fais leur aussi casser les dents pour qu'elles ne puissent même plus mordre mais lapent leur nourriture comme des bêtes qu'elles sont !

— Tu es plein d'invention et de fantaisie, ce soir, Varinius, approuve Martial Cossinius en s'éloignant.

Le vent tout à coup se lève et porte jusqu'aux remparts de l'acropole de Cumes l'odeur du feu et des brindilles encore chaudes et rougeoyantes.

31

Posidionos le Grec recule d'un pas et baisse la tête.

Son visage, éclairé jusque-là par les flammes de l'incendie qui dévore la nuit et embrase l'horizon, est alors masqué par la pénombre.

— Ces deux-là sont à toi, n'est-ce pas ? lui demande Publius Varinius.

Le préteur s'est arrêté en face de Posidionos, qui détourne un peu la tête vers la gauche sans regarder Varinius.

Scorpus et Alcius, les deux jeunes esclaves qui l'accompagnent depuis qu'il les a achetés à Rome, sont toujours assis à la même place, côte à côte, adossés à la muraille de la forteresse de Cumes.

— Mais peut-être tes mignons sont-ils devenus tes maîtres ? continue Varinius.

La voix du préteur est railleuse, tout à coup chargée d'accents rauques et menaçants.

— Garde-les bien serrés contre toi, Posidionos. Si on les surprend hors de l'enceinte de Cumes...

L'intonation est brutale et méprisante.

— Et même sur cette grève...

Varinius se penche, montre le rivage qui, en une ample courbe, frôle la base de la colline rocheuse sur laquelle est bâtie l'acropole de Cumes.

— Tu as dû leur promettre de les affranchir ? Mais n'es-tu pas toi-même un affranchi ? Tous les Grecs le sont !

Il ricane.

— Tu as entendu ce que j'ai dit au légat Furius et au préteur Martial Cossinius ? Toi et tes épilés, n'allez pas vous égarer dans la campagne ni sur cette grève, vous risqueriez d'y perdre vos yeux et vos oreilles, vos mains et vos jambes ! Que veux-tu, rhéteur, il faut bien que nous en finissions avec ces bêtes sauvages ! Tu en es d'accord ?

Il pose sa main sur l'épaule de Posidionos.

— Regarde donc ce qu'ils font, ces rats ! Ils brûlent les villes et les récoltes. Regarde !

Posidionos lève lentement la tête cependant que Varinius l'entraîne le long des remparts.

Ils vont ainsi jusqu'à l'extrémité de la muraille.

On entend, venant du camp romain, le cliquetis des armes, les voix gutturales des centurions.

— À Rome et à Capoue, dit Varinius, on m'a parlé de toi. Le tribun de la VIIe Légion, Calvicius Sabinius, prétend que tu as visité toutes les provinces de la République et que tu as beaucoup écrit, enseigné à Rome même et jusqu'à Rhodes !

Il se gausse :

— Un écrivain, un philosophe, un rhéteur grec ! Il paraît que tu sais tout sur la manière dont il faut traiter les esclaves. Tu les aimes, en tout cas. Le laniste de Capoue, Lentulus Balatius, m'a dit que tu étais prêt à acheter fort cher ce Thrace, ce gladiateur qui mène, dit-on, cette horde de rats. Tu le trouvais à ton goût ?

Varinius s'assoit sur le bord du rempart.

— Les dieux me sont favorables puisque je te trouve ici. Tu vas me parler de ce Thrace ! Que sais-tu de lui ? Ne me dis pas qu'il est épilé comme tes mignons ! Je t'écoute.

Posidionos se tait, les yeux rivés sur l'horizon rougeâtre.

— Je t'interroge, Posidionos ! Le préteur de Rome attend ta réponse.

— Il se nomme Spartacus, commence à voix basse le rhéteur. Il m'a attaqué sur un chemin de Thrace. Il a tué mes esclaves. Les légionnaires de la VIIe Légion l'ont capturé. Je l'ai vu se défendre, combattre.

Varinius hausse les épaules.

— Combattre ! Les rats mordent mais ne se battent pas.

— Demande au tribun Amillus qui commandait la milice de Capoue et aux fantassins de Claudius Glaber !

Varinius se lève brusquement, bouscule Posidionos, fait quelques pas, puis se ravise et revient vers le rhéteur.

— Les miliciens d'Amillus ! Les milites de Glaber !

Il a une grimace de mépris.

— Des lâches, et non des soldats de Rome ! Ils se sont enfuis sans résister. Les hommes de Glaber ont couru du Vésuve jusqu'ici, à Cumes, comme des moutons poursuivis par des loups. Ils tremblaient. Si je ne les avais pas arrêtés à coups de fouet, ils auraient détalé jusqu'à Rome !

— Cette peur qu'il inspire, murmure Posidionos, n'est-ce pas Dionysos qui la provoque ? Il y a auprès de lui une prêtresse, une devineresse...

195

— Tu es grec, tu crois à toutes les fables, constate Varinius. Balatius et Calvicius Sabinius m'avaient averti. Mais je voulais les entendre de ta bouche. N'oublie jamais que les dieux nous ont donné la puissance. Ils nous ont choisis pour gouverner les peuples. J'ai fait ce matin égorger un taureau. Son sang m'a aspergé. Ces rats ne peuvent rien contre moi ni contre les hommes que je commande. Furius et Martial Cossinius vont écraser ces bêtes sauvages. Et je t'invite à assister à leur châtiment !

Il pointe l'index sur la poitrine du rhéteur.

— Tes deux mignons, tes deux épilés, je les veux comme gage de ta fidélité à Rome. Ils ont vu l'incendie. J'exige qu'ils l'oublient. Joue avec eux jusqu'au retour victorieux de Furius. Tu réponds d'eux sur ta tête, Posidionos !

Le préteur s'éloigne, s'enveloppe de sa cape que soulève le vent chargé de l'âcre odeur d'écorces et d'herbes brûlées.

32

Spartacus s'avance dans la fumée brûlante et rousse de l'incendie vers l'homme agenouillé sur la terrasse de la villa.

— Il est grec, dit Crixos le Gaulois. Il prétend te connaître. Il souhaite te parler.

Tête baissée, l'homme n'a pas bougé. Spartacus devine peu à peu des touffes de cheveux ébouriffés entourant un crâne chauve. L'homme a le corps lourd, il est comme affaissé. Crixos lui écrase la nuque du plat de la lame de son glaive.

— Il n'est pas venu seul, reprend-il.

Il montre deux jeunes hommes qu'encadrent Œnomaus et Vindex.

— Ils sont à lui. Ils étaient à Cumes. Ils ont vu le camp romain. Le préteur Publius Varinius a chargé son légat et un autre préteur de nous couper les membres, les oreilles, et de nous crever les yeux.

Crixos s'esclaffe, décoche un coup de pied dans les côtes de l'homme agenouillé.

— On va leur renvoyer le Grec les poings tranchés.

Les deux jeunes hommes ne disent mot.

L'un est blond et a la peau blanche et lisse d'une femme dace. L'autre a le teint d'un Espagnol, presque d'un Numide. Ils ont les cheveux rasés, les sourcils épilés, le corps fluet. Le blond dit se nommer Scorpus ; le brun, Alcius.

Ils se dandinent, tentent de s'approcher de Spartacus, puis, quand Œnomaus et Vindex les saisissent par la nuque, les forcent à s'agenouiller, ils geignent puis se mettent à jacasser. Ils sont esclaves, mais le Grec, leur maître Posidionos, leur a promis de les affranchir. Ils veulent être des hommes libres et combattre ; ils se sont enfuis de Cumes avec leur maître pour rejoindre l'armée des esclaves, la cohorte des hommes libres.

— Ils ont peur. Le préteur a demandé au Grec de les lui livrer. Mais les Grecs aiment leurs mignons.

D'un geste, Spartacus demande à Œnomaus et à Vindex de s'éloigner avec les deux esclaves.

Au moment où ils quittent la terrasse et alors que la fumée déjà les dissimule, Spartacus crie qu'il faut les confier à Curius, le maître d'armes, afin qu'il les dresse.

Puis le Thrace saisit le poignet de Crixos, le soulève, écarte ainsi la lame de la nuque de l'homme agenouillé qui redresse la tête. Et Spartacus reconnaît le visage de ce voyageur grec de Thrace qu'il avait attaqué pour le dépouiller, puis qu'il avait revu sur le marché aux esclaves, à Rome. Là, le Grec avait voulu l'acheter, mais c'était Lentulus Balatius qui, pour cinquante talents, l'avait emporté.

Spartacus se penche sur Posidionos.
— Tu veux me voir, me parler ? Me voici.

Il détourne les yeux. Il n'aime pas le regard du Grec, aussi doux que celui d'un chien qui attend son os.

— Explique-toi, continue-t-il d'un ton brutal, comme on donne un coup de pied pour repousser un animal qui s'obstine. Tu es un homme libre, un citoyen de Rome, tu possèdes des esclaves. Que fais-tu ici ? Tu es l'œil et l'oreille du préteur ? On ne te laissera ni l'un ni l'autre.

Ils sont entrés dans la villa. L'atrium est envahi par une fumée épaisse, comme si elle s'y était entassée, constellée d'éclats rougeâtres. Spartacus se penche, plonge la tête dans l'impluvium. Posidionos l'imite.

— Le légat Furius, avec deux mille hommes, a quitté, hier, le camp de Cumes pour t'attaquer, dit-il. Le préteur Varinius a été chargé par le Sénat de ne pas laisser un seul esclave vivant, du Vésuve au cours du Vulturne, de Nola jusqu'à Capoue et Cumes.

— Tu tiens à tes deux mignons, observe Spartacus. Et tu as craint aussi pour ta vie. Tu es citoyen romain, mais tu restes grec : un vaincu.

— Je ne veux pas que tu sois vaincu, murmure Posidionos.

Il baisse les yeux comme si cet aveu le gênait.

— Je veux que tu vives ! poursuit-il d'une voix affermie.

Il redresse la tête.

— Ta victoire sera celle de tous ceux que les Romains méprisent, de tous les peuples qu'ils ont battus. Je veux rester près de toi pour écrire le récit de ta guerre. J'ai lu celui de Diodore de Sicile sur les guerres serviles de son île. Je raconterai la tienne.

— Ce Grec ! grogne Crixos le Gaulois en brandissant son poignard. Prends garde, il t'ensevelit sous les mots, Spartacus ! Les Grecs sont ainsi. Ils parlent, ils te lient le corps avec leur discours. Mais ils restent dans le camp des maîtres. Ils sont toujours les alliés et les serviteurs des Romains. Méfie-toi de celui-ci. Il te livrera. Laisse-moi le tuer, Spartacus, ou lui arracher la langue.

— Qui le menace, qui le touche, qui l'humilie m'aura en face de lui ! décrète Spartacus. Posidionos le Grec est avec moi. Il est libre d'aller où bon lui semble.

— Les dieux t'aveuglent, lâche Crixos en s'éloignant.

Spartacus s'assoit sur le bord de l'impluvium et invite Posidionos à prendre place auprès de lui.

— L'incendie affole les Romains, commence le Grec. Ils sont comme ces bêtes que les flammes rendent furieuses et terrorisent. Ils ont besoin des récoltes. Tu les ruines. Ils savent qu'à Rome il faut du grain pour la plèbe. Ils craignent une révolte des plus pauvres citoyens.

Posidionos s'interrompt, fixe Spartacus, et son regard est si tendre, si insistant que le Thrace détourne les yeux.

— Si des hommes libres, les plus miséreux, se joignaient à toi et aux esclaves, reprend Posidionos, alors c'est Rome tout entière qui vacillerait.

Le Grec pose la main sur la cuisse de Spartacus.

— Tu as ce pouvoir entre tes mains.

Spartacus s'écarte, se détourne, plonge son visage dans l'eau.

— Qui connaît l'avenir ? murmure-t-il. Les dieux, peut-être, mais ils sont silencieux. Dis-moi ce que tu sais de ces préteurs, Varinius et Martial Cossinius, de ce légat, Furius.

— Les troupes de celui-ci sont en marche, répond Posidionos. Elles viennent à toi, vers l'incendie, sûres de te vaincre.

Spartacus se lève et traverse à grands pas l'atrium.

33

Moi, Posidionos, j'ai marché aux côtés de Spartacus tout au long de ces jours d'automne, les premiers de sa guerre, pendant lesquels les dieux ne cessèrent jamais de veiller sur lui.

Ils s'employèrent au contraire à égarer le légat Furius et les préteurs Varinius et Cossinius qui s'étaient aventurés dans la plaine avec l'insolente témérité et le mépris de chasseurs traquant du petit gibier.

Furius fut le premier à perdre la raison et la vie.

Nous le guettions, couchés dans les champs de blé que l'incendie n'avait pas encore consumés, ou bien dans les vergers et les vignobles.

Il chevauchait à la tête de ses centuries si nombreuses que leur colonne s'étirait de Cumes jusqu'aux abords de Nola. Il avançait vers les fumées et les flammes de l'incendie, persuadé que là était notre camp.

Mais Spartacus, après m'avoir écouté lui rapporter ce que je savais des ordres que Varinius avait donnés à son légat, avait demandé à ses gladiateurs de quitter le camp et de se cacher dans les champs et les forêts. Quant aux hommes blessés, trop vieux ou trop frêles, aux femmes et aux enfants, il avait exigé qu'ils marchent vers les hauteurs de la Campanie, et, là, l'y attendent.

Nous étions aux aguets, Spartacus estimant que les Romains étaient trop nombreux, peut-être deux mille – Crixos le Gaulois, lui, les évaluait à trois mille –, pour qu'on pût les attaquer.

Il devait à chaque instant convaincre Crixos, Œnomaus ou Vindex, les bouviers et les bergers que l'heure n'était pas encore venue de donner l'assaut. Curius, le maître d'armes, était l'un des seuls gladiateurs à l'approuver. Et je m'inquiétais, sentant monter cet esprit de rébellion et de division qui a tôt fait de dissoudre les armées et les peuples.

Le soir, accroupis, courbant parfois le dos sous les premières averses, n'allumant aucun feu pour ne pas attirer l'attention des Romains qui ne se trouvaient qu'à quelques centaines de pas, Spartacus m'interrogeait sur les raisons qui faisaient que tant de peuples – et d'abord le mien, le grec – dont les cités avaient régné sur le monde et défait des empires avaient été vaincus par les Romains.

À sa voix, à l'attention avec laquelle il écoutait mes réponses, je devinais qu'il voulait tirer de ce sombre passé des enseignements pour la guerre qu'il commençait à conduire.

Je lui expliquai que les peuples et les cités, au lieu de rester unis, s'étaient divisés. Les Romains les avaient attaqués et vaincus les uns après les autres, parfois s'alliant à certains pour mieux briser les plus hostiles.

J'ajoutai que les fondateurs de Rome, Romulus et Remus, avaient été nourris par une louve. Le peuple héritier de ces deux frères était carnassier, vorace, d'une implacable cruauté, opiniâtre et rusé ; ses membres chassaient en meute, obéissant au plus puissant d'entre eux.

Nous parlions et dormions, baignés dans l'odeur des fruits pourrissants puisque plus aucun domaine ne pouvait organiser la cueillette, les esclaves étant en fuite ou partis avec leurs maîtres pour les villes.

Un matin, alors qu'après des jours d'averse le soleil enfin commençait à sécher la terre, nous avons entendu les pas d'une troupe. Si le martèlement était moins sonore, c'est que le légat Furius avait décidé de morceler son armée, chaque groupe de centuries occupant un coin de la plaine.

J'ai compris ce matin-là que Dionysos, qu'invoquait à tout instant Apollonia, ou quelque autre dieu de Grèce ou de Thrace avait décidé de perdre les Romains et de nous assurer la victoire sur les troupes du légat.

Nous nous sommes jetés sur ces centuries isolées. Chaque fois, nous étions plus nombreux que les Romains.

Spartacus m'avait remis un petit bouclier rond et une épée à la lame recourbée et dentelée telle qu'en portent les guerriers thraces. Mais j'étais déjà un vieil homme au corps maladroit et lourd, et j'ai donc observé plus què participé à ces courtes batailles.

Elles n'étaient pas achevées que, déjà, les bouviers et les bergers, les esclaves des champs se précipitaient sur les corps des légionnaires tombés. Ils égorgeaient ceux qui vivaient encore, puis leur arrachaient leurs cuirasses, leurs casques, leurs armes, leurs sandales, leurs bourses et leurs boucliers.

Les lieux des combats devenaient ainsi, au terme des batailles, des terres saccagées couvertes de corps nus.

Au septième jour, l'un de ces corps fut celui de Furius.

J'avais vu le légat s'avancer à la tête de sa dernière centurie. Il ne pouvait ignorer que le sang de toutes les autres – près de mille hommes, déjà – avait arrosé la terre de cette plaine entre le cours du Vulturne et le mont Vésuve, là où le préteur Publius Varinius l'avait envoyé traquer, tuer et mutiler ceux qu'il appelait des rats.

Mais les rats avaient massacré ses hommes. Et Furius savait que le malheur accompagnait sa chevauchée.

Il était loin devant la première ligne de ses légionnaires dont le pas m'avait paru plus lent, plus lourd, comme s'ils avaient voulu retarder l'instant où ils rencontreraient la mort.

Nous étions allongés à l'ombre des pommiers sur une épaisse couche de fruits pourris. Je regardais les gladiateurs, les bouviers, les bergers, les esclaves, les plus miséreux des hommes libres, qui nous avaient rejoints. Tous portaient des armes ou des casques, des boucliers, des cuirasses dont ils avaient dépouillé les cadavres des Romains tués les jours précédents.

J'entendais leur respiration haletante. Je devinais leur impatience.

Spartacus était près de moi, le corps ramassé, prêt à bondir.

Il a chuchoté :

— Je vais tuer le légat.

En rampant, Crixos s'est rapproché de nous.

— Pourquoi toi ? a-t-il dit.

— Parce que je suis Spartacus et que je le veux !

— Laisse les dieux décider.

— Ils ont choisi, Crixos. Oublie le légat, égorge les centurions et les légionnaires.

— À qui reviendra le cheval du légat ? a demandé Crixos.

— Je tuerai d'abord le cheval, a murmuré Spartacus en se redressant.

Les hommes autour de lui l'ont imité. Il s'est élancé en criant, et des fossés, des buissons, des vergers et des champs les gladiateurs, les bouviers, les bergers, les esclaves et tous les autres ont bondi, hurlé, frappant les légionnaires comme une averse de grêle inattendue couche les blés mûrs.

J'ai vu s'abattre, un flot de sang jaillissant de son garrot, le cheval du légat. Celui-ci avait la jambe écrasée par le flanc de sa monture. Spartacus a posé la pointe de sa lame sur la gorge de Furius qui tentait de se remettre debout.

Le Thrace a reculé d'un pas, laissant Furius se lever et empoigner son glaive, faire face.

Mais, tout à coup, derrière Furius a surgi Crixos le Gaulois, qui a crié :

— Retourne-toi, légat !

Furius a trébuché en voulant affronter ce nouvel assaillant, et Crixos lui a enfoncé son glaive en plein dans la poitrine.

Son sang, comme celui du cheval, a bouillonné, Furius serrant entre ses mains la lame qui le tuait.

Je me suis avancé pour me placer entre Crixos et Spartacus qui se défiaient.

Puis ce dernier a tourné le dos au Gaulois et s'est mis à déambuler parmi les cadavres déjà détroussés et dénudés.

Ces corps que commençaient à lacérer les rapaces au long bec jaune et noir venus de la mer, et que les loups, leurs yeux aux éclats verts brillant dans la nuit, dépeçaient avec une rage silencieuse, étaient tout ce qui restait de l'armée de Furius après sept jours de combats.

Le soir, pour la première fois depuis le début de la bataille, les bergers ont allumé de grands feux dont on devait voir les flammes depuis l'acropole de Cumes.

Crixos le Gaulois allait en titubant d'un brasier à l'autre, arrachant des lambeaux de viande à ces quartiers de bœuf et à ces moutons que l'on avait embrochés, dont la chair grasse grésillait, son odeur supplantant peu à peu celle, sucrée, des fruits blets.

Il portait la cuirasse et brandissait le glaive de Furius, criant que les Romains ne seraient plus jamais maîtres de la Campanie, qu'il fallait marcher sur Rome comme l'avaient fait autrefois les Gaulois qui avaient conquis la ville.

Il gesticulait et paradait devant Spartacus qui, assis à l'écart, demeurait silencieux.

Crixos a hésité, puis s'est éloigné, frappant l'air de son glaive, hurlant qu'il avait tué le légat, qu'aucun de ces Romains ne lui ferait plier le genou, qu'il les vaincrait comme il l'avait fait dans l'arène, terrassant des géants, des ours et des lions, puis, tout d'un coup, sa silhouette s'est affaissée et il s'est endormi la tête dans la boue.

J'ai rejoint Spartacus. Apollonia lui avait apporté un morceau de viande de mouton dans laquelle il mordait sans hâte, les yeux mi-clos.

— J'ai laissé Crixos tuer le légat, a-t-il murmuré. Tu m'as dit, Posidionos, que les cités grecques s'étaient opposées les unes aux autres, que les peuples s'étaient divisés et que, pour cette raison, les Romains l'avaient emporté.

Il est resté longuement silencieux avant d'ajouter :

— Je ne me battrai pas contre Crixos.

Il s'est tourné vers la mer, vers Cumes.

— Après le légat, a-t-il murmuré, viendront les préteurs, puis les consuls et les légions.

Secouant la tête, il a répété :

— Rome, Rome, que veulent les dieux ?

Il s'est laissé aller en arrière et, appuyé sur les coudes, offrant sa gorge, il a sondé le ciel.

Le jour s'est levé et, alors que les braises rougeoyaient encore parmi les cendres de nos feux, les cris de nos guetteurs ont déchiré le silence et la brume.

Spartacus s'est dressé le premier, et au fur et à mesure que les cris se rapprochaient, semblaient se faire plus aigus, et les voix plus hale-

208

tantes, les hommes les uns après les autres se sont levés, se rapprochant de Spartacus, se serrant épaule contre épaule, Crixos le Gaulois au premier rang.

Enfin, courant entre les vignes et les arbres des vergers, les guetteurs sont apparus, s'accrochant aux épaules des gladiateurs, à celles de Spartacus, pour ne pas s'effondrer, reprendre haleine tout en prononçant des phrases hachées.

Une armée romaine, dirent-ils, avait quitté Cumes. Elle se dirigeait vers nous, marchant d'un pas rapide, celui de la vengeance. Elle était précédée d'éclaireurs et guidée par un ancien gladiateur du *ludus* de Capoue, un homme qui connaissait la Campanie, un taureau furieux et noir.

Curius a dit qu'il s'agissait de Vacerra, l'homme dont Lentulus Balatius avait fait son maître d'armes.

Les éclaireurs romains avaient surpris deux de nos guetteurs endormis. On avait entendu le claquement des fouets à boules de fer et les hurlements de ces deux jeunes hommes.

Les guetteurs se sont tournés vers moi. C'est ainsi que j'ai appris que Scorpus et Alcius, dont la jeunesse et les rires, les bavardages, les corps minces et lisses, les peaux blanche et brune avaient peuplé mes nuits et mes jours, avaient été suppliciés, fouettés, cloués encore vivants aux branches de grands pommiers, parmi les fruits qu'aiment à becqueter les oiseaux.

— Vacerra, on l'écorchera vif, a murmuré près de moi Crixos le Gaulois.

Il a levé son glaive, dit qu'il fallait aller à la rencontre de cette armée, en tuer le chef, légat ou préteur, et lui faire subir le même sort qu'aux centuries de Furius.

D'un geste, il a rappelé comment il avait fiché son glaive dans la poitrine du légat.

— Je vais recommencer avec celui-là ! a-t-il clamé.

— Chaque jour est différent des précédents, a énoncé Spartacus d'une voix forte.

Il a parlé longuement. Les Romains, a-t-il dit, ont vu les corps nus, mutilés, dévorés de leurs camarades ; ils sont aveuglés par la haine et l'impatience. Il faut leur faire croire que la peur qu'ils nous inspirent nous tenaille. Ils doivent penser que nous fuyons.

Il s'est tourné vers Curius.

— Avec toi, Curius, nous avons appris l'esquive. Il convient de nous dérober. Il faut que l'énervement de la chasse vaine, des coups donnés dans le vide les épuise. Alors, alors seulement nous frapperons. Nous n'attaquerons pas de front, mais par les flancs, sur les arrières de cette troupe.

— Tu ne combats pas comme un Gaulois ! s'est emporté Crixos.

— Je suis thrace, a répliqué Spartacus en fixant le Gaulois qui se balançait d'un pied sur l'autre.

Puis Spartacus s'est détourné et s'est mis en marche, et tous les hommes lui ont emboîté le pas.

Nous avons regagné les pentes du mont Vésuve, à l'écart des chemins que suivait l'armée romaine.

Le vent poussait parfois jusqu'à nous les battements sourds de ses tambours, les sons aigus de ses flûtes.

Nous devinions les lieux de halte à la poussière qui s'élevait au-dessus de la plaine et aux feux qui, la nuit, marquaient les limites et le centre du camp.

Ces arrêts devenaient de plus en plus longs, comme si, déjà, après quelques jours de chasse infructueuse, la fatigue et le dépit avaient remplacé chez les Romains la volonté, la haine et la fougue.

Une nuit, nos guetteurs revinrent, poussant devant eux deux jeunes soldats qu'ils avaient trouvés, errant dans la campagne. Ils les avaient capturés sans que ceux-ci cherchent à résister ou à fuir. On lisait sur leurs visages l'effroi et l'innocence.

Ils me rappelaient Scorpus et Alcius, en plus rudes. Mais j'aurais su, en confiant leurs corps aux soins des masseurs, les affiner, et j'aurais pris plaisir à caresser leurs muscles saillants, leurs cheveux ras.

Crixos a dit qu'on devait les égorger, qu'il s'agissait de deux espions, et les gladiateurs s'étaient déjà rassemblés, les entourant, quelques-uns criant qu'il fallait les contraindre à se battre l'un contre l'autre ; le vainqueur aurait peut-être – cette incertitude déclenchait de grands rires – la vie sauve.

J'ai alors proposé de racheter leurs vies aux bergers qui les avaient faits prisonniers.

On m'a menacé, accusé de me conduire comme l'un de ces maîtres dont on voulait débarrasser la surface de la terre.

J'ai cru qu'on allait me lapider. Puis Spartacus s'est avancé, a dévisagé les deux soldats, liés l'un à l'autre par le cou, les jambes et les bras entravés.

Il a entrepris de les interroger.

Ils étaient paysans en Cisalpine, gaulois, donc, mais ne possédaient plus de terre, et ils s'étaient enrôlés parce que le ventre doit être rempli. Ils avaient alors vu les corps de leurs camarades partis avec le légat Furius ; ils avaient assisté à la flagellation et à la crucifixion de deux jeunes esclaves dont je n'ignorais plus qu'il s'agissait de Scorpus et d'Alcius.

Ils avaient pris peur.

Le préteur qui les commandait, Martial Cossinius, menaçait du fouet chacun des hommes de son armée. Nul n'aurait survécu à la peine de cent coups qu'il infligeait.

Aussi avaient-ils fui, profitant du désordre qu'avait provoqué le départ du préteur Cossinius. Celui-ci avait décidé de quitter le camp pour aller prendre ses bains à Salinae, sur la côte, entre Pompéi et Herculanum. Ses légats et ses centurions avaient tenté de l'en dissuader, mais le préteur avait déjà choisi son escorte, fait charger ses bagages sur deux chariots, et il avait pris la route. Les deux jeunes recrues avaient pensé que, dans le relâchement consécutif à son départ, leur fuite ne serait découverte qu'à son retour.

— Salinae ? a répété Spartacus.

Nos guetteurs, des bergers qui avaient abandonné leurs maîtres et leurs troupeaux pour s'enrôler dans l'armée de Spartacus, connaissaient chaque motte de terre, chaque touffe d'herbe de la Campanie.

— Salinae ? a questionné une nouvelle fois Spartacus.

C'étaient quelques villas construites entre la côte sableuse, rectiligne, et les premiers contre-forts du mont Vésuve. La mer y était verte, claire ; des sources d'eau chaude jaillissaient à quelques pas du rivage.

— Les maîtres s'y baignent, a dit l'un des bergers. Les sources chaudes viennent du fond de la terre. Elles donnent de la force.

— Elles vont donner la mort ! a lancé Spartacus.

Il a rassemblé les gladiateurs.

— Nous allons tuer le préteur Cossinius, a-t-il dit. Son armée ne sera plus qu'un poulet dont on a tranché la tête. Il peut encore faire quelques bonds, mais il est déjà mort.

Nous avons marché toute la nuit, descendant et remontant les vallons qui, comme des sillons profonds, creusent les flancs du mont Vésuve.

À l'aube, nous avons vu la mer, son long rivage droit.

Les chariots à bagages du préteur Cossinius étaient disposés côte à côte sur la plage où de grandes tentes avaient été dressées.

Nous nous sommes approchés, cachés par les buissons qui couvrent les pentes du Vésuve dont la terre grisâtre disparaît sous le sable blanc du rivage.

Puis nous avons attendu.

Quand le soleil fut haut, le préteur s'est dirigé vers cette mer brillante comme un plat d'argent.

213

Spartacus et Crixos le Gaulois, suivis par des centaines d'hommes, ont bondi.

Et le sable et la mer sont devenus rouges.

Œnomaus le Germain a tranché la tête du préteur et l'a brandie à la pointe de son javelot.

Dans les jours qui ont suivi, chaque fois que nous attaquions l'armée romaine, devenue notre proie, il s'élançait le premier, l'exhibant comme un emblème, et les premiers rangs des centurions refluaient, cependant qu'Œnomaus répétait le nom du préteur comme on lance un cri de guerre.

Des soldats jetaient leurs armes et s'enfuyaient devant cette meute qui portait les casques, les boucliers, les tuniques des morts. Ceux qui résistaient succombaient au nombre et à la fin s'agenouillaient, renversant la tête en arrière, les yeux clos, attendant le coup de lame sur leur gorge.

Ceux qui mouraient ainsi étaient les protégés des dieux.

Mais d'autres étaient la proie de ces esclaves qui, de plus en plus nombreux, surgissaient des bois, des vergers et des buissons, et se ruaient dans la bataille, armés de pieux, écartelant les corps encore vivants.

Ainsi est mort Vacerra, reconnu par des esclaves qui avaient fui le domaine de Lentulus Balatius et lui firent payer la cruauté de leur maître.

Je me tenais à l'écart, souvent assis aux côtés de Jaïr le Juif dont le visage exprimait la lassitude, la résignation et même le dégoût.

— Tu es grec, rhéteur, me dit-il au soir de la dernière bataille. Tu connais l'histoire des hommes. Tu as enseigné la sagesse de Rhodes à Rome.

Tu as parcouru les provinces de la République. Tu as côtoyé les magistrats romains. Ils t'ont honoré. Que penses-tu de tout cela ?

Autour des feux, les hommes ripaillaient. Les flammes éclairaient le champ où s'était déroulé le combat. Hommes et loups rôdaient, se disputant les cadavres.

— Je suis juif, reprit Jaïr. J'écoute la parole du Dieu unique. J'ai suivi le Maître de Justice au désert. Toi – il a posé la main sur mon genou –, moi, nous sommes des hommes libres, même si les Romains ont voulu faire de moi un esclave, s'ils t'ont traité en serviteur et s'ils t'ont méprisé comme ils font de tous ceux qui ne sont que des affranchis. Mais eux...

Devant nous, des esclaves se battaient pour un morceau de viande, une amphore de vin, une tunique de soldat romain.

— ... eux, Posidionos, sont encore des animaux, même s'ils croient être devenus des hommes libres.

— Tu parles comme un préteur romain, ai-je répondu.

Je lui ai rapporté les propos de Publius Varinius : pour lui, les esclaves et les gladiateurs qui avaient rompu leurs chaînes n'étaient que des rats.

— Regarde-les, a murmuré Jaïr.

Au milieu d'un cercle de cris, des esclaves avaient roulé à terre, tentant de s'étrangler.

— Crois-tu qu'ils agissent comme des hommes libres ? Crois-tu que Spartacus puisse faire de cette horde une armée ?

J'ai répondu que Spartacus avait déjà vaincu les centuries du préteur Claudius Glaber, du légat Furius et du préteur Martial Cossinius.

Jaïr a baissé la tête.

— Demain, a-t-il murmuré, il faudra affronter l'armée de Varinius, vaincre encore et donc tuer. Or un homme, a-t-il ajouté, ne peut-être libre quand il tue.

— Faut-il alors se soumettre à Rome et accepter le supplice ? Se laisser tuer comme un rat ?

— Dieu voit et décide, Posidionos.

J'ai pensé cet automne-là, qui fut celui des victoires, que le Dieu unique de Jaïr le Juif et toutes les divinités s'étaient alliés pour protéger et inspirer Spartacus.

Le Thrace allait d'un groupe à l'autre. Il écoutait Jaïr lui parler du Maître de Justice et de son Dieu. Il se mêlait aux Germains et aux Gaulois, aux Daces et aux Celtes, aux Phrygiens et aux Samnites qui sacrifiaient des taureaux et des moutons, des boucs et des poulets, et cherchaient dans les entrailles encore fumantes de ces animaux à deviner les intentions des dieux. Il écoutait Apollonia lui rappeler les oracles de Cybèle et la volonté de Dionysos. Et il ne me contredisait pas lorsque je lui disais que le mont Vésuve ressemblait à l'Olympe, qu'il y avait été accueilli et conseillé par les dieux.

Les hommes le suivaient, l'entouraient, l'observaient cependant qu'il participait aux rites, descendait dans la fosse au-dessus de laquelle on égorgeait un taureau en l'honneur du dieu Mithra cher à Vindex le Phrygien.

Il parlait peu, mais même les plus rebelles des esclaves et des gladiateurs, ceux qui avaient le regard fixe des bêtes, ceux qui avançaient voûtés, leurs mains frôlant le sol, le corps déformé par les travaux qui les avaient accablés depuis l'enfance, exécutaient ses ordres, fût-ce en rechignant, parce que les dieux lui avaient donné autorité et habileté, qu'il avait déjà vaincu les Romains et était le seul à pouvoir défaire l'armée dont le préteur Publius Varinius avait pris la tête.

Elle avait quitté Cumes alors qu'arrivaient de la mer les tempêtes d'automne.

Les averses noyaient la terre de Campanie, devenue boueuse, dans laquelle on enfonçait, fouetté par la pluie, poussé par le vent et les tornades qui brisaient les pommiers et couchaient les vignes.

Le fleuve Vulturne était en crue, charriant des arbres arrachés, et le préteur Varinius avait établi son camp loin des rives, attendant pour traverser que les eaux eussent retrouvé leur lit.

L'armée de Spartacus était elle aussi en crue. Des esclaves affluaient du Samnium et d'Apulie, du Bruttium et de Calabre, des monts Abruzzes et même de Cisalpine. Certains avaient réussi à franchir la mer et évoquaient les guerres serviles qui avaient dévasté la Sicile, la peur qui avait saisi là-bas les maîtres, les magistrats, les consuls.

Tous rapportaient que la rumeur s'était répandue du Rubicon, qui bordait la province de Cisalpine, jusqu'à l'extrémité des terres, dans le Bruttium, et même par-delà la mer, qu'un dieu venu de Thrace libérait les esclaves et qu'il allait prendre et piller Rome. Et que les esclaves, avant de s'enfuir, avaient tué leurs maîtres, saccagé villas et récoltes, tout en rêvant aux richesses de Rome, cette grande ville à la puissance implacable, qu'on allait mettre à sac.

Mais, lorsque cette foule avide de liberté et de butin avait vu les feux, les palissades, les tours de guet du camp romain du préteur Varinius, elle avait reflué.

Et Spartacus avait crié aux gladiateurs :

— Dressez-les ! Soyez des maîtres d'armes, des centurions ! Que ces hommes vous obéissent ! Dressez-les, ou bien Varinius vaincra !

Les hampes des javelots s'étaient levées et abattues sur les échines des esclaves que Crixos le Gaulois et Œnomaus le Germain, Curius et Vindex le Phrygien avaient contraints à creuser des fossés, à enfoncer des pieux, à dresser le camp de l'armée de Spartacus face à celui de Varinius, sur l'autre rive du Vulturne.

— Tu ne peux vaincre l'armée romaine en combattant comme elle, avait contesté Jaïr le Juif. Ton camp, tes cohortes, tes centuries, tes milliers de recrues ne vaudront jamais ceux que t'opposera Varinius.

Spartacus l'avait écouté puis avait riposté :

— Qui te dit que je veux combattre comme Varinius ?

Il en avait pourtant donné l'apparence. Il avait fait dresser des palissades. Des patrouilles partaient harceler celles de Varinius et rentraient, tirant des cadavres que Spartacus faisait attacher aux pieux entourant le camp qu'on eût dit ainsi gardé par des sentinelles vigilantes.

Quand les eaux du Vulturne commencèrent à baisser, il fit allumer de grands feux dans le camp, battre le tambour, jouer des flûtes et des trompettes, et l'on aurait pu croire que toute l'armée servile se préparait à la bataille au moment même où Spartacus lui ordonnait de quitter le camp en silence, profitant de la nuit orageuse, remontant le fleuve jusqu'à trouver un gué en aval de Capoue.

On le traversa malgré les eaux encore hautes, les berges glissantes. On se retrouva ainsi, après une longue marche, sur les arrières du camp romain, et nous aperçûmes notre camp où quelques hommes continuaient d'alimenter les feux, de battre tambour, de jouer trompette et flûte, faisant croire à notre présence qu'attestaient ces sentinelles auxquelles la nuit et la distance rendaient vie.

Il suffit d'attendre que Varinius se prépare à traverser le fleuve afin de nous surprendre dans notre camp. Nous surgîmes alors sur ses flancs et dans son dos, comme une énorme coulée de terre hurlante, ensevelissant ses centuries, et l'eau boueuse du Vulturne, comme le sable et la mer à Salinae, est devenue rouge.

J'ai aperçu le préteur Publius Varinius qui, à cheval, tentait de gravir l'autre rive, entouré de ses licteurs.

Ils tombaient l'un après l'autre, transpercés par les javelots que lançaient Germains et Phrygiens.

Bientôt, Varinius n'eut plus à ses côtés, sur la berge boueuse, que quelques soldats qui repoussaient dans le fleuve les corps des licteurs, abandonnaient les enseignes, cherchaient à se protéger de leurs boucliers.

Tout à coup, dans un hennissement qui ressemblait à un immense cri de douleur, le cheval de Varinius s'est abattu.

J'ai cru que le préteur allait connaître le sort de son légat Furius. Mais, couvert de boue, il se redressa et déguerpit sans arme, cherchant à rejoindre Cumes au plus vite, à s'y enfermer comme un rat pourchassé qui se réfugie dans son trou.

CINQUIÈME PARTIE

34

Varinius est allongé seul dans le grand bassin de porphyre rempli d'eau brûlante.

Il ferme les yeux. La morsure de la chaleur est intense et profonde. Il écarte les bras, appuie les mains aux parois du bassin.

L'eau ne dissout pas seulement cette boue collée à son corps, elle semble lui arracher la peau, dissoudre ses chairs. Elle s'enfonce comme les pointes de ces lances ou de ces javelots qui, alors qu'il grimpait la rive du Vulturne, ont frappé les licteurs dont aucun n'a survécu.

Varinius sent encore sur sa cuisse gauche le poids du cheval quand il s'est abattu. Et, heureusement, la boue s'est ouverte. Varinius s'y est enfoncé, rampant en elle échappant au cadavre de sa monture, repoussant les dépouilles des licteurs, des soldats, s'agrippant à elles pour avancer de quelques pas, atteindre enfin cette berge, pouvoir fuir avec quelques hommes, tout ce qui restait d'une armée, et s'enfermer dans la forteresse de Cumes.

Les rats étaient venus se jeter contre les murailles, tenter de les escalader, d'en forcer les portes. Il avait fallu les repousser sous des avalanches de pierres et de flèches, sans même prendre le temps de nettoyer son corps, de racler cette boue séchée rougie par le sang des licteurs.

Varinius rouvre les yeux.

La grande salle du caldarium qui se trouve au centre des thermes est envahie par une buée gluante et grisâtre.

Il y devine à peine les silhouettes des esclaves.

Il entend d'abord le clappement de leurs pieds sur les dalles de marbre. À chaque fois, il se raidit, rentre la tête dans les épaules comme pour protéger sa gorge. Ses mains tâtonnent sur les rebords du bassin. Ses doigts glissent sur la pierre humide, s'affolent. Il se souvient qu'il a laissé ses armes en même temps qu'il se dévêtait.

Il est nu, comme ces cadavres des centuries de Furius et de Martial Cossinius qu'il a découverts, mutilés, rongés, dévorés par ces bêtes sauvages, ces dizaines de milliers de rats.

Il laisse son dos glisser le long de la paroi de porphyre du bassin. Il est tenté de plonger la tête sous l'eau, de disparaître, d'échapper ainsi à ces esclaves qui s'approchent, peut-être devenus à leur tour des rats furieux qui vont l'égorger. Ils ne sont plus ces animaux dociles qui rampent, le regard mort. Ils ne baissent les yeux que lorsqu'on menace de les fouetter, de les crucifier, mais ils s'inclinent de mauvaise grâce, et toute leur attitude est chargée de haine.

L'envoyé du Sénat l'a confirmé à Varinius.

Ce tribun de la VIIe Légion, Calvicius Sabinius, qu'accompagne son centurion primipile, Nomius Castricus, a rapporté que, tout au long de la route entre Rome et Cumes, rôdaient des bandes d'esclaves qui avaient quitté leurs domaines, pillé les villas, tué leurs maîtres, éventré les femmes après les avoir violées. Plus aucun patricien ne se sentait en sécurité chez lui, tous levaient des milices pour se protéger de leurs esclaves, défendre plus que leurs biens, leurs vies.

Et le Sénat exigeait que l'on en finisse avec cette guerre humiliante pour la République.

Et périlleuse : Rome avait en effet besoin des récoltes de Campanie et de Lucanie. Il fallait assurer les distributions de blé à la plèbe romaine sous peine de voir éclater une guerre sociale qui risquerait de relayer la guerre servile.

Le tribun Calvicius Sabinius a longuement interrogé Varinius, semblant ne pas même s'apercevoir que le préteur était couvert de boue et de sang, qu'il boitait, sa jambe gauche peut-être brisée, le flanc douloureux de l'épaule au pied, et que l'humiliation qu'il avait subie était trop vive encore pour qu'il pût répondre sereinement aux questions de l'envoyé du Sénat.

— On dit, s'est-il écrié en s'avançant vers le tribun Sabinius, que c'est toi qui, en Thrace, as laissé en vie ce Spartacus qui saccage maintenant l'Italie. Que veux-tu savoir ? Tu le connaissais ! Tu le tenais en cage, m'a-t-on dit, et tu lui en as ouvert la porte ! Et des milliers, des dizaines de milliers d'esclaves, de gladiateurs en fuite, de déserteurs, oui, de nos propres soldats, et le maître d'armes du *ludus* de Capoue, et un rhéteur grec, Posidionos, que tu connais aussi, l'ont rejoint. Il est habile. Il n'ignore rien de l'art de la guerre. Peut-être est-ce Posidionos qui le lui a enseigné. J'ai vu son œuvre de près : les cadavres de nos soldats, des milliers de corps nus !

Varinius a expliqué à grands cris qu'il était tombé dans le piège que Spartacus lui avait tendu. Le Thrace s'était dérobé, quittant son camp, qui n'était qu'un leurre, puis l'avait attaqué sur ses flancs et ses arrières.

— Il faut des légions, de nombreuses légions ! a martelé Varinius. Sinon, il s'emparera des villes. À Cumes, ces rats sont venus nous défier en hurlant sous nos murailles. Pourquoi n'attaqueraient-ils pas Rome ? Il suffirait – il a tendu le bras vers Calvicius Sabinius – que les esclaves, ces dizaines de milliers d'esclaves qui couchent dans nos maisons, deviennent fous furieux à l'instar de rats affamés.

En claudiquant, Varinius s'est éloigné. Chaque pas lui était douloureux. La boue séchée tirait sur sa peau. L'odeur putride qui imprégnait sa tunique l'humiliait.

Il est entré dans les thermes, ordonnant qu'on l'y laisse seul, que tous les autres citoyens quittent les lieux.

Il a écarté les esclaves qui, parfumés, vêtus de linge blanc, la peau lisse, s'avançaient avec un air de défi – et peut-être même tenaient-ils dans leur dos, un poignard.

Varinius a gagné nu le caldarium ; les premiers instants, quand il s'est immergé dans l'eau, il a éprouvé pour la première fois depuis des jours et des jours un sentiment de bien-être. Ses muscles se sont relâchés.

Mais cela n'a pas duré. La chaleur le pénétrait, le blessait. Et il a aperçu, dans la buée, ces silhouettes d'esclaves qui s'approchaient, surgissaient tout à coup, près du bassin, les bras chargés de serviettes, ou bien portant des paniers garnis de flacons de parfum et d'huile, d'éponges et de pierres ponces, mais aussi, peut-être, cachée au fond, une lame destinée à l'égorger.

35

Spartacus est debout, bras croisés, à l'extrémité de ce promontoire rocheux qui domine la plaine de Campanie, les vergers de Lucanie, et semble s'élancer vers le Vésuve dressé à l'horizon.

Le Thrace regarde devant lui.

Après des jours de pluie, le ciel est comme lavé et le soleil vif comme un feu qui prend.

Les murailles des villes surgissent peu à peu de la brume, cette haleine grisâtre qu'exhale la terre et qui s'étire dans les vallées du Silarus et du Vulturne avant que la brise de mer lentement la déchire.

Alors on aperçoit la foule entre les arbres, sur les pentes des collines, les versants de ce promontoire et le plateau qui y conduit. Ils sont plusieurs dizaines de milliers d'esclaves qui ont quitté les domaines, les villas après y avoir tué régisseurs, surveillants et maîtres.

On devine des corps enlacés, des silhouettes d'hommes et de femmes qui s'affairent autour des feux. Une rumeur de houle vient battre le promontoire, recouvrir le plateau. Des voix plus aiguës s'élèvent en vagues plus fortes couronnées d'écume et qui hurlent : « Libres, on est libres ! »

Mais elles retombent vite, étouffées sous des roulements de tambour.

Spartacus se penche. Dans une clairière, encouragés par les cris, des hommes nus se défient, bondissent, s'empoignent, roulent sur la terre encore boueuse.

— Ils ne savent pas se battre, dit Curius, le maître d'armes.

Il se tient à quelques pas derrière Spartacus en compagnie de Jaïr le Juif et de Posidionos. Il s'avance.

— Ce sont des bêtes de somme, poursuit-il. Ils lancent des coups de corne, ils vous brisent la tête d'une ruade, mais ils ignorent la discipline et les règles du combat. Ni hommes libres ni gladiateurs : des esclaves.

Spartacus se tourne.

Le plateau qui monte en pente douce vers le promontoire est devenu un immense campement. On y a élevé des tréteaux. Des femmes, poitrine nue, y dansent. Les mains se tendent vers elles. On crie. On bondit sur l'estrade. On se bat pour les caresser, les entraîner.

Plus loin, accroupis, des hommes lancent des dés, échangent des armes, des pièces de viande, des fruits, des amphores de vin.

— Ils n'aspirent qu'à saccager et à tuer, reprend Curius. Ils se sont jetés contre les murailles de Cumes et les quelques soldats qui restaient à Varinius ont suffi pour les repousser. Maintenant, Rome va lever des légions. Les envoyés du Sénat sont arrivés à Cumes.

Curius écarte les bras, montre la foule et soupire.

— Ils tuent. Ils boivent. Ils baisent. Que veux-tu faire de ça ?

— Ils veulent tuer, lui fait écho Jaïr le Juif en s'avançant. Tu as raison, Curius. Ils ne savent pas combattre comme des gladiateurs ou des soldats de Rome. Et cependant ils ont vaincu les centuries des préteurs, celles d'un légat. En sais-tu la raison ? Ils haïssent non seulement leurs maîtres, mais jusqu'à leur propre vie. C'est pourquoi ils ne craignent pas de mourir.

Spartacus s'est mis à arpenter le bord du promontoire.

À l'horizon, le soleil éclaire les murailles de Cumes qui se dressent comme un noir rocher au-dessus du rivage. Les villes de Nola, de Nucérie, d'Abellinum, d'autres encore, à demi noyées par la brume, sont autant d'îles que la plaine grouillante d'esclaves rebelles encercle. Déjà, toutes les villas isolées ou les bourgades sans défense ont été pillées, saccagées, incendiées.

Spartacus s'arrête, baisse la tête.

Il a essayé d'empêcher, il y a quelques jours, les Gaulois de Crixos d'incendier Narès, l'une de ces petites villes de Lucanie. Il s'est placé devant la porte de la cité. Il entendait les cris d'effroi des femmes et des enfants qui y étaient réfugiés. Les hommes avaient sans doute déjà été massacrés ou bien s'étaient enfuis, sachant le sort que leur réservaient les révoltés.

Spartacus, écartant les bras, avait dit qu'il fallait s'emparer du blé, des réserves d'orge, de la viande, des poissons salés, des légumes et des fruits secs, mais ne pas tuer, ne pas détruire. Les Gaulois s'étaient immobilisés l'espace d'un instant.

Puis Crixos s'était avancé. Il avait montré la foule d'hommes qui se pressait derrière lui, et, la dominant, un Gaulois dépassant les autres de la tête et des épaules.

— Tadix est venu de Cisalpine avec une troupe de plus de cent hommes qui ont tué leurs maîtres et les miliciens qui les poursuivaient. Il est leur chef. Rien ne pourra l'arrêter. Même pas toi, Spartacus. Il veut les femmes. Il veut le feu. Il veut la mort. Il est libre. Il fait ce qu'il veut. Laisse-les passer ! Sinon, ils me tueront et te tueront après.

Tadix n'avait pas même menacé Spartacus.

Il s'était avancé, suivi, poussé par la foule, et le Thrace avait été bousculé, entraîné, ignoré.

Les cris des femmes étaient devenus plus stridents et le sang avait coulé entre les pavés des ruelles. Puis le feu avait dévoré les corps éventrés.

Spartacus ferme les yeux comme s'il ne voulait plus voir cette foule immense.

Son visage exprime l'amertume. Il semble ne pas entendre Apollonia qui s'est approchée, qui lui emprisonne les jambes entre ses cuisses, puis lui chuchote, en lui mordillant le lobe de l'oreille, qu'il est le prince de tous ces esclaves.

— Les dieux t'ont choisi, murmure-t-elle, tu es celui qui rend la liberté !

Il dénoue les bras d'Apollonia, la repousse, redresse la tête et contemple cette multitude, cette crue humaine qui mêle et entraîne des gens de toutes races, venus d'Apulie ou de Cisalpine, de Phrygie ou d'Espagne.

Il se tourne vers Jaïr le Juif, assis aux côtés de Posidionos sur le bord du promontoire rocheux.

— Aucune ville, pas même Rome, dit Jaïr, ne pourra résister à la haine.

— Ils ont peur, ajoute Posidionos. Ils se souviennent des guerres serviles de Sicile.

Il désigne la foule si nombreuse qu'on ne discerne même plus les rochers du plateau, la terre de la plaine, les éboulis des versants et des pentes.

Spartacus fait un pas vers Curius, le saisit par les bras, l'attire à lui.

— Tu es maître d'armes, lui dit-il. Tu as dompté les gladiateurs de Capoue. Je t'ai vu. Apprends à ces esclaves à se battre comme des hommes libres !

Curius secoue la tête et crache avec violence.

— Ils ne veulent plus de maître, répond-il. Ils ne sont plus des chiens qu'on dresse. Ils sont redevenus sauvages, mais tu n'en feras jamais des loups.

— Je veux une armée ! réplique Spartacus.

Il oblige Curius à se tourner et à faire face à la foule.

— Choisis des hommes parmi les plus forts, ceux dont tous les autres ont peur. Nomme-les centurions. Promets-leur, en mon nom, la plus grosse part de butin. Fais tailler des peaux. Je ne veux plus d'hommes nus comme des bêtes. Donne à chacun d'eux un bouclier, sers-toi des fonds de panier pour en fabriquer. Ordonne qu'on affûte des pieux, qu'on les durcisse au feu. Que personne ne combatte à mains nues. Qu'ils apprennent à lancer les pieux comme des javelots.

Spartacus s'écarte de Curius et brandit les poings.

— S'ils savent se battre et si la haine leur insuffle le désir de tuer et leur fait oublier la mort, alors nous vaincrons les légions !

Jaïr le Juif se lève, s'approche et murmure :

— Que feras-tu de ta victoire, Spartacus ?

Le Thrace croise à nouveau les bras sans répondre et regarde l'horizon.

36

Spartacus lentement s'accroupit sans quitter des yeux les hommes qui forment un cercle autour de lui.

Il reste un instant immobile, les bras à demi repliés, ses armes posées à plat sur ses mains ouvertes comme s'il offrait son glaive, son javelot, ses poignards à ces hommes qui l'entourent, debout à sept pas, la plupart équipés de cuirasses, de boucliers, de casques romains.

Il y a Tadix, le plus grand, ses cheveux blonds lui tombant sur les épaules. Près de lui, Crixos le Gaulois et Œnomaus le Germain. Plus loin, Vindex le Phrygien et d'autres, un Espagnol, un Celte, un Gaulois de la Cisalpine, un Thrace, un Dace, et, se tenant épaule contre épaule, Curius, le maître d'armes du *ludus* de Capoue, Jaïr le Juif et Posidionos le Grec. Apollonia tourne autour de ces hommes, bondissante, bras levés, cambrée, comme si par des figures de danse elle voulait les enfermer dans ses sortilèges.

Spartacus croise les jambes, s'assoit et, en se penchant, place devant lui ses armes, puis pose les mains sur ses cuisses.

Crixos le Gaulois l'imite le premier, puis tous les autres font de même. Tadix est le dernier. La plupart placent leurs armes dans le creux de leur bouclier renversé devant eux. Ils ôtent leurs casques.

— Nous sommes les bergers de ce troupeau, dit Spartacus.

Il a à peine tourné la tête vers le plateau, en direction de la foule et de la rumeur qui en monte.

— Jusqu'à ce jour, les dieux nous ont été bienveillants, poursuit-il.

Tout à coup, il se lève et se met à marcher à l'intérieur du cercle, s'arrêtant souvent devant l'un ou l'autre des hommes qui l'entourent.

— Mais qui peut croire qu'ils abandonneront Rome à laquelle ils ont tout donné, la terre d'Italie et nos terres, la mer et nos peuples ? Les dieux veulent de temps à autre rappeler à Rome qu'ils sont les maîtres. Nous sommes le fouet dont ils se servent pour châtier cette ville orgueilleuse, l'effrayer, la contraindre à les respecter, à les honorer, à élever des sanctuaires et des temples en leur honneur, à faire des sacrifices pour les satisfaire.

Spartacus baisse la voix, le menton sur la poitrine.

— Mais ils ne nous ont pas choisis pour remplacer leur ville.

— Tu parles comme un rhéteur grec ! s'exclame Crixos le Gaulois. Qu'est-ce que tu veux dire ? Retire la peau de tes propos, montre-nous-en la chair !

Spartacus se dirige vers Crixos le Gaulois et s'accroupit devant lui.

— On ne vaincra jamais Rome : voilà ce que je dis. Elle peut lever des dizaines de légions. Elle a des machines de siège et des flottes, le blé de Sicile et celui d'Afrique. Nous ne sommes qu'une épine que les dieux ont fichée dans la plante de son pied. Elle l'arrachera, même si c'est difficile, même si nous faisons de ces chiens sauvages une armée !

Crixos écoute, tête baissée, puis brusquement, en se redressant, il lance :

— Mais qui veut vaincre Rome ?

Il gonfle la poitrine, regarde le ciel, bras tendus, les mains posées loin en arrière.

— Il me suffit de battre ses légats, ses préteurs, ses centuries, poursuit Crixos. De boire le vin et de manger le grain, la viande et le poisson conservés dans les celliers et les greniers de ces villes dont nous forçons les portes quand nous le voulons. Un jour, Rome sera comme un fruit pourri ; les esclaves qui y grouillent par dizaines de milliers se chargeront de tuer leurs maîtres et de la prendre. Mais nous ? La Campanie, la Lucanie sont parsemées de villes. Nous pouvons en prendre une chaque jour, Nola, Nucérie, Cumes, Abellinum, Narès... Et toutes les autres ! On dit que celles qui sont sur l'autre côte, en Apulie, en Calabre, ou bien celles qui regardent vers la Sicile, dans le Bruttium, sont plus dodues encore. Leurs greniers débordent. Les quais y sont encombrés de tonneaux de vin. Les femmes y sont si nombreuses que chacun peut en posséder plusieurs, et différentes chaque jour. Qui pense à Rome ? Laisse-nous jouir ici, sur les terres qui sont nôtres, maintenant, et qu'on nous envoie encore un légat, des préteurs, des consuls ! Nous brandirons leurs têtes au bout de nos javelots, et les légionnaires que nous n'aurons pas égorgés déserteront !

— D'autres légions viendront, objecte Jaïr le Juif. Elles vous surprendront quand vous serez endormis, ivres, entre les bras de vos femmes. C'est vous qu'on égorgera !

Tadix menace Jaïr du poing, d'autres l'injurient. Ce n'est qu'un couard, crient-ils. On ne l'a jamais vu combattre. Lui et le rhéteur grec, quels maîtres romains ont-ils tués ? Qui peut dire qu'ils ne sont pas les yeux et les oreilles de Rome ?

Tadix veut se lever, mais Crixos le Gaulois le retient, pèse sur son épaule. Spartacus retourne s'asseoir au centre du cercle, devant ses armes.

— Que voulais-tu nous dire ? demande Crixos. Que nous allions un jour être vaincus par Rome ?

Il hausse les épaules.

— Tout guerrier meurt, et les rhéteurs grecs aussi ! Tu as été gladiateur. Tu es entré dans l'arène. Tu n'es pas homme à avoir peur de la mort. Je t'ai vu combattre. Alors, que veux-tu ? Un gladiateur le sait : il faut jouir de chaque jour. Parce que, demain, tu peux mourir. Laisse-nous jouir, Spartacus, ne nous parle plus de Rome. Quand les légions seront ici, nous les affronterons comme des gladiateurs qui font face aux fauves dans l'arène. Et si l'on meurt...

Il écarte et lève les bras.

— Ce jour-là doit venir, aucun gladiateur ne le craint.

Il se penche, regarde Posidionos et Jaïr.

— Ces deux-là, peut-être...

— Je voulais..., commence Spartacus.

Il se dresse, fait encore le tour du cercle, mais sans un regard pour les hommes assis.

— ... je voulais vous parler des rivières, reprend-il.

Il tend le bras vers la plaine, montre les vallées du Vulturne et du Silaros qui serpentent, brillants, puis rejoignent la mer.

— L'eau va vers l'eau. Chaque homme doit aller vers son pays, vers sa propre terre. Je veux retourner en Thrace, marcher libre dans mes forêts. Gaulois, tu ne souhaites pas retrouver la sépulture des tiens ? Ton pays ?

Il hausse la voix.

— Chacun de nous a un pays où il doit pouvoir vivre libre. Les Romains nous ont arrachés à nos terres, à nos forêts, à notre ciel. Nous sommes une foule immense de dizaines de milliers d'hommes. Si nous devenons une armée, nul ne pourra nous arrêter. Nous détruirons les légions. Nous marcherons vers le nord, vers ces montagnes qui séparent l'Italie de nos pays. Nous franchirons les cols. Nous atteindrons enfin notre terre : les uns la Gaule, les autres l'Espagne, la Phrygie ou la Thrace. Nous seront libres parmi les nôtres. Rome n'aura plus la force de nous poursuivre. Nous ne serons plus esclaves. Nous apprendrons à nos peuples à se battre pour rester libres.

Spartacus retourne s'asseoir au centre du cercle. Il baisse la tête et reste longuement silencieux comme si, tout à coup, la lassitude l'écrasait, persuadé qu'il ne réussirait pas à convaincre ces hommes qui l'observent, paraissent attendre.

Enfin il se redresse.

— Je guiderai cette armée vers le nord.

Il hésite et ajoute d'une voix plus grave :

— Mais nous ne sommes assurés de vaincre que si nous demeurons ensemble.

Crixos le Gaulois se lève ; puis Tadix, Œnomaus le Germain et la plupart des autres hommes l'imitent.

— Mon pays, commence Crixos, est celui où je mange, où je bois, où j'éventre les portes des villes dont les celliers et les greniers sont pleins, où j'écarte les cuisses des femmes. Je ne connais plus d'autre pays. Je ne marcherai pas avec toi vers le nord. Quand nous aurons conquis les villes de Campanie et de Lucanie, nous marcherons sur l'Apulie.

Il montre l'horizon.

— Tous ceux qui viennent de là-bas et de la Calabre nous disent qu'il suffit de suivre la voie pavée, que les milices se sont enfuies, qu'aucune légion n'a planté ses enseignes dans ces provinces. Tout y est à prendre : les ports de Sipontum et de Barium, et le plus grand, celui de Brundisium ; les villes de l'intérieur des terres, Canusium, Vuceria, Ausculum, Verusia sont sans défense.

Crixos s'approche de Spartacus et se penche vers lui.

— Il suffit de quelques jours de marche. Les esclaves d'Apulie et de Calabre nous attendent. Marche avec nous, Spartacus ! Toi et moi sommes des hommes libres. Tous les pays où nous vivons et où nous combattons sont nôtres.

Il frappe le sol du talon et répète :

— Je suis du pays où je suis libre !

Spartacus se lève.

— Ils te prendront, murmure-t-il.

— Me prendre ?

Crixos ricane :

— Me tuer ! Oui, un jour la mort me prendra. Mais les Romains, jamais, Spartacus !

Il s'approche, ouvre les bras comme s'il voulait embrasser le Thrace. Mais celui-ci recule.

37

Bras croisés, jambes écartées, Spartacus se tient campé au milieu du chemin qui, du plateau, mène à la plaine.

Il regarde, vers le promontoire rocheux, ces hommes qui émergent de la nuit au fur et à mesure que l'horizon s'éclaire tandis qu'un reste d'obscurité s'accroche aux versants des vallées, aux arbres des vergers.

Au premier rang, en avant de la foule qui s'avance, il aperçoit Crixos le Gaulois, puis, quelques pas en arrière, Œnomaus le Germain, Vindex le Phrygien, et, dominant la troupe des épaules et de la tête, Tadix, gaulois de Cisalpine.

Ils marchent lentement, le javelot, le glaive, la lance ou l'épieu sur l'épaule droite, le bouclier suspendu au bras gauche.

La foule des esclaves s'est rassemblée sur les bas-côtés du chemin, les femmes se tenant au bord, les hommes en retrait.

On n'entend que le piétinement de la troupe qui s'approche de Spartacus, et ce martèlement sourd rend encore plus dense le silence qui écrase le plateau.

Crixos lève la main et la troupe s'arrête.

Il s'avance vers le Thrace et s'immobilise à un pas.

— Ceux-là me suivent, dit-il.

— Tu les conduis à la mort, Crixos.

— Écarte-toi ! Laisse-nous le passage.

— Je veux que chacun de ces hommes me regarde. Je veux voir leurs visages à tous !

— Tu me défies, Spartacus ?

Crixos empoigne son glaive, commence à le tirer du fourreau, puis, violemment, le rengaine.

Il se tourne, fait face à ses hommes qui forment dans l'aube naissante un bloc noir hérissé du brillant éclat des armes.

— Spartacus vous salue ! lance Crixos.

Il sort son glaive, le brandit ; les hommes dressent leurs armes, puis quelqu'un crie, et tous, agitant leurs javelots, leurs lances, leurs pieux, leurs glaives, hurlent, et cette avalanche entraîne la foule qui hurle à son tour. Les femmes dansent. Juchés sur les rochers qui surplombent le chemin, les hommes saluent la troupe.

Elle se remet en marche sur un signe de Crixos qui s'est placé près de Spartacus. Celui-ci, figé, regarde droit devant lui les hommes qui s'approchent, qui hésitent, une fois en face de lui, puis, comme un flot qui rencontre un obstacle, s'écartent, leur flux se partageant en deux.

La plupart baissent la tête ou détournent le regard et, alors qu'ils étaient arrivés en criant et en gesticulant, ils se taisent sitôt qu'ils se trouvent à quelques pas de Spartacus et de Crixos. Peu à peu, le silence étreint à nouveau la foule cependant que la troupe continue de défiler – plusieurs

242

milliers d'hommes, les uns revêtus des dépouilles des soldats romains, les autres à demi nus.

Lorsque les derniers sont passés, Crixos le Gaulois rengaine le glaive qu'il avait tenu le long de son corps, lame nue, prêt à frapper.

— Tu les as vus, dit-il. Ils sont avec moi comme des hommes libres.

Il s'éloigne, rejoint les derniers rangs de la troupe.

— J'ai vu des morts, murmure Spartacus.

Mais seuls restent à l'entendre Posidionos le Grec, Jaïr le Juif et Curius, le maître d'armes.

38

— C'est maintenant qu'il faut les frapper, les écraser, dit le préteur Varinius.

Il est assis à l'extrémité de la longue table basse qui occupe le centre de la pièce. Près de lui, la poitrine appuyée au rebord de la table, le tribun de la VIIe Légion, Calvicius Sabinius, tend le bras vers l'un des plats que les esclaves viennent de déposer. Il hésite, ses doigts frôlent les grives grasses, les cuisses de lièvre, les poissons couverts d'aromates, les laitues et les champignons.

— Ils se sont divisés, poursuit Varinius. Une bande marche vers l'Apulie, une autre se dirige vers le nord.

Il tourne la tête, attend que les esclaves aient déposé sur la table d'autres plats chargés de fruits secs ainsi que les pichets de vin, puis, d'un signe, leur commande de sortir.

Il se penche. À l'autre bout de la table sont assis les deux consuls, Gellius Publicola et Cornelius Claudius, et, se faisant face de chaque côté, les deux préteurs, Cneius Manlius et Quintus Arrius.

— Je sais..., reprend Varinius.

Il s'interrompt et, comme on chasse des bêtes importunes, ordonne aux deux derniers esclaves de quitter la pièce.

— ... Même ici, à Rome, je me méfie, explique-t-il. Ils nous écoutent. Ils nous guettent. Demain, l'un d'eux s'enfuira, rejoindra ces bandes, rapportera ce qu'il a entendu. Tu devrais, consul, en livrer une paire au bourreau. Les autres se souviendraient qu'ils ne sont rien. Moins que nos chiens !

— Tu dis savoir ? l'interroge Gellius Publicola.

Le consul a parlé d'une voix exténuée de vieil homme. Il s'essuie lentement les lèvres du revers de la main, et ce seul geste semble l'avoir épuisé. Il ferme les yeux. Il chuchote.

— Que sais-tu donc ? insiste-t-il.

— C'est le gladiateur thrace, ce Spartacus qui a tué tous mes licteurs, qui guide la bande en marche vers le nord, répond Varinius.

Il boit, tend sa coupe au tribun Sabinius qui boit à son tour.

— Spartacus a promis à ceux qui le suivent de leur faire passer les Alpes et de les reconduire là où nous les avons pris, en Thrace, en Gaule, en Germanie.

— Cesse donc de croire à ces folies ! lance le préteur Quintus Arrius.

Il s'emporte, dit qu'il est ridicule de trembler devant quelques milliers d'esclaves qui ne sont forts et menaçants que du fait de la faiblesse ou de l'impuissance de ceux qui les ont affrontés.

Il s'incline vers Varinius.

— Je ne parle pas pour toi, Varinius. Mais les autres – le préteur Glaber, le légat Furius, et ce préteur, Cossinius –, crois-tu qu'ils ont conduit leurs légions, leurs centuries comme ils le devaient ? Les soldats se sont débandés, ont déserté. Leurs chefs n'ont pas su se faire craindre et obéir. Le Sénat vient de décider de lever six légions. Crois-moi, Varinius, Publicola et moi, Claudius et Manlius sommes décidés.

Il lève sa coupe, la tend à Sabinius puis à Varinius.

— Joignez-vous à nous. Nous allons traquer ces bêtes pour nourrir les fauves de nos arènes. Qui chasserais-tu d'abord, Varinius ?

— La bande qui saccage l'Apulie, répond Varinius après une hésitation. Ils sont une dizaine de milliers. Ce sont surtout des Gaulois et des Celtes, accompagnés de quelques Germains et Phrygiens, et surtout d'un troupeau de femmes. Ils s'élancent comme des bêtes furieuses, mais leurs têtes sont vides et ils ne recherchent pas la victoire, seulement le pillage. Entre deux combats, ils sont ivres, ils dorment, ils digèrent, ils se battent entre eux pour se partager les femmes.

— Nous n'en laisserons aucun vivant, dit Quintus Arrius.

— Et ce Spartacus ? questionne le consul Claudius.

— Celui-là sait se battre, marmonne Varinius.

— Six légions, six légions ! Crois-tu vraiment qu'il puisse nous échapper ? s'exclame Quintus Arrius.

Varinius saisit sa coupe à deux mains et boit lentement, la tête rejetée en arrière.

39

Publius Varinius s'avance lentement au milieu des cadavres.

Ils sont si nombreux qu'ils couvrent tout le rivage sableux de la plaine d'Apulie.

Certains sont entraînés et repoussés par les vagues.

D'autres s'amoncellent sur les pentes du mont Gargan où se sont livrés les derniers combats.

Là sont morts les Gaulois.

Varinius s'arrête et contemple le sommet du mont.

Il se souvient de ce géant qui faisait tournoyer son glaive, qui rugissait, qui d'un seul coup envoyait voler la tête d'un des soldats qui l'encerclaient, lançant leurs javelots, tentant d'éviter sa lame.

Varinius avait crié : « Je le veux vivant ! »

Il avait imaginé cette bête fauve offerte aux sénateurs, jetée dans une arène, sacrifiée aux dieux pour les remercier de la victoire.

Mais le géant avait tout à coup disparu. Varinius s'était approché, avait interrogé les soldats qui pansaient leurs blessures, s'accrochaient à la hampe de leur javelot pour ne pas s'affaisser.

Cela faisait trente jours qu'ils avaient quitté Rome, marchant sur la via Appia jusqu'à Capoue, puis sur les chemins qui, à travers les massifs qui dominent les vallées du Vulturne et du Silanus, mènent en Apulie.

Devant eux, saccageant et brûlant domaines et demeures, vergers et villes, fuyait le troupeau conduit par Crixos le Gaulois, Œnomaus le Germain, Tadix le géant, Vindex le Phrygien.

Les éclaireurs des légions avaient réussi à capturer quelques hommes qui traînaient derrière cette cohorte. Après qu'on les eut fouettés, mutilés, ils avaient livré ces noms-là comme on lance un défi, pour qu'on les égorge plus vite. Mais on ne leur avait pas accordé cette grâce, les laissant agoniser, livrés aux loups et aux rapaces.

Et les combats avaient commencé.

Il avait fallu tuer chacune de ces bêtes mâles ou femelles, aucune n'avait demandé grâce ; quelques-unes, avant d'être abattues, s'étaient percé la poitrine avec leurs glaives, la plupart s'étaient jetées contre les lances, les javelots, les lames des soldats, essayant de les leur arracher, cherchant eux-mêmes la mort.

Le consul Gellius Publicola avait donné l'ordre d'égorger tous les survivants, mâles, femelles, enfants – parce qu'il y avait des enfants dans ce troupeau que les légions pourchassaient en Apulie et qu'elles avaient enfin acculé dans cette presqu'île que surplombe de mille pas le mont Gargan.

Au sommet, Varinius avait continué à chercher le corps du géant cependant que les soldats déjà le quittaient, comme effrayés par la nuée blanc et noir de volatiles aux ailes immenses, cachant le ciel, et dont le bec effilé, les griffes acérées commençaient à déchiqueter les corps.

Varinius n'avait pas trouvé le géant, peut-être enseveli sous d'autres corps ou bien ayant roulé le long de la falaise qui plongeait à pic dans la mer.

À moins qu'un oiseau ne l'eût enlevé ? à moins qu'il n'eût sauté, accueilli par Neptune ?

Qui peut connaître le dessein des dieux ?

Varinius redescend la pente du mont Gargan.

Il s'immobilise à chaque fois qu'un cadavre lui cache son visage.

Varinius se penche. De la pointe de son glaive, il écarte le bras du mort replié sur ses yeux. Ou bien, avec le pied droit, la jambe gauche bien calée, il retourne le corps, le roule afin de le remettre sur le dos. Parfois, pour y parvenir, il s'accroupit, pousse le corps avec ses mains, puis, quand il a enfin réussi, fixe les traits du trépassé.

Ces bêtes sauvages, ces esclaves ont figure humaine.

Il se redresse, fait quelques pas, s'arrête à nouveau, recommence avec une sorte de rage, des gestes saccadés.

Aucun de ces visages figés, certains mutilés, d'autres couverts de sang séché, n'est déformé par le rictus de la peur, de cette peur panique dont il sait qu'elle l'avait défiguré, lui, quand il avait gravi, avec ses licteurs, la berge du Vulturne, poursuivi par les esclaves, et que le flanc de son cheval l'avait écrasé, qu'il avait cru un instant ne pas pouvoir se dégager, fuir – et il avait gardé cette peur collée à lui alors qu'il avait regagné Cumes.

À chaque fois qu'un esclave s'était approché, dans le caldarium des thermes, ou même dans la villa palatine du consul Gellius Publicola, il avait craint que l'un des serviteurs, mâle ou femelle, ne se jette sur lui, armé d'un poignard.

Varinius marche à présent le long du rivage. Les vagues ont lavé les cadavres et les blessures ne sont plus que des lignes sombres entaillant la peau.

Il se penche.

Les visages humains de ces bêtes sauvages sont apaisés, comme si elles avaient accueilli la mort avec le courage et la sagesse d'un rhéteur qui se soumet à la volonté des dieux.

Varinius saisit son glaive à deux mains, le lève droit au-dessus de sa tête et commence à frapper à grands coups aveugles sur ces cadavres.

Le sang jaillit, l'écume redevient un bouillonnement rouge, mais quelques vagues suffisent à tout effacer, et les visages, même fendus par la lame, continuent d'exprimer cette quiétude qui défie Varinius.

Il marche sur le sable humide à grands pas, frappe de droite et de gauche. Les oiseaux aux becs jaune et noir, aux amples ailes, semblent l'encourager de leurs cris perçants.

40

Assis sur un rocher à la limite de la forêt de pins qui couronne le massif où les esclaves qui l'ont suivi se sont rassemblés, Spartacus regarde les feux s'allumer au loin, dans la plaine d'Apulie, vers la masse noire du mont Gargan dressée au bord de la mer.

Il se penche en avant. Bras repliés, coudes sur les cuisses, poings sous le menton, yeux plissés, tendu, il donne l'impression de vouloir deviner, entre ces brasiers qui scintillent dans la pénombre de la fin du jour, l'alignement des tentes, les allées et les palissades, les tours de guet des camps romains.

Il imagine le chemin de ronde qui va d'un feu à l'autre, dessinant ce carré au centre duquel brûle un cinquième feu, le plus vif, devant les tentes du tribun, du préteur, du légat et du consul.

À proximité de ce premier quadrilatère, des feux en dessinent deux autres.

— Trois camps, murmure Spartacus en se tournant vers Jaïr le Juif, debout aux côtés de Posidionos le Grec et de Curius, le maître d'armes du *ludus* de Capoue. Trois légions, ajoute-t-il. Elles allument leurs feux. Elles sont sûres d'elles. Elles ont déjà vaincu Crixos.

Il baisse la tête. Ses poings lui écrasent les joues.

— Regarde ! s'écrie Curius.

Il tend le bras, montre d'autres feux qui brillent dans la plaine de Campanie, de l'autre côté du massif, vers Capoue, Cumes, Nola, Abellinum et Nucérie.

— Trois autres légions ! conclut Curius.

— Ces armées sont comme les mâchoires de Rome, constate Jaïr. Elles vont se serrer pour nous écraser. Elles ont pris le temps de battre la troupe de Crixos. Elles se préparent à se refermer sur nous.

Spartacus se lève, marche à la lisière de la forêt.

À quelques centaines de pas en contrebas, sur un plateau, le camp des esclaves a été dressé. On distingue peu à peu, recouvertes par la nuit, des huttes faites de quelques branchages, des tentes en peau.

Spartacus a interdit qu'on chante ou qu'on crie, qu'on allume des feux.

Des hommes ont protesté, ont dit que lorsque Crixos le Gaulois, Œnomaus le Germain, Vindex le Phrygien étaient parmi eux on ne se cachait pas ; on incendiait les blés, les vergers, les domaines, les villes et même les forêts. Tout l'horizon était alors en flammes.

Un homme s'est avancé, accusant Spartacus de ne pas vouloir, de ne pas même savoir se battre, de ne songer qu'à fuir au lieu d'affronter et vaincre les Romains. Avec Crixos, on avait pourtant tué un préteur et un légat, saisi leurs bagages et leurs enseignes, on avait pillé les villes.

Spartacus a bondi, saisi l'homme par le cou, l'a contraint à baisser la tête, mais il ne l'a pas lâché, lançant à la foule qui l'entourait que tous ceux qui voulaient rejoindre Crixos, Œnomaus et leur troupe étaient libres de le faire, mais qu'ils ne trouveraient que la mort au bout de leur route. Lui, Spartacus, le savait. Les dieux l'en avaient averti.

Il a desserré son étreinte et l'homme est resté un long moment plié en deux, recouvrant difficilement son souffle, chancelant.

— Ceux qui me suivront resteront vivants, a continué Spartacus. Mais ils devront obéir à mes ordres.

Il a répété qu'il tuerait ceux qui chercheraient à allumer des feux, car la seule force que les Romains craignaient était celle que procurait la surprise. Et si l'on s'en privait, si on révélait aux Romains le lieu où l'on se trouvait, la route qu'on empruntait, alors autant jeter ses armes, s'agenouiller et offrir sa gorge au glaive des soldats.

— Que ceux qui veulent me quitter partent ! a-t-il ajouté.

Nul n'a bougé. Alors il a montré le plateau et la forêt, disant qu'on passerait quelques jours sur ce massif, puis qu'on marcherait vers le nord et qu'on attaquerait les Romains par surprise.

— Ces mâchoires..., dit Jaïr en montrant les feux.

— Nous partirons demain avant qu'elles ne se soient refermées, répond Spartacus.

— Six légions ! reprend Jaïr.

— Deux consuls, deux préteurs ! renchérit Curius.

— Et le tribun de la VIIe Légion, Sabinius, et Publius Varinius, ajoute Posidionos. Rome n'accepte jamais qu'on refuse de se soumettre à ses lois. Il faut qu'elle tue ceux qui la défient ou l'ont vaincue. Tu l'as fait, Spartacus. Les déserteurs disent que les consuls ont reçu du Sénat l'ordre de massacrer tous ceux qui te suivent ou qui ont simplement appris que tu existais et que tu avais tué deux préteurs et un légat. Ils craignent que tu ne conduises à penser qu'on peut vivre hors de Rome, en échappant à son pouvoir, en refusant ses lois. Ils ne peuvent pas nous laisser vivre.

Tout à coup, Apollonia sort de la forêt et se rapproche. On ne discerne d'abord que sa silhouette. Elle se retourne, ouvre les bras et dit :

— Les dieux veulent que les hommes se souviennent.

Elle s'écarte et, entre les troncs, dans l'obscurité, on devine un homme de haute stature auquel elle tend la main, qu'elle conduit jusqu'à Spartacus.

L'homme quitte la pénombre, entre dans la clarté précaire de la nuit tombante.

On reconnaît alors Tadix le géant.

Il pose les mains sur les épaules de Spartacus qu'il domine d'une tête.

On distingue ses blessures : une longue balafre lui traverse la poitrine du ventre à la gorge ; d'autres lui strient les cuisses. Son œil gauche n'est qu'une grosse boule noire.

— Nous étions vingt mille, dit-il. Tu le sais. Œnomaus est tombé parmi les premiers. Crixos nous a montré le mont Gargan et nous nous sommes précipités sur les pentes, vers le sommet.

Crixos répétait que le mont serait notre Vésuve. Il disait qu'il ferait ce que tu avais fait. Ceux qui avaient été avec toi montaient en courant, cherchant l'étroit passage par où se glisser, qu'il leur serait ensuite facile de défendre.

Tadix retire ses mains des épaules de Spartacus et laisse pesamment retomber ses bras.

— La plupart sont morts sur les pentes avant d'atteindre le sommet. J'ai vu Crixos se battre comme un Gaulois, tenant son glaive à deux mains. Il a continué à se défendre alors qu'il était à genoux, un javelot fiché dans sa cuisse. Ils étaient dix, vingt contre lui. Ils ont fait de son corps un tronc sans branche et sans tête. Je suis resté le dernier de ces vingt mille que tu as vus partir. Souviens-toi de tous ces visages que tu as tenu à regarder un à un sur le chemin, tu te souviens, Spartacus ? J'ai reculé jusqu'au bord de la falaise et j'ai sauté pour mourir de ma propre volonté. Mais les fonds de la mer ne m'ont pas retenu et les courants m'ont entraîné. Puis j'ai rejoint le rivage et j'ai marché. J'ai vu seulement des morts que les loups et les oiseaux se disputaient. Je me suis dirigé vers le nord, quittant la plaine, suivant les crêtes. Dans cette forêt, j'ai aperçu Apollonia. Là où elle est, tu es.

Il chancelle. Spartacus le retient, lui saisit les poignets, l'attire contre lui pour qu'il y trouve un appui. Mais Tadix le géant se redresse et s'écarte.

— Je suis avec toi, Spartacus ! J'ai la force d'Œnomaus, de Vindex, de Crixos et des vingt mille qui sont morts.

Il serre et brandit le poing.

— Donne-moi une arme.

Spartacus lui tend son propre glaive.

41

Son glaive à demi levé, Tadix le géant marche lentement entre les Romains agenouillés, serrés épaule contre épaule.

La pointe et le tranchant de la lame frôlent leurs visages.

D'un coup de pied, il écarte les corps nus, se fraie un passage entre eux et souvent, du poing, fauche et frappe l'un des prisonniers à la tempe. L'homme vacille, parfois s'abat, mais, le plus souvent, se redresse, soutenu par ceux qui l'entourent.

Tous baissent la tête comme s'ils attendaient que la lame leur brise la nuque, leur tranche le cou. Mais, toujours de la main gauche, Tadix leur empoigne les cheveux et les oblige à redresser la tête.

Il se penche, scrute leurs traits, puis les repousse d'une gifle violente, et souvent le sang jaillit de leurs lèvres éclatées, de leur nez brisé.

Des cris s'élèvent alors de la foule des esclaves qui entourent ce champ où les Romains survivants ont été rassemblés après la bataille sur ordre de Spartacus.

— Qu'on les garde vivants ! a lancé le Thrace en apercevant les prisonniers, des soldats de la VIIe Légion que les gladiateurs commençaient à égorger après les avoir dépouillés de leurs armes, de leur casque et de leur tunique.

Plusieurs des esclaves ont paru ne pas entendre, glaives et poignards ont continué de frapper.

Cela faisait plus de deux semaines qu'on craignait d'avoir un jour à s'agenouiller, à offrir soi-même sa gorge et sa nuque aux Romains.

On avait suivi Spartacus, mais on n'avait pas cru à ce qu'il promettait : la victoire sur ces six légions qu'on attaquerait par surprise l'une après l'autre.

On avait eu le sentiment de fuir, longeant la nuit les crêtes, se cachant le jour dans les forêts ou les grottes, remontant les torrents, s'enfonçant dans la boue alors qu'à quelques centaines de pas battaient les tambours des légions marchant vers le nord, persuadées que Spartacus avait pris cette direction.

Mais où allait-on ?

Le troupeau le suivait, pensant, en regardant les étoiles, se diriger en effet vers la Cisalpine, mais, la nuit suivante, on marchait à nouveau vers la Campanie, vers Capoue et Cumes. On entrait en Apulie. On retrouvait les forêts qu'on avait quittées depuis plusieurs jours.

Les plaines de Campanie et d'Apulie étaient désertes, les légions ayant gagné le Nord, imaginant que se trouvait là-bas le troupeau de Spartacus. Et, maintenant, on apercevait les chariots des arrière-gardes des légions dont les consuls, les préteurs, les légats et les tribuns croyaient nous poursuivre. Ils faisaient forcer le pas à leurs troupes, laissant leurs chariots sans protection.

Et c'est alors, au cœur de la nuit, que Spartacus donnait le signal de l'assaut.

On avait battu les légions que commandaient le consul Claudius et son préteur Manlius. Les survivants s'étaient enfuis et les rares prisonniers avaient été lapidés par les femmes.

Puis on s'était à nouveau enfoncés dans les forêts, cheminant sur les crêtes, marchant au même pas que les légions du consul Publicola, des préteurs Quintus Arrius et Publius Varinius qui, elles, avançaient dans la plaine, sûres que les esclaves de Spartacus fuyaient alors qu'ils attendaient l'instant propice, celui où les Romains laisseraient leurs flancs et leurs arrière-gardes sans défense.

Et c'était advenu cette nuit-là. Plusieurs centaines de soldats n'avaient pu ni s'enfuir ni mourir, et Spartacus avait crié :

— Qu'on les garde vivants !

Des hommes en armes empêchent la foule des esclaves d'entrer dans le champ où Tadix le géant passe parmi les prisonniers agenouillés.

Chaque fois qu'il frappe l'un d'eux, la foule hurle :

— Tue-les ! *Jugula ! Jugula !* Égorge ! Égorge !

Des femmes commencent à lancer des pierres, d'autres tentent de pénétrer dans le champ. Tout à coup, la voix de Spartacus impose le silence :

— Celui qui tue un de ces Romains, je le tue ! lance-t-il.

Il lève les mains, doigts écartés, au-dessus de sa tête.

— Ils sont à nous ! riposte une voix.

— N'oublie pas Crixos, venge-le, venge Œno-maus ! La vengeance est justice ! crie un autre. Les hommes libres et les dieux se vengent. Nous sommes libres, laisse-nous nous venger !

La foule des esclaves scande à nouveau : « *Jugula ! Jugula !* Égorge ! Égorge ! »

Spartacus entre dans le champ, passe au milieu des prisonniers sans les toucher. Il se dirige vers Tadix le géant qui, saisissant de sa seule main gauche un des Romains, l'a soulevé par la nuque et le maintient ainsi debout.

Tadix se tourne vers Spartacus.

— Je l'ai vu sur le mont Gargan, dit Tadix. Il portait la cuirasse dorée des préteurs. Il marchait sur les morts. Je le reconnais. Je l'ai vu s'avancer alors que je me battais au sommet du mont. J'ai su que si je tombais entre ses mains il me ferait écorcher vif.

L'homme ne se débat pas, garde la tête baissée.

— C'est le préteur Varinius, dit Posidionos le Grec, qui s'est approché.

Certains des prisonniers agenouillés ont levé la tête. L'un d'eux crie que le tribun Calvicius Sabinius et le centurion Nomius Castricus figurent parmi les prisonniers, que ce sont eux et les consuls qui les ont forcés à se battre, alors que les soldats, eux, respectent les gladiateurs. Souvent, ce sont d'ailleurs ceux-ci qui leur ont appris à se battre.

— Nous t'offrons notre vie, Spartacus ! Laisse-nous nous venger de ceux qui nous traitaient comme leurs esclaves !

Spartacus reste silencieux. Il semble hésiter, puis s'approche de Varinius, que Tadix tient toujours par la nuque.

— Préteur..., murmure Spartacus.

Il répète ce mot comme on profère une insulte, son visage exprimant le dégoût, des rides cernant sa bouche.

— Préteur, tu vivras ce que tu as fait vivre !

42

Nous étions plus de quatre cents, désarmés, agenouillés, nus.

La mort que j'avais recherchée sur le champ de bataille s'était dérobée. J'avais espéré que ces bêtes sauvages qui nous avaient capturés vivants et m'avaient arraché mon glaive avant que j'aie pu l'enfoncer dans mon flanc m'égorgeraient aussitôt.

J'ai tendu le cou.

Mais j'avais oublié que les esclaves ne sont pas des hommes, qu'ils ne combattent pas comme les soldats de nos légions. Ils ne nous ont pas tués.

Ils nous ont frappés, insultés, humiliés.

Ils ont livré quelques-uns d'entre nous à leurs femelles qui hurlaient. Elles ont enfoncé leurs crocs et leurs ongles dans les corps qu'on leur abandonnait. Elles ont crevé des yeux, coupé des sexes, écartelé, écorché.

Elles ont réduit des citoyens romains à un tas de charpie écarlate.

Après quoi leurs bouches avides de sang ont continué de vociférer.

On nous a conduits et rassemblés dans un champ.

J'ai eu honte d'être contraint de me dévêtir, de me mettre à genoux, dans la posture du vaincu.

Un géant gaulois s'est avancé et a commencé à défoncer les visages avec ses poings. La meute contenue par des hommes en armes hurlait, réclamant nos corps pour les crucifier, les dépecer.

« Ils sont à nous, nous sommes les maîtres ! scandaient ces bêtes parlantes. Nous sommes libres ! »

Le géant a reconnu le préteur Publius Varinius agenouillé près de moi. J'ai cru qu'avec sa poigne il allait lui briser la nuque.

Mais ce gladiateur thrace nommé Spartacus, qui mène les esclaves, a donné l'ordre qu'on nous gardât vivants.

Le géant a laissé retomber Varinius qui s'est affaissé contre moi.

Puis Spartacus s'est approché et le géant, me tirant la tête en arrière, m'a forcé à montrer mon visage.

— Tu es Nomius Castricus, le centurion de la VIIe Légion, a dit le chef des esclaves. Je te connais. Tu étais en Thrace. C'est toi qui m'as mis en cage.

J'ai pensé qu'il allait me trancher la gorge. Je l'ai souhaité, fermant les yeux, attendant que la lame s'enfonce.

— Plus tard ! a décrété Spartacus.

Il s'est éloigné et a reconnu Calvicius Sabinius, le tribun.

Il l'a poussé vers moi et Varinius.

Nous sommes ainsi restés côte à côte, à genoux, cependant que le Thrace parcourait le champ, s'arrêtant devant chaque prisonnier et l'obligeant à se lever.

Lorsque j'ai vu Spartacus regrouper les hommes par paires, j'ai deviné ses intentions. Je me suis souvenu des mots qu'il avait prononcés en s'adressant à Publius Varinius : « Tu vivras ce que tu as fait vivre. »

J'ai murmuré à Sabinius et à Varinius :

— Ce gladiateur veut nous voir mourir en gladiateurs.

L'un et l'autre m'ont regardé avec effroi.

— Nous allons nous entre-tuer pour eux, ai-je poursuivi.

La foule des esclaves aussi avait compris. Elle trépignait. Elle hurlait : « *Jugula ! Jugula !* »

J'ai reconnu Curius, le maître d'armes du *ludus* de Capoue qui s'était jadis enfui avec Spartacus. Il faisait s'éloigner la foule des esclaves afin d'agrandir l'espace réservé aux combats. Il ordonna qu'on fît sortir du champ, sous escorte, une partie des prisonniers, n'en laissant sur place qu'une dizaine de paires. Puis il commanda qu'on entassât des glaives, des pieux, des lances, des poignards dans un coin du terrain.

La foule riait, grondait, criait.

Tout à coup, la voix de Spartacus a retenti, imposant silence.

— Ils vont se battre et mourir. Eux qui nous ont poussés dans l'arène, les mains liées, qui nous ont livrés aux fauves, eux pour qui nous n'étions que des bêtes, ils vont s'entre-tuer. Leur sang coulera en souvenir de Crixos le Gaulois, d'Œnomaus le Germain, de Vindex le Phrygien, des vingt mille des nôtres qu'ils ont massacrés et de tous les gladiateurs qu'ils ont fait combattre pour leur plaisir ! C'est notre plaisir aujourd'hui. Nous dédions ces combats aux mânes de nos frères morts, gladiateurs et esclaves de Rome, devenus hommes libres. Ceux-ci vont mourir pour eux et pour nous. C'est le *munus*, le cadeau que moi, Spartacus, j'offre en mémoire des morts, et que je vous offre, à vous qui m'avez rejoint et suivi !

J'ai regardé Spartacus. Il portait la cuirasse dorée du tribun Sabinius et une cape courte de couleur rouge. Autour de lui se tenait ce rhéteur grec, Posidionos, que j'avais connu en Thrace et qui avait vécu quelques jours dans le camp de la VIIe Légion. J'ai aperçu, assise aux pieds de Spartacus, cette prêtresse de Dionysos dont les cheveux blonds couvrent les épaules et qui avait été, elle aussi, capturée en Thrace en même temps que Spartacus, ainsi que le guérisseur juif, qui se tenait à quelques pas en arrière.

Curius est venu vers nous.

— Vous les regarderez se battre et mourir. Vingt fois vingt paires. Vous serez les derniers.

— Je ne me battrai pas, a répliqué Sabinius.

— Alors on te livrera aux femmes. Elles ont les dents et les ongles plus acérés que ceux des lionnes.

— Qui survivra ? a demandé Varinius.

Curius a ricané.

— Tu n'as jamais assisté à un *munus* de gladiateurs ? Tu n'en as jamais offert, toi, préteur, qui es venu si souvent à Capoue ? Tu ne connais pas Cnaeus Lentulus Balatius ? Je t'ai vu, la veille des *munus*, quand on choisissait les gladiateurs qui allaient affronter les fauves. Tu sais bien que

264

ce n'est pas celui qui se bat qui choisit de vivre ou de mourir, mais ceux qui lèvent ou abaissent le pouce ! Ici, c'est Spartacus qui choisira ! Il est notre préteur, notre tribun, notre consul, le prince des esclaves. Il décidera de ta vie ou de ta mort, Varinius !

J'ai dit :

— Personne ne survivra.

— Les dieux et Spartacus décideront, a répondu Curius.

J'ai survécu à cette journée et à cette nuit rougies par le sang de quatre cents Romains.

Ils se sont battus d'abord pour saisir l'une des armes entassées au coin du champ, et beaucoup sont morts dès ce premier instant, leur corps tombant sur les glaives, les lances, les pieux et les poignards, d'autres les poussant pour s'emparer des armes qui restaient.

Ce ne fut à aucun moment un combat réglé de gladiateurs, mais une mêlée acharnée voulue à leur image par les esclaves.

La foule hurlait, lançait des pierres, cependant que les combattants oubliaient qu'ils étaient des hommes et se changeaient en bêtes.

Chacun cherchait à tuer sans se soucier de savoir s'il frappait l'adversaire désigné par Curius. On s'acharnait à plusieurs sur le même homme, puis on se retournait et on se battait contre celui qui vous avait aidé à tuer.

Quand il ne restait plus qu'un homme debout, la foule criait pour qu'on fît entrer dans le champ la vingtaine de paires suivantes. Et le survivant de la première série, déjà couvert de sang, épuisé et blessé, était le premier abattu. Puis le carnage recommençait.

Quand les combattants ont été enveloppés par la pénombre du crépuscule, Spartacus a ordonné qu'on allume en lisière du champ de grands feux. Dans la foule, on a brandi des torches ; parfois on les a lancées sur les groupes de combattants.

Certains de ceux-ci ont essayé de fuir, de se frayer un passage parmi les esclaves. Ils n'ont pu faire que quelques pas, leurs corps transpercés vite ensevelis sous ceux des esclaves qui s'acharnaient sur eux, rejetant ce qu'il en restait au milieu du champ.

Dans leur combat qui parfois se transformait en poursuite, des combattants étaient précipités dans les flammes et on les voyait gesticuler, on les entendait hurler quelques brefs instants.

Enfin, alors que l'aube bleuissait le ciel, un homme est resté seul parmi les cadavres. Spartacus s'est approché de nous et a poussé Sabinius vers le survivant.

— À toi, Sabinius, montre-nous ce qu'est le courage d'un tribun !

Calvicius Sabinius – que les dieux ferment les yeux et ne l'accablent pas, que les citoyens de Rome oublient ce tribun que j'ai vu tant de fois s'élancer le premier dans la bataille à la tête de la VIIe Légion – a été, ce matin-là, comme un mouton affolé, courant dans ce champ au milieu des morts, dans l'odeur fade du sang répandu ; les hommes en armes qui contenaient la foule des esclaves l'y repoussaient de la pointe de leurs javelots ou de leurs glaives.

Était-il déjà mort quand les femelles furieuses ont réussi à s'emparer de son corps, à se jeter sur lui, à l'écorcher, à le dépecer, à lancer en l'air ses membres, sa tête et son tronc ?

Puis, se tournant vers Spartacus, elles ont commencé à crier : « Le préteur ! Le préteur ! »

Varinius a ramassé un glaive puis a marché vers l'homme ensanglanté qui se tenait debout au centre du champ.

Il s'est arrêté à quelques pas et, prenant son arme à deux mains, il s'est transpercé la poitrine et est tombé à genoux.

Il y a eu un long silence, puis le survivant de cette journée et de cette nuit de combats s'est approché du préteur Varinius et, après un instant, il s'est lui aussi suicidé, s'affaissant face à Varinius, tombant contre lui comme si les deux hommes avaient voulu se soutenir, s'embrasser.

Je suis resté seul au milieu de ce silence de mort, attendant qu'on m'égorge.

Spartacus a alors crié que celui qui me frapperait, il le tuerait de ses mains.

Et il les a levées.

Puis il s'est tourné vers moi, me disant de m'éloigner au plus vite, ajoutant :

— Tu raconteras ce que tu as vu.

Je suis parti, fendant la foule des esclaves qui s'était ouverte devant moi.

Je l'ai traversée au milieu de rugissements de fauves.

Puis j'ai marché plusieurs jours et j'ai enfin rencontré des hommes, des citoyens de Rome.

43

— Il fallait égorger Castricus, le centurion, dit Curius. Il a vu ce que nous sommes.

Curius se retourne, tend le bras, montre à Spartacus qui marche à ses côtés cette foule dont, à l'exception des premiers rangs, les contours se perdent dans le brouillard, mais on entend la rumeur, le martèlement des pas et, parfois, l'éclat des voix.

— Un troupeau d'esclaves, reprend Curius.

Il crache avec violence en même temps qu'il ouvre les dix doigts en signe d'impuissance.

— Cent mille bêtes, peut-être plus. Mais combien d'hommes capables de combattre en ligne, de résister à l'assaut d'une centurie, combien de colonnes qu'on puisse lancer sus à l'ennemi comme un javelot ?

Il hausse les épaules.

— Je te l'ai déjà dit, Spartacus, Posidionos et même Jaïr le Juif, tous te l'ont répété : si tu ne frappes pas ces chiens errants qui ne se soucient que de vin, de viande et de butin, alors nous ne pourrons jamais nous battre vraiment contre une armée comme une armée.

Il empoigne le bras de Spartacus.

— Nomius Castricus, le centurion, a compris cela, il l'a répété aux sénateurs, aux consuls, aux légats. Alors les villes résistent. Pas une qui ait ouvert ses portes et se soit rendue depuis que nous sommes entrés en Cisalpine. Pas un soldat des deux légions du proconsul Cassius Longinus qui nous ait rejoints. Nous sommes le désordre, et on ne vainc que par et dans l'ordre !

Il oblige Spartacus à s'arrêter, se campe en face de lui.

— Frappe ces chiens que leur liberté a rendus fous ! Les hommes n'obéissent que si la peur de ceux qui les commandent leur tord le ventre.

Spartacus se dégage et se remet à marcher, tête baissée.

— Tu veux que ces hommes libres redeviennent des esclaves ? Ils m'ont rejoint et tu veux que ce soit moi qui les traite comme les traitaient leurs maîtres ?

— Si tu veux vaincre, il le faut. Mais ta main hésite, Spartacus. Tu n'as pas voulu tuer Castricus. Il t'a déjà poignardé. Chaque mot qu'il a prononcé t'a affaibli.

— Les dieux ont voulu qu'il survive, murmure Spartacus. Mais es-tu sûr qu'on l'ait écouté ? Il ne pouvait parler que de la défaite et de l'humiliation des consuls et de leurs légions, des soldats qui se sont agenouillés, que nous avons traités comme des esclaves, d'infâmes gladiateurs.

Spartacus pointe le doigt vers Curius.

— Peut-être même l'ont-ils égorgé pour qu'il se taise.

— Mais nous, dit Curius après un long silence, nous sommes là à errer en Cisalpine. Plus de fruits dans les vergers, plus de blé dans les champs. Le bétail est rentré dans les étables, le blé est dans les greniers protégés par les murailles des villes. Comment veux-tu les conquérir avec cette meute de chiens ivres que tu refuses de contraindre à l'obéissance ?

— Ils sont libres, dit Spartacus.

— Tu veux qu'ils meurent ? Le sang d'un esclave est aussi rouge que celui d'un citoyen romain.

Curius crache à nouveau.

— Nous ne passerons pas les cols des Alpes, et, si nous restons en Cisalpine, des milliers mourront de faim, et les autres de la lame des Romains.

Spartacus s'est arrêté, croise les bras.

— Rome est fille des dieux. Qui pourrait la vaincre, aujourd'hui ?

Il ferme les yeux comme pour mieux se souvenir.

— Les citoyens de Rome savent mourir, poursuit-il. Pour un tribun qui se dérobe, combien préfèrent la mort à la défaite et à l'humiliation ? Tu as vu le préteur Varinius ? Et ce soldat qui avait survécu à tous les combats ? L'un et l'autre ont choisi de se tuer plutôt que de s'affronter.

— Des hommes libres, mais des hommes d'ordre ! rétorque Curius.

Spartacus reprend sa marche. Il se retourne souvent pour regarder cette foule qui le suit et dont parfois, quand le vent effiloche le brouillard, il peut mesurer l'immensité.

— Ils sont là, Curius, dit-il. Ils ont eu la force, le courage de s'enfuir. Ne leur demande pas ce qu'ils ne peuvent encore faire. Ils commencent seulement à vivre libres. Si les dieux et si les hom-

270

mes à venir se souviennent d'eux, alors ils auront vaincu Rome, même si elle les massacre ; et leurs fils apprendront à combattre.

— Nous serons morts, grogne Curius.

— Et vivants ! proteste Spartacus.

44

Le nom de Spartacus retentit dans cette salle aux fenêtres étroites, voisine de l'amphithéâtre du Sénat de Rome.

Les colonnes et les statues des dieux y écrasent de leurs ombres les magistrats dont les toges, dans la semi-obscurité, paraissent grises.

Ces sénateurs, ces préteurs, ces légats sont assis sur des sièges au haut dossier de cuir qui entourent une scène au centre de laquelle deux hommes se tiennent debout.

L'un, corpulent, est le proconsul de Cisalpine, Cassius Longinus. L'autre, Manlius, commandait une légion dans le Picenum, à l'est de Rome, au bord de la mer, entre Ancona et Ausculum. Il est petit et fluet, et cependant il s'éponge sans cesse le front comme s'il était l'un de ces magistrats au corps gras, aux joues rebondies qui l'interrogent d'une voix vite essoufflée.

— Manlius, tu devais empêcher Spartacus d'entrer dans le Picenum, dit l'un d'eux dont on ne distingue pas le visage. Et maintenant il s'approche de Rome avec sa horde, comme un nouvel Hannibal.

Manlius ne répond pas, lève les bras. Le proconsul de Cisalpine fait un pas en avant. Il parle d'une voix sourde et irritée.

— Rome a battu le Carthaginois et nous écraserons Spartacus, fait-il. Mais que pouvions-nous faire ? J'avais deux légions en Cisalpine. Il m'a attaqué avec plus de cent mille hommes. C'était une crue boueuse qui nous submergeait. Nous nous sommes enfermés dans les villes. Je l'ai empêché ainsi de les prendre, de piller les greniers. Et c'est une victoire, car il s'est replié, renonçant à franchir les Alpes. Il a repris la route du sud.

— La route de Rome ! lance une voix. Et, s'il nous attaque, si les esclaves qui sont des dizaines de milliers dans notre ville se révoltent et le rejoignent, crois-tu, Longinus, que ce ne sera pas pire qu'une armée carthaginoise ? Manlius devait l'arrêter.

Des murmures s'élèvent.

— Tu es ici, Manlius, devant nous, avec tes explications, poursuit le haut magistrat. Et, pendant ce temps-là, cent mille brigands, cent mille assassins, cent mille fauves dévastent le Picenum, et à nouveau l'Apulie, la Campanie, la Lucanie. Avec quel blé, quelle orge nourrirons-nous la plèbe ? Si les terres les plus riches, nos domaines, les villes sont abandonnés aux pillards, que deviendra Rome ? Si aucune de nos voies, la via Flaminia, la via Appia, la via Latina, la via Valeria, n'est plus sûre, si aucun voyageur, aucun chariot, et même aucune légion ne peut les emprunter sans être aussitôt attaqué, que deviendront notre richesse, notre puissance ? Rome sera elle aussi la proie des pillards ! Il faut les écraser, ce sont des bêtes nuisibles, pires que les sauterelles d'Afrique ou d'Espagne qui ne laissent rien après leur passage ! Est-il possible qu'un gladiateur thrace mette Rome en péril ? Nous nous souvenons tous des guerres serviles de Sicile. Nos ancêtres les ont subies, mais ils ont vaincu. Or aujourd'hui ces esclaves nous humilient, pillent toutes nos richesses. Cette révolte est une maladie qui se répand plus vite qu'un fléau. Que répondez-vous ? Tu es préteur, Manlius, et toi, Cassius Longinus, proconsul !

— Deux légions, marmonne Longinus, et cette foule furieuse de cent mille hommes qui déferlait...

— Quand ils les voient s'avancer en hurlant, les soldats se mettent à trembler, ajoute Manlius ; les premiers rangs des cohortes cèdent, certains légionnaires s'enfuient, jettent leurs armes pour courir plus vite.

— Honte sur ces hommes ! répètent plusieurs voix. Que le châtiment de Rome s'abatte sur eux, impitoyable !

— Il faut de nouveaux chefs, déclare l'un des magistrats. Ceux qui ont connu la défaite ne peuvent plus commander les légions. Quel soldat les suivra ?

— Les hommes ont peur de ces fauves, reprend Manlius. Ils savent ce que les esclaves font de ceux qu'ils capturent. Ils ne veulent pas mourir comme des gladiateurs contraints de se battre les uns contre les autres ni être livrés à ces femelles enragées.

Un homme jeune s'avance dans le cercle.

— Je suis Gaius Fuscus Salinator, le légat du préteur Licinius Crassus, dit-il. Vous connaissez Crassus. Je parle en son nom. Crassus, si vous l'honorez de votre confiance, fait le serment de tuer Spartacus et tous ceux qui l'ont suivi !

SIXIÈME PARTIE

45

— Licinius Crassus est un chacal, murmure l'homme assis en face de Spartacus.

Il tourne lentement la tête et dévisage Curius, Posidionos le Grec, Jaïr le Juif et Tadix le géant qui se tiennent appuyés au mur de cette pièce dévastée au centre de laquelle brûlent des débris de meubles à même la mosaïque ocre et bleutée.

Apollonia est accroupie devant le feu, les paumes ouvertes au-dessus des flammes.

— Et toi, qui es-tu ? demande-t-elle sans regarder l'homme. Tu viens parmi nous, tu prétends t'être enfui de la demeure de Crassus, tu es esclave, dis-tu. Et si tu n'étais qu'un serpent, un chien, une hyène de Crassus, chargée de lui rapporter un morceau de notre chair ?

Elle se redresse, marche vers l'homme et se penche, lui agrippe les épaules, le secoue.

— Je t'écorcherai vif si tu mens, dit-elle. Sache que Dionysos m'éclaire, que je sais ce que tu penses, ce que tu ressens. Or tu as peur, tu essaies de ne pas trembler, mais tu regrettes déjà d'être venu jusqu'ici. Pourquoi ? Parce que je vais t'arracher ton masque, tes mensonges, comme on arrache une peau !

D'un geste violent, l'homme écarte les bras d'Apollonia.

— Je suis Pythias, athénien, architecte, esclave du préteur Lucinius Crassus, et je suis venu ici pour vous avertir que le Sénat lui a conféré les pouvoirs de proconsul afin qu'il lève des légions ; il s'est entouré de tout ce que Rome compte de jeunes ambitieux qui veulent se hisser sur vos cadavres : son légat, Gaius Fuscus Salinator, le tribun militaire Caius Julius Caesar, tant d'autres que Crassus peut acheter si ça lui chante, parce qu'il est l'homme le plus riche de Rome.

— Tu parles d'un chacal, l'interrompt Spartacus, mais quels hommes ne sont pas des rapaces ?

Pythias secoue la tête.

— Tu ne connais pas Licinius Crassus. Il se repaît des entrailles des charognes. Il se nourrit de mort. Avide, rien ne le rassasie. Il est prêt à tous les crimes pour se goinfrer de nouvelles richesses. Sais-tu quel est mon rôle ? Reconstruire les maisons auxquelles il a fait mettre le feu et dont il rachète les ruines ou l'emplacement. Il y a parfois plusieurs dizaines de Romains qui grillent dans ces incendies, et les autres sont chassés de leurs logis par les flammes. Moi, j'attends avec mes maçons, et alors que les cendres sont encore brûlantes, que les corps n'ont pas encore été tous retirés des décombres, nous commençons à rebâtir. Licinius Crassus nous harcèle, nous menace, nous frappe. Il sent la mort. Sa fortune est faite du sang et des cadavres de ceux qu'il a dénoncés pendant la guerre civile. Il a servi Sylla, il a livré au dictateur des centaines de citoyens pour s'emparer de leurs biens. C'est un chacal, un charognard. Celui qui a croisé son regard ne peut l'oublier. Ses yeux s'enfoncent en vous comme des pointes de javelot. Mais c'est surtout sa gueule de carnassier qui effraie. Oui, j'ai peur de Licinius Crassus. Il n'a pas de lèvres. Deux plis profonds creusent ses joues. Il aime châtier et se délecte des tortures qu'il inflige. Il a fait couper les mains d'esclaves qui avaient, dans les ruines d'une maison incendiée par ses soins, trouvé quelques pièces, des flacons de parfum, et qui les avaient conservés. Il les a fait marquer sur la joue au fer rouge et les a vendus au laniste de Capoue afin qu'il les offre à ses fauves en ouverture à l'un de ses *munus*.

Pythias s'interrompt, laisse tomber la tête sur sa poitrine comme s'il était accablé par ce qu'il venait de rapporter ou bien regrettait d'avoir parlé, peut-être même de s'être enfui.

— Il a fait serment de vous tuer, toi, Spartacus, et tous ceux qui te suivent, reprend-il. Tu as saccagé ses terres et plusieurs de ses domaines. Tu as touché à sa fortune et à ses profits. Il devient féroce quand on lui résiste ou qu'on porte atteinte à ce qui lui appartient. Et puis il veut se servir de cette guerre contre toi pour conquérir encore plus de pouvoir à Rome. La fortune ne lui suffit plus, il veut la gloire, les honneurs suprêmes. Il est jaloux de Pompée auquel les sénateurs ont décerné le titre d'*imperator* pour ses victoires en Espagne. Il aspire à être son égal.

— Il ne nous a pas encore vaincus ! s'exclame Spartacus en se levant.

— Licinius Crassus n'a jamais connu d'échec, poursuit Pythias. Obstiné, acharné, il ne craint rien ni personne. Je l'ai vu entrer dans une maison en feu pour en chasser les derniers occupants qui s'obstinaient à combattre l'incendie.

— Lorsque j'étais soldat, intervient Curius, en Espagne, en Afrique, on vantait le courage de Crassus.

— S'il doit nous vaincre, dit Spartacus, pourquoi es-tu venu, Pythias ? Si jamais il te prend...

— ... il fera de ma peau des lanières et me livrera aux murènes ou aux chiens en veillant à ce que je sois encore un morceau de chair vivante capable de souffrir.

Spartacus s'approche de Pythias, qui se lève à son tour.

— Pourquoi es-tu venu, Pythias ? répète Spartacus d'une voix voilée, comme empreinte de tristesse.

— Depuis que tu t'es enfui du *ludus* de Capoue, que ton armée d'esclaves a battu des préteurs, des légats, des consuls, qu'elle a brûlé des récoltes, des domaines, des villes, et que tu t'es approché de Rome, la peur ronge les maîtres. Quand nous nous avançons vers eux, nous, esclaves, ils saisissent leurs poignards. Si nous entrons à plusieurs dans leur chambre, ils s'affolent. Ils craignent même de boire et de manger ce que leurs serviteurs leur préparent. À nous, leur peur apporte gaieté et fierté. C'est pour te remercier, Spartacus, de ce que tu m'as fait vivre, pour le souvenir de ma liberté et de mon orgueil d'Athénien, que tu as ravivé, que je suis ici et t'avertis de la menace et de la promesse de Crassus. Il va lever des légions. Il va te traquer. Prends garde, rien ne l'arrêtera ! Il veut ta mort parce qu'il est un noble romain et que tu n'es qu'un esclave étranger. Parce que tu le fais trembler et qu'il a besoin de ta mort.

Spartacus pose une main sur l'épaule de Pythias.

— Tous les hommes meurent, murmure-t-il. Crassus mourra aussi, même s'il me tue. Sauras-tu mourir, toi, Pythias ?

Pythias baisse la tête.

Jaïr le Juif s'approche.

— Celui qui sait mourir sait ne plus être esclave, lâche-t-il.

46

— Je veux qu'ils meurent tous ! clame Licinius Crassus.

Penché en avant, mains nouées dans son dos, le proconsul marche à pas lents le long de la colonnade qui entoure le bassin dans lequel les murènes tracent des sillages argentés.

Il s'arrête, attend que l'aient rejoint Caius Julius Caesar et les légats Mummius et Gaius Fuscus Salinator.

— Il faut qu'on ne se souvienne que de leur supplice, ajoute-t-il, mâchoires serrées, une ride médiane creusant son front jusqu'à la base du nez.

— Ceux qui les ont combattus, dit Caesar, affirment que la mort ne les effraie pas. Toutes les bêtes meurent sans crainte.

Crassus hausse les épaules, grimace une moue de mépris.

— On oubliera qu'ils ne la craignaient pas, réplique-t-il. Mais je veux qu'on se souvienne de la manière dont ils sont morts. On tremblera en se rappelant les supplices que je vais leur infliger. Ainsi la peur habitera chaque esclave jusqu'à la fin des temps. Pas un n'osera plus se rebeller.

Il suit des yeux les sillages argentés qui strient l'eau du bassin de sa villa.

— J'en donnerai quelques-uns en pâture aux murènes.

Il ricane.

— Ce centurion, Nomius Castricus, je l'ai gavé de bonne viande et de vin frais. Il n'a cessé de me raconter ce *munus*, cette ignominie : des centurions, des citoyens romains contraints par ces esclaves de se battre comme des esclaves, comme des bêtes. Ce Spartacus l'avait laissé vivre pour qu'il nous décrive ce spectacle et que nous en soyons terrorisés. Savez-vous ce qu'est devenu ce bavard qui ne cessait de répéter : « Ils m'ont laissé en vie » ? Quand enfin il s'est endormi, je l'ai fait jeter là-dedans.

D'un mouvement de tête, il montre le bassin.

— Les murènes se sont précipitées. Il y a eu un grand bouillonnement, l'eau est devenue rouge. Mes esclaves tremblaient. Ils se sont couchés à mes pieds comme des chiens.

Il reprend sa marche.

Il a également ordonné, dit-il, qu'on égorge tous les esclaves qui travaillaient avec Pythias, un architecte grec.

— Celui-là s'est enfui. Je n'ai jamais aimé la manière dont il dérobait son regard. Il a dû rejoindre ce Spartacus. Mais je le retrouverai et lui donnerai tout le temps de regretter de m'avoir trahi. Sais-tu, Julius, que je voulais l'affranchir... ?

Il hésite, bougonne.

— Je l'avais acheté à Délos. On m'avait vanté son talent. Il est capable en quelques jours de construire une insula de sept étages. Et puis il y a eu cette rumeur qui s'est répandue jusqu'ici, dans ma villa, sur le Palatin. Selon elle, Spartacus était le prince des esclaves, un nouvel Hannibal, il allait conquérir Rome !

Il crie :

— Vous entendez : conquérir Rome ! Un gladiateur, un infâme, un esclave thrace ! Mais il n'est fort que de la faiblesse de nos consuls, de nos préteurs et de nos légats !

Il saisit le bras de Julius Caius Caesar.

— Tu es tribun militaire, Caesar. Tu t'es battu en Asie, tu as vaincu et châtié les pirates. Je te veux avec moi dans cette chasse aux bêtes sauvages que nous allons commencer. Tu me dois cela, et tu le dois à Rome !

Il sourit.

— Je t'ai prêté beaucoup d'argent, Caesar. Tu m'en dois beaucoup. Quand nous reviendrons vainqueurs, Rome sera à nos pieds. Nous aurons la gloire, le pouvoir et donc la fortune. Tu seras riche, Caesar ! Tu me rembourseras et nous offrirons à la plèbe des jeux qui l'étonneront. Elle sera conquise !

Il s'éloigne de Caesar, s'approche des légats.

— Je vais lever six légions à mes frais. Le Sénat en paiera quatre. Avec dix légions, pas un esclave ne nous échappera.

Il pointe le doigt en direction de Mummius.

— Toi, Mummius, tu commanderas une avant-garde de deux légions. Tu empêcheras cette horde de pillards et d'assassins d'entrer en Lucanie.

Il se tourne vers Caesar.

— Ce Thrace est rusé et habile. Il veut s'emparer des ports, essayer de passer en Sicile avec la complicité des pirates ciliciens. Il sait que, dans l'île, les esclaves se souviennent des guerres serviles. Il espère ranimer l'incendie.

Crassus lève la tête, les yeux mi-clos.

— Nos ancêtres ont écrasé la révolte de Sicile mais n'en ont pas effacé le souvenir. Là était leur faiblesse. Moi, je ne laisserai dans les mémoires que la terreur, la souffrance et le sang !

47

— Ce sang est notre sang, murmure Apollonia.

Elle est agenouillée devant une pierre plate, sorte de table massive sur laquelle gît un mouton égorgé et éventré.

Apollonia retire lentement ses mains plongées dans les entrailles de l'animal.

Elle les brandit et le sang coule le long de ses bras, cependant que, jaillissant de la gorge du mouton, il se répand sur la pierre.

Déjà des oiseaux au bec noir et jaune dessinent des cercles au-dessus de la dépouille dans le ciel rouge du crépuscule.

Apollonia se tourne vers Spartacus, assis à quelques pas en compagnie de Jaïr le Juif et de Posidionos le Grec. Derrière eux, sur cette crête rocheuse qui domine la plaine de Lucanie, se tiennent debout Tadix le géant, Pythias et Curius. En contrebas, sur les versants et les terrasses qui, par degrés, conduisent à la plaine, la foule des esclaves est assemblée.

— Les dieux ont choisi, dit Apollonia.

Elle cache son visage entre ses mains et, quand elle les retire, le sang lui a maculé le front, les joues, la bouche.

— Ils nous avertissent, ajoute-t-elle.

Toujours à genoux, elle commence à osciller, ses longs cheveux blonds frôlant la terre, traçant un cercle, reflet de ceux que parcourent les oiseaux volant de plus en plus bas.

— Les dieux sont muets, constate Spartacus en se levant.

Il marche jusqu'à la pierre et, de son glaive, repousse le cadavre du mouton qui roule sur le sol ; puis il se hisse sur la dalle.

— Le sang, dit-il d'une voix forte, notre sang est celui qu'il faut verser pour vaincre. Les dieux assistent aux combats des hommes et sacrent les vainqueurs.

Il montre l'horizon.

— Deux légions s'avancent. Pythias a reconnu à leur tête l'un des légats du proconsul Licinius Crassus. Elles marchent le long de la via Appia. Elles sont orgueilleuses. Le légat Mummius chevauche comme à la parade. Il faut que la confiance aveugle les Romains. Ils subiront ce que Glaber, Cossinius, Varinius, les légats, les préteurs, les consuls ont déjà connu : la défaite ! Nous nous saisirons de leurs chariots, des bagages du légat. Nous partagerons le butin en parts égales entre tous ceux qui auront combattu. Que chaque homme le sache ! Mais, d'abord, il faut que ce Mummius se figure que nous fuyons. Il faut que nous l'attirions là où nous pourrons l'attaquer de toutes parts avant qu'il n'ait dressé son camp. Il faut qu'il croie en une victoire facile. Pour lui, pour Crassus, nous ne sommes que des animaux. Ils veulent oublier ce que nous avons infligé à leurs cohortes. Nous allons les vaincre, défaire les légions de Mummius et celles de Crassus. Alors nous serons libres : nous remonterons vers le nord ou bien nous traverserons la mer.

Il descend de la pierre.

— Mais notre sang va couler, ajoute-t-il. C'est le prix de notre liberté.

Spartacus regarde Pythias, Tadix et Curius qui s'éloignent et vont rejoindre les hommes en armes regroupés sur l'une des terrasses.

Il entend la voix de Curius donner des ordres, crier :

— Nous allons vaincre ! Nous nous partagerons le butin de deux légions à parts égales !

On l'acclame. Il crie plus fort :

— Nous prendrons les villes, leurs greniers, leurs celliers, leurs femmes ! Et ce butin sera aussi pour nous tous à parts égales. C'est Spartacus qui le veut ainsi, parce que nous sommes des hommes libres !

Le Thrace retourne s'asseoir près de Jaïr le Juif et de Posidionos le Grec qui n'ont pas bougé.

Apollonia est allongée sur la terre caillouteuse, les bras en croix, ses cheveux formant autour de sa tête une blonde auréole.

— Le proconsul Licinius Crassus, Pythias te l'a dit et je le sais, tout comme Curius le sait aussi, est un homme acharné, commence Posidionos. Tu peux battre les deux légions de son légat Mummius. Tu peux même lui infliger une défaite. Il ne cédera pas. Il dispose de dix légions. Et le Sénat lui a donné tous pouvoirs. Il faudrait que tu le tues. Mais un autre proconsul serait alors désigné. Les dieux ne se sont pas trompés, Spartacus ; Apollonia a bien entendu ce qu'ils disaient : c'est notre sang qui va couler. C'est nous qui serons battus et suppliciés !

Spartacus a baissé la tête.

— C'est ce que tu aurais voulu que je dise ? demanda-t-il.

— L'avenir de l'homme n'est jamais écrit, énonce Jaïr le Juif. Tu as dit ce qu'il fallait. Le Dieu de Justice nous observe et nous juge. Celui qui est juste, celui qui Lui obéit est le vainqueur. Nous sommes du côté du Dieu de Justice. Notre sang aura beau couler, Dieu nous sauvera.

Posidionos s'est levé, il parcourt la crête, regarde longuement s'enfoncer dans les brumes violacées le soleil pourpre. Puis il revient vers Spartacus.

— Si tu le voulais, à quelques-uns nous pourrions gagner la côte, embarquer sur un navire pirate. Les Ciliciens sont gens d'argent. Nous avons de l'or. Nous en aurons encore plus si nous battons les légions de Mummius. Nous pourrions alors gagner la Cilicie, la Grèce ou la Thrace, nous perdre dans ces pays lointains. Je les connais. Qui pourrait nous y retrouver ?

Apollonia s'est redressée, elle entoure de ses bras les jambes de Spartacus.

— Les dieux nous ont avertis, ajoute-t-elle. Écoute Posidionos !

Spartacus la repousse.

— Et ceux-là ? interroge-t-il en montrant la foule des esclaves.

— Tu n'es pas comme eux, dit Apollonia. Tu es leur prince.

— Je suis donc l'un d'eux, répond Spartacus.

48

— As-tu vu Spartacus ? demande le proconsul Licinius Crassus.

Il se tient sur un tertre, bras croisés. Le vent fait voleter sa cape rouge. Sa cuirasse d'or et d'argent semble mouler les muscles de son torse.

Au pied du tertre, le légat Mummius reste immobile, tête baissée. Il est vêtu d'une simple tunique. Son casque, sa cuirasse, sa ceinture et son glaive sont disposés devant lui.

Une centaine de pas plus loin sont rassemblés cinq cents soldats, tête nue, sans armes. Eux aussi, comme le légat, ont la nuque ployée. Leurs bras pendant le long du corps paraissent les tirer vers le sol. Leur corps est couvert de poussière et de boue.

Des légionnaires dont les pointes des javelots, les lames des glaives, les casques et les cuirasses brillent dans le soleil de cette fin de matinée entourent ces hommes désarmés.

— Spartacus figurait parmi ceux qui t'ont attaqué et vaincu, poursuit Licinius Crassus. Tu l'as vu, j'en suis sûr !

Près de lui se tiennent le légat Gaius Fuscus Salinator et le tribun militaire Caius Julius Caesar.

— Je t'écoute, légat ! hurle le proconsul en avançant d'un pas.

Il se trouve ainsi au bord du tertre, dominant Mummius et la plaine.

Les légions sont alignées, dessinant les limites d'une scène en demi-cercle au centre de laquelle se trouvent le tertre, le légat Mummius et les cinq cents hommes désarmés.

— Je l'ai vu, répond le légat en redressant la tête un court instant, puis en la baissant aussitôt comme s'il n'avait pu soutenir le regard de Licinius Crassus ni simplement discerner sa silhouette, ébloui par un reflet du soleil sur sa cuirasse et son casque.

— Il était à cheval, entouré d'un petit groupe d'hommes, reprend-il. J'ai cru...

Il s'interrompt.

— Continue, légat ! crie Licinius Crassus.

Sa voix revient, répercutée par l'écho, comme si les milliers d'hommes des six légions répétaient ses mots.

— J'ai cru que nous l'avions surpris. Car il avait fui, et je m'étais lancé à sa poursuite.

Licinius Crassus ricane, se tourne vers le tribun Julius Caesar puis vers le légat Fuscus Salinator.

— Il s'est offert comme un appât puis s'est dérobé.

Crassus se penche vers le légat Mummius.

— Et toi, aveuglé par ton avidité, par ton désir de gloire, tu t'es précipité, tu n'as pensé ni au piège ni à la feinte. Tu as imaginé que tu allais capturer cette bête rusée, la traîner devant moi, devant le Sénat, enchaînée, et que les comices t'éliraient préteur et, pourquoi pas, consul : Mummius l'imperator, le victorieux !

Le proconsul crache en direction du légat vaincu, qui recule.

— Ne bouge pas ! hurle Licinius Crassus.

L'autre reprend sa place.

— Continue, Mummius ! Raconte-nous comment tu as laissé tes premières lignes jeter leurs armes, s'enfuir comme des moutons, comme des esclaves ! Et comment tu as ainsi perdu les deux légions dont je t'avais confié le commandement. Dis-nous comment tu as failli, légat !

Crassus fait quelques pas au bord du tertre, puis revient s'immobiliser face à Mummius.

— Je t'écoute !

— Ils étaient des dizaines de milliers, raconte le légat. Ils étaient couchés dans les fossés, accroupis derrière chaque buisson, dissimulés dans les forêts. Certains étaient grimpés jusqu'au faîte des arbres.

Le légat redresse la tête.

— C'était une multitude hurlante. Elle nous a recouverts de toutes parts. Une pluie de pierres lancées par les frondeurs depuis les arbres nous a frappés et en même temps nous étions encerclés, ensevelis sous les corps. Chacun de nous devait faire face à plusieurs de ces bêtes féroces.

— Et ceux-là ? vocifère le proconsul Licinius Crassus en tendant le bras vers les cinq cents hommes désarmés. Tu veux me faire croire qu'ils se sont battus comme doivent le faire des soldats de Rome, des soldats des légions que j'ai levées, payées de mes deniers, des légions dont moi, Licinius Crassus, je suis le proconsul et qui doivent vaincre ? Crois-tu que ceux-là ont lutté seuls contre plusieurs de ces bêtes sauvages ? Ils n'ont pensé qu'à sauver leur peau !

Le légat baisse à nouveau la tête.

— Ces fauves étaient nus, reprend-il, le corps enduit de boue, d'huile, parfois de sang. Ils avaient le visage peint, noirci. Leurs voix n'étaient pas celles d'hommes, mais de bêtes. Ils étaient insensibles aux coups qu'on leur portait. J'en ai blessé plusieurs, mais le corps tailladé par mon glaive, le bras tranché, ils se battaient encore, ils s'agrippaient à moi, tentaient de m'égorger avec leurs dents. Il y avait aussi ces femmes parmi eux, nues, les plus furieuses...

— Ta voix en tremble encore, Mummius ! Tu n'as pas donné l'exemple du courage, mais celui de la peur. Tes soldats n'ont pensé qu'à épargner leurs vies et ont jeté leurs armes. Ils se sont enfuis, aussi lâches, aussi stupides que des moutons. Ils ne se sont arrêtés de courir que quand ils ont rencontré mes légions. Et en les voyant tête nue, sans armes, sans boucliers, j'ai cru vomir de dégoût. Ils valent moins que le plus vil des esclaves !

Le légat fait un pas en avant.

— Tue-moi, Licinius Crassus ! dit-il.

Le proconsul le regarde. Son visage se creuse de dédain. Il crie en martelant chaque mot, le bras tendu vers les hommes désarmés :

— Centurions, qu'on rassemble ces fuyards, ces lâches, par groupe de dix, et que le sort désigne l'un d'eux dans chaque dizaine.

49

L'un après l'autre – un homme sur dix –, ceux que le sort et les dieux ont désignés s'alignent côte à côte devant les légions en armes.

Ils sont cinquante, la nuque ployée, comme s'ils attendaient déjà le coup de hache.

Ils ne tournent pas la tête pour voir ceux que le sort et les dieux ont épargnés, ces quatre cent cinquante qui ont fui comme eux, qui ont jeté leurs armes, comme eux, mais qui vont échapper à la mort.

Serrés les uns contre les autres, les survivants regardent les sacrifiés que l'on commence à dénuder parce qu'ils doivent mourir nus, comme des bêtes, comme des lâches qu'ils sont.

Crassus lève le bras.

Les soldats commencent à frapper de leurs glaives les boucliers. C'est un battement sourd et lent qui envahit peu à peu toute la plaine, comme s'il s'agissait de la cadence d'un cœur immense étreint par l'angoisse.

— Le châtiment rend courage ! crie Licinius Crassus. Je décimerai toute cohorte, toute centurie, toute légion qui reculera devant cette horde d'esclaves !

Maintenant, les cinquante hommes sont nus.

Crassus fait un nouveau signe.

Des soldats commencent à fouetter les sacrifiés avec de longues verges plombées qu'ils tiennent à deux mains.

Ils cinglent toutes les parties du corps, les épaules et le dos, les cuisses et les mollets, les flancs et la poitrine.

Les cinquante corps sont bientôt striés, couverts de sang, lacérés.

Cependant, les battements continuent au même rythme.

Des soldats s'avancent, la hache sur l'épaule.

D'une poussée, ils obligent les sacrifiés à s'allonger sur le sol. Certains s'affaissent d'abord sur les genoux, d'autres se laissent tomber en avant.

Les bourreaux regardent Licinius Crassus.

Il a croisé les bras. Il se tourne vers ceux qui ont sauvé leur vie. Il les toise. Les rides qui creusent ses joues autour de la bouche disent l'ampleur de son mépris.

— Le sort vous a préservés, commence-t-il. Mais votre lâcheté a marqué votre vie du sceau de l'infamie. Vous coucherez hors du camp. Vous serez les esclaves des soldats. Point de blé, point d'honneurs pour vous. De l'orge et des tâches serviles. Vous remuerez la merde et la terre. Vous ne porterez à nouveau les armes que si vous prêtez serment de ne jamais vous en séparer. Leur prix sera retenu sur votre solde. Si vous les abandonnez à nouveau, aucun dieu, aucun tirage au sort ne pourra vous épargner les supplices ni la mort.

Il montre les cinquante corps couchés.

— Regardez ceux-là que le sort a choisis, mais qui n'ont pas été plus lâches que vous. Ils paient pour vous !

Crassus tire son glaive hors du fourreau, le brandit et, brusquement, d'un geste rapide, l'abaisse.

Les haches tombent à leur tour, tranchant les nuques et les cous.

Puis des soldats agrippent les corps décapités et les têtes à l'aide de crocs.

Ils les tirent devant les légions, devant les quatre cent cinquante fuyards épargnés, devant le légat Mummius, qui garde la tête baissée.

— Ces légions préféreront désormais le sacrifice à la fuite, lance Crassus à Julius Caesar. La peur chasse la peur. Il faut que chaque soldat me craigne davantage qu'il ne craint Spartacus !

Le battement a cessé. Les cinquante corps et les cinquante têtes forment deux pyramides autour desquelles commencent à s'affairer les fuyards que le sort a épargnés.

Sur ordre des centurions qui les injurient et les frappent, ils creusent des fossés, élèvent des bûchers. Puis ils prennent chaque cadavre par les membres et les disposent sur le bois entassé.

Les légions sont restées alignées et, sur le tertre, Lucinius Crassus, Julius Caesar et Fuscus Salinator, ainsi que des centurions primipiles qui les ont rejoints, attendent que crépitent les premières flammes.

Tout à coup, aiguë et forte, une voix crie :

— Licinius Crassus, ton légat Mummius, avant de mourir, te salue !

Au pied du tertre, Mummius est à genoux. Il a saisi son glaive à deux mains et l'enfonce d'un coup violent dans sa poitrine puis bascule en avant.

À cet instant, les flammes des bûchers commencent à jaillir et une fumée âcre charriant des odeurs de chair brûlée se répand, enveloppant les légions.

Le battement des glaives sur les boucliers reprend, plus rapide, jusqu'à ne plus former qu'un roulement sourd.

Licinius Crassus se penche, examine le corps de Mummius.

— Qu'on le brûle, avec les autres ! lance-t-il.

Puis, se tournant vers Caesar et Salinator, il murmure :

— Nous vengerons ces Romains. Je ne laisserai plus à Spartacus et à sa horde une seule journée de répit.

Il lève son glaive face aux légions.

50

J'ai vu les fumées des bûchers allumés par les Romains, écrit Posidionos le Grec.

Nous étions encore rassemblés sur les hauteurs de Campanie. C'était, après plusieurs jours de pluie, une matinée limpide. Le ciel était d'un bleu si léger qu'à l'horizon il en paraissait presque blanc. Et puis, tout à coup, ces fumées que le vent rabattait vers nous et dont l'odeur de chair brûlée donnait la nausée.

Peu après, on a jeté à mes pieds un jeune soldat de Rome que l'on venait de capturer. Il tremblait et ses yeux étaient emplis d'effroi. Il était d'origine grecque. Né non loin d'Athènes, esclave puis affranchi, il avait été enrôlé dans l'une des légions que Crassus venait de constituer.

Lorsqu'il prononçait le nom du proconsul, il regardait autour de lui comme s'il craignait qu'on ne l'entendît. Il ne tarda pas, en montrant les fumées qui maculaient l'horizon, à raconter comment Crassus avait procédé à la décimation de deux légions que nous avions battues, et comment le légat Mummius s'était suicidé, offrant sa mort à Crassus.

Le jeune soldat parlait d'une voix étranglée, ajoutant que le proconsul avait martelé que le destin d'un soldat de Rome était de vaincre ou de périr. Il n'y avait pas de vie possible pour les vaincus ni pour ceux qui étaient pris par l'ennemi. Si celui-ci la leur laissait, Rome se chargerait de les supplicier.

J'ai détourné les yeux de ce soldat. Je n'ai pas voulu savoir ce qu'il était advenu de lui. On avait dû l'enchaîner aux quelques autres captifs que la foule des esclaves humiliait et martyrisait avant de les battre à mort ou de les contraindre à s'entretuer.

Je me suis rendu auprès de Spartacus.
Je lui ai raconté ce que j'avais appris.
La cruauté de Crassus, qui remettait en usage un châtiment abandonné depuis des lustres, le suicide du légat Mummius – et, déjà auparavant, celui du préteur Publius Varinius – montraient que les dieux avaient chassé de l'esprit des Romains l'hésitation et la peur. Ils allaient donc pouvoir déployer toute leur puissance. Pour eux commençait le temps de l'impitoyable et inéluctable vengeance.

J'ai répété à Spartacus qu'il ne pouvait espérer sauver la horde immense qui s'était rassemblée autour de lui et dont seule une petite partie acceptait la discipline nécessaire à la conduite de la guerre.

Il fallait séparer le bon grain de l'ivraie et, avec cette petite armée, débarrassée du reste du troupeau, tenter de passer entre les légions de Crassus, rejoindre la Lucanie et, de là, un port où l'on pourrait – j'avais déjà suggéré cela à plusieurs reprises – payer des pirates ciliciens et gagner les terres de l'autre côté de la mer.

Spartacus s'est éloigné, l'air de ne pas m'avoir entendu, mais, le soir venu, il a appelé auprès de lui Tadix le géant et Curius.

Il avait décidé de confier à chacun le commandement de ceux qui voulaient le suivre, à charge pour eux de les organiser, de se diriger vers le sud, vers la Lucanie, le Bruttium, la Calabre, vers les ports de Brundisium, de Metaponte, de Petelia, de Rhegium.

Lui gagnerait la Lucanie avec ce qui resterait de la foule des esclaves qu'il essaierait de transformer en armée.

Tadix le géant a hésité : pourquoi diviser cette multitude capable de submerger les légions romaines ? N'était-ce pas ainsi que l'on avait battu les deux légions de Mummius ?

— Mummius s'est suicidé, a répondu Spartacus. Licinius Crassus, lui, est d'un autre métal.

Spartacus a convaincu Tadix que nous ne pouvions que ruser et fuir séparément, par petites troupes de quelques milliers d'hommes qui pourraient surprendre les Romains, s'emparer de leurs chariots, de leur blé et de leur orge. Car la faim nous tenaillait. Les greniers des villes de Campanie avaient été pillés, les celliers étaient vides, les vergers et les champs dévastés, le bétail depuis longtemps égorgé et dévoré. Il fallait donc que Tadix le géant et Curius courent leur chance.

J'ai vu s'éloigner l'une après l'autre leurs bandes de quelques milliers d'esclaves.

Celle dont Curius avait pris la tête ressemblait à une armée. Les premières lignes étaient constituées d'anciens gladiateurs portant des cuirasses, des armes et des casques romains. Puis venaient des esclaves tenant sur leurs épaules des pieux effilés, durcis au feu. Sur les côtés marchaient des frondeurs, et dans les derniers rangs se mêlaient femmes échevelées et hommes à faciès de bêtes, aux larges mains armées de coutelas.

La troupe de Tadix le géant était une foule disparate de Gaulois et de Germains accompagnés de leurs femmes. Ils couraient plus qu'ils ne marchaient, brandissant leurs haches.

Spartacus a regardé défiler ces deux colonnes sans esquisser le moindre geste, le visage figé, les yeux fixes, comme s'il ne voyait pas les hommes lever leurs armes pour le saluer.

Quand les derniers esclaves ont disparu, Spartacus a murmuré :

— Je les envoie à la mort.

— Tout homme a rendez-vous avec elle, a dit Jaïr le Juif.

— J'aurais dû être le premier à la défier.

— Tu dois rester vivant jusqu'au dernier combat, a repris Jaïr. C'est le destin du roi.

— Je n'ai pas choisi de l'être.

— Tu l'es, Dieu l'Unique t'a élu. C'est à la fois ta tâche, ta gloire et ton sacrifice.

Apollonia a écarté Jaïr. Elle m'a repoussé, puis s'est accrochée au cou de Spartacus, se collant à lui, lui mordillant l'oreille, lui chuchotant des phrases dont je n'entendais que des bribes.

J'ai compris qu'elle le mettait en garde contre le Dieu unique du Juif. Il fallait célébrer les dieux de l'Olympe, a-t-elle répété, et non pas ce Maître de Justice dont on ne savait s'il était homme ou dieu. Il vivait dans le désert sans jamais délivrer de signe, et elle ne connaissait aucun prêtre qui eût pu faire connaître ses oracles.

Spartacus devait rester fidèle et soumis à Dionysos.

Le dieu, a-t-elle ajouté d'une voix forte, l'avait visitée cette nuit-là, lui assurant que le Thrace devait quitter la troupe des esclaves, avec quelques-uns de ses plus proches compagnons.

Apollonia s'est tournée vers nous, nous conviant à nous approcher d'elle et de Spartacus.

Il fallait fuir, obéir à l'injonction et au conseil de Dionysos, a-t-elle dit.

— Toi, Posidionos, a-t-elle ajouté en posant la main sur ma poitrine, ne l'as-tu pas toi-même suggéré ?

J'avais en effet évoqué la possibilité de gagner les ports avec une petite troupe et d'embarquer sur les navires des pirates.

— Dionysos ne veut sauver qu'une poignée d'hommes. Il ne veut plus d'une troupe, a repris Apollonia.

Elle a égrené quelques noms, dont le mien, celui de Pythias et, comme à regret, celui de Jaïr le Juif.

— Jaïr a dit jusqu'au dernier combat, a murmuré Spartacus. Je ne fais pas d'autre choix.

— Tu peux franchir le détroit de Sicile, ai-je dit, et ranimer sur l'île les braises des guerres serviles.

Spartacus m'a longuement regardé sans répondre.

Il est vrai que la mer était loin.

Nous avons à notre tour quitté la Campanie, pénétré en Lucanie. Nous cheminions de nuit à travers les forêts, entendant les tambours des légions romaines. Crassus devait mener lui-même la traque, n'accordant aucun repos à ses légions.

Sur notre route, nous avons d'abord rencontré les sept survivants de la troupe de Tadix le géant. Ils étaient hagards, couverts de sang. Ils avaient été encerclés par trois légions. Ils avaient vu le proconsul chevaucher en avant des premières lignes de ses soldats et frapper avec une frénésie qui faisait reculer les plus vaillants. À la fin, son cheval avait du sang jusqu'au poitrail et devait escalader les corps. Tadix était l'un d'eux.

Curius, lui, avait survécu avec une dizaine de gladiateurs, réussissant à échapper aux légions que conduisaient le tribun militaire Julius Caesar et le légat Fuscus Salinator.

Plusieurs milliers d'hommes et de femmes avaient ainsi été massacrés. Et l'on avait entendu hurler les esclaves que les Romains étaient parvenus à capturer. Ils étaient près d'un millier et l'on pouvait imaginer leurs supplices. Crucifiés ? Jetés vivants dans un brasier ? Livrés à des chiens affamés ? Contraints de s'entre-tuer à mains nues ? Mutilés et laissés, avec leurs moignons sanglants, en pleine forêt, à la merci des loups et des rapaces ?

Spartacus a écouté le récit des survivants.

Il a serré contre lui Curius, dans un geste d'amitié si inattendu que l'ancien maître d'armes en a chancelé d'émotion.

— Nous allons surprendre et Rome et les dieux ! lui a-t-il dit.

51

Je ne fus pas surpris par les propos et les décisions de Spartacus, devait raconter plus tard Jaïr le Juif. Le Thrace était l'un de ces rares hommes que le Dieu unique choisit pour qu'ils accomplissent jusqu'au bout leur destin.

Celui de Spartacus était de combattre Rome à la tête d'une troupe d'esclaves qui voulaient vivre en hommes libres.

Spartacus savait désormais que Rome était implacable, que le proconsul Licinius Crassus était aussi obstiné que cruel – un chacal, ainsi que l'appelait Pythias, l'esclave que le Thrace ne cessait d'interroger. Spartacus voulait connaître à fond le caractère et la perversité de cet adversaire, l'homme le plus riche de Rome qui avait fait massacrer et supplicier – à quelques hommes près – tous ceux qui avaient suivi Curius et Tadix le géant.

Puisqu'il avait choisi d'affronter les légions de Crassus, il devait, avait-il décidé, se montrer aussi impitoyable que le proconsul en personne.

Je l'ai vu changer alors que nous marchions vers la mer, sur cette terre sèche et caillouteuse de Lucanie plantée d'oliviers.

Lui qui le plus souvent avait cheminé au milieu du troupeau d'esclaves comme pour marquer qu'il était l'un d'eux chevauchait maintenant en tête, entouré d'une garde que commandait Curius.

Souvent, il remontait la colonne toujours prête à s'égailler. Il repoussait les hommes avec le poitrail de son cheval, les frappait sur les épaules de la hampe de son javelot. Il les menaçait de son glaive pour qu'ils rentrent plus vite dans le rang.

Je lisais dans leurs yeux l'étonnement et la crainte, parfois aussi un éclair de colère et même de rage. Certains proféraient des menaces, bougonnaient qu'ils n'avaient pas rejoint l'armée des esclaves, combattu les légions pour être malmenés comme des bêtes de troupeau.

Quand nous faisions halte, alors que la nuit était tombée depuis longtemps, Spartacus parcourait le campement, entouré des hommes de sa garde.

Il exigeait qu'on place des sentinelles, qu'on envoie des éclaireurs. Il faisait battre les hommes ivres, de son glaive séparait les couples qui s'enlaçaient.

Il agissait sans prononcer un mot, les dents serrées, en me jetant parfois un regard. Mais je détournais les yeux.

Je ne pouvais approuver la dureté – de jour en jour plus grande – avec laquelle il traitait ceux qui avaient été ses compagnons, parfois depuis notre fuite du *ludus* de Capoue.

Ces hommes-là avaient glissé le long de la falaise du Vésuve et avaient vaincu le préteur Claudius Glaber. Ils avaient cru que plus jamais on ne les battrait ni ne les contraindrait. Et voilà que l'homme qu'ils avaient vénéré, le protégé de Dionysos, le prince des esclaves, les frappait comme s'ils étaient redevenus des esclaves.

Les gardes de Spartacus, encouragés par Curius, faisaient tournoyer leurs javelots, hurlaient qu'ils allaient faire de ce troupeau une cohorte romaine. Et qu'alors on pourrait vaincre, passer le détroit de Sicile, conquérir les terres à blé de l'île et affamer Rome dont Spartacus deviendrait roi.

Un jour, j'aperçus la mer, les côtes du golfe de Tarente et, non loin du rivage, les murailles de la ville de Thurii, dominée par une haute tour.

Aucune légion n'avait établi son camp à proximité de cette cité qui semblait ainsi offerte.

Le troupeau d'animaux avides, assoiffés, affamés, renifla aussitôt l'odeur du butin, du blé et de l'orge, du poisson séché, les effluves de femmes. Il tressaillit, grogna, accéléra le pas, se portant à la hauteur de Spartacus et de sa garde.

Le Thrace tira sur les rênes de son cheval qui se cabra ; il leva son glaive, cria à ses gardes de contenir ces animaux humains, de les faire se remettre en rang.

Il y a eu des soubresauts, des cris de protestation.

J'ai entendu Spartacus dire à Curius :

— Il faut qu'ils obéissent. Je préfère tuer quelques-uns d'entre eux plutôt que de les voir tous massacrés par Crassus.

J'ai retenu Curius qui allait s'élancer avec ses hommes dont le glaive était déjà hors du fourreau.

— Parle-leur, ai-je crié à Spartacus. Si tu prononces des mots de justice, ils t'écouteront.

Il a hésité.

Devant nous, le troupeau se dispersait, certains
esclaves quittant la voie sur laquelle nous nous
trouvions, s'élançant à travers champs vers la
ville. Ils hurlaient.

Spartacus les a poursuivis avec les hommes de
Curius et, à grands coups de lame, piquant dos
et jambes de la pointe des lances et des javelots,
ils ont forcé les esclaves à revenir dans les rangs.

Le troupeau grondait.

Spartacus s'est approché de moi.

— À la guerre, quand on veut vaincre, ce sont
les corps ensanglantés qui parlent. Je veux que
cette troupe soit aussi disciplinée qu'une légion
romaine. Et, s'il faut la châtier, je la décimerai
comme Crassus a fait avec les survivants et les
fuyards de ses légions.

— Qui seras-tu alors ?

— Les dieux décideront de mon nom.

Puis il s'est tourné vers le troupeau.

— J'ordonne qu'on ne pille pas cette ville, a-t-il
dit. J'ordonne qu'on campe hors de ces murailles
pendant que quelques-uns d'entre nous iront
demander qu'on nous ouvre les portes, qu'on
nous livre du blé et de la viande, du poisson, ainsi
que de l'or avec lequel nous paierons les pirates.
Ils nous feront traverser la mer jusqu'en Sicile.
Là-bas, dans l'île du blé, nous établirons la République des hommes libres, et malheur à Rome si
elle vient nous attaquer !

Le troupeau a écouté en silence.

Quelques esclaves ont brandi leurs pieux, leurs lances, leurs glaives, et crié qu'ils approuvaient Spartacus.

Mais la plupart maugréaient. Tout à coup, une voix a lancé :

— Prenons ce qu'on peut prendre aujourd'hui ! Prenons tout ! Brûlons ce qu'on ne peut emporter. Il n'y a pas de demain !

Le troupeau a acclamé cet homme à la voix forte et assurée.

— Qui es-tu, toi qui parles comme si tu commandais ? a interrogé Spartacus.

— Ici, personne ne commande, a répliqué la voix. Nous sommes des hommes libres. Personne, pas même toi, Spartacus, ne nous imposera sa loi. Nous n'avons pas égorgé les citoyens de Rome pour qu'un gladiateur thrace nous demande de lui obéir. Si nous avions voulu être esclaves, nous ne nous serions pas enfuis, battus. Nous aurions pu aussi attendre que nos maîtres fassent de nous des affranchis. Et en gardant la tête baissée, nous le serions devenus. Mais nous avons voulu marcher la nuque raide et droite. Laisse-nous passer, Spartacus, nous allons prendre cette ville et nous gaver de ce que les greniers, les celliers, les chambres des femmes contiennent !

La multitude s'est ruée, bousculant, renversant les hommes de Curius, cernant le cheval de Spartacus, s'élançant vers la ville cependant que le Thrace, glaive levé, restait avec ses gardes au milieu de la voie que le troupeau avait quittée.

J'ai vu la ville de Thurii brûler.

J'ai marché dans les rues encombrées par les cadavres de ses habitants.

J'ai entendu les cris des femmes qu'on violait.

J'ai suivi un homme qui portait deux sacs dont j'ai pensé qu'ils étaient emplis d'or.

Il est monté jusqu'au sommet de la tour.

Spartacus était assis sur le muret, regardant la mer au loin.

— Tu voulais savoir qui j'étais, a dit l'homme en jetant les sacs aux pieds de Spartacus. Je suis Calixte, un Gaulois. Avec cet or – il a touché les sacs de la pointe du pied –, tu pourras payer les pirates, comme tu l'as dit.

Spartacus n'a pas bronché. Le Gaulois a quitté la tour à reculons comme s'il se méfiait.

Je me suis approché de Spartacus.

Il s'est tourné vers moi.

— Ne me parle pas de ton Dieu, de ton Maître de Justice, a-t-il dit en se levant. Cette ville, je voulais la conquérir sans la détruire, sans tuer. J'y aurais accueilli les chefs des pirates. Nous y aurions résisté aux légions de Crassus. Nous aurions pu nous liguer avec d'autres villes. Nous aurions ainsi pu préparer notre passage en Sicile. Nous avons certes de l'or, mais aussi des ruines et des cadavres plein les rues.

Tout son visage s'est contracté, une moue de dégoût lui cernant la bouche.

— Ce ne sont pas des hommes libres, a-t-il murmuré. Ils sont restés des animaux. Il faut les traiter comme tels, les dresser comme on fait des chevaux et même des fauves.

— Alors tu ne seras plus Spartacus, ai-je dit.

— Spartacus survivra si je me bats et si je remporte encore des victoires. On oublie les vaincus.

On se souvient de ceux qui résistent comme des hommes libres et qui ne se battent pas comme des bêtes.

Il a serré le pommeau de son glaive.

J'aurais voulu ne pas entendre les mots qu'il a alors prononcés.

— Il faut que je tue ce Gaulois, a-t-il dit. Peut-être la peur fera-t-elle que ces animaux finiront par combattre comme des hommes.

Spartacus a rassemblé son troupeau au pied des remparts de la ville morte.

Les hommes repus somnolaient, debout, appuyés à leurs armes.

Il s'est avancé vers les premiers rangs.

— Vous avez brûlé et pillé cette ville, a-t-il crié. Vous avez tué, bu, violé. Je ne le voulais pas.

Les hommes du troupeau se redressaient peu à peu comme si chaque mot proféré par Spartacus les cinglait.

— Je suis votre prince, et pourtant vous avez refusé de m'entendre. Vous avez suivi Calixte le Gaulois comme s'il était votre chef. Calixte, avance jusqu'à moi !

Les rangs se sont écartés. Le Gaulois s'est approché à pas lents. Il s'est arrêté à quelques pas de Spartacus et s'est écrié :

— Je t'ai donné l'or que tu voulais, et nous avons pris ce que nous voulions. C'est justice !

— Tu as dit : il n'y a pas de demain.

— Je t'ai dit qu'il fallait prendre ce que l'on pouvait prendre.

— Tu l'as pris.

Spartacus a fait deux pas en avant.

J'ai été ébloui par l'éclat de la lame qui jaillissait du fourreau.

La tête du Gaulois a roulé.

Spartacus, en même temps, a crié :

— Il n'y a pas de demain pour celui qui n'obéit pas à Spartacus.

52

— Le corps du Gaulois et sa tête tranchée se sont desséchés sur la terre caillouteuse qui s'étend des murailles de la ville de Thurii jusqu'au rivage du golfe de Tarente.

Je n'ai vu, poursuit Jaïr le juif, aucun esclave tenter d'ensevelir les restes de cet homme qu'ils avaient acclamé et suivi.

Je les observais.

J'étais assis devant la tente que Spartacus avait fait dresser sur une hauteur d'où l'on apercevait à la fois la ville, ses alentours et toute l'étendue du golfe.

Il attendait l'arrivée des vaisseaux des pirates ciliciens.

Il ne pouvait cacher son impatience, arpentant à grands pas le sommet de cette colline de sable où s'accrochaient quelques touffes d'herbes ployées par le vent.

Il s'arrêtait devant moi, me dévisageait comme s'il avait hésité à me parler, puis tournait la tête, regardait les silhouettes des esclaves qui montaient la garde autour du corps du Gaulois.

Souvent ces hommes gesticulaient, lançaient des pierres avec leurs frondes, criaient, brandissaient leurs armes, réussissant ainsi à éloigner du cadavre les rapaces qui tournoyaient au-dessus de lui et parfois fondaient à plusieurs, cherchant à le déchiqueter.

Les esclaves avaient abattu plusieurs de ces oiseaux qu'ils avaient lancés loin, en direction de la tente de Spartacus.

Ils gisaient à une centaine de pas, taches blanc et noir sur la terre ocre.

— Ils n'oublieront pas, ai-je dit un jour à Spartacus.

Il s'est éloigné, semblant ne pas m'avoir entendu, parlant fort avec Curius, l'interrogeant sur ce que les guetteurs avaient appris de la marche des légions de Crassus qui s'approchaient, venant de Campanie et de Lucanie, et des réponses que les pirates ciliciens avaient données à ses propres envoyés, Pythias et Posidionos.

Les hommes de Curius avaient escorté les deux Grecs jusqu'à l'extrémité du Bruttium, cette pointe de la botte italique qui semble repousser au large la Sicile. Là se trouvaient les navires des pirates.

Pythias et Posidionos avaient fait plusieurs voyages entre la terre et les bâtiments. Puis ils avaient indiqué aux hommes de Curius qu'ils embarquaient avec les pirates et qu'ils se rendraient dans le golfe de Tarente pour traiter directement avec Spartacus.

On les guettait.

Spartacus avait ordonné que son troupeau d'esclaves apprenne à former les rangs, à marcher

314

au pas, à combattre en ligne, à donner ainsi l'apparence d'une authentique armée.

Car les pirates n'accepteraient de transporter plusieurs milliers d'ennemis des Romains que s'ils avaient la certitude que cette troupe d'esclaves, qu'ils devaient mépriser, pouvait tenir en échec les légions de Crassus et celles de Verrès, le propréteur de Sicile qui avait commencé à faire fortifier les côtes du détroit pour s'opposer à tout débarquement.

Chaque jour, donc, j'assistais aux exercices que Curius et ses hommes imposaient aux esclaves.

La plupart s'y pliaient, s'affrontant entre eux, courant à l'assaut en veillant à former un mur continu de boucliers et une infranchissable herse de javelots.

Mais quelques-uns se tenaient à l'écart, sentinelles veillant sur la dépouille du Gaulois décapité, interdisant aux rapaces d'approcher, n'osant pourtant pas recouvrir le corps de pierres, élever un tumulus, craignant sans doute, s'ils l'avaient fait, de défier Spartacus.

Car désormais ils le craignaient.

Ils obéissaient aux hommes de Curius, baissaient la tête quand ils croisaient le Thrace. Ceux qui maintenant devaient le servir, repoussant le sable que le vent amoncelait devant sa tente, ou bien lui apportant des amphores d'eau et de vin, ou faisant griller pour lui la viande ou le poisson, avaient repris l'attitude servile qui avait été la leur avant leur fuite et leur rébellion.

Eux qui jusqu'à la mort du Gaulois avaient eu un regard plein de fierté, de hargne et même de folie détournaient la tête pour qu'on ne vît pas leurs yeux.

J'ai répété à Spartacus que ces hommes qui s'étaient voulus libres n'oublieraient jamais qu'il avait traité l'un d'eux avec l'impitoyable cruauté d'un maître romain.

Qu'il se méfie : il avait châtié le Gaulois comme on fait d'un esclave, mais quel maître peut faire confiance à un esclave ?

La peur gouverne les animaux, mais les esclaves – et Spartacus le savait, puisqu'il avait été l'un d'eux –, même si les Romains les considéraient comme des bêtes de trait ou des animaux sauvages, étaient des hommes ; et, les hommes, un jour vient où ils se révoltent contre ceux qui les oppriment.

Ces hommes-là, ce Gaulois-là, et Spartacus le premier, l'avaient fait.

Qu'il demeure donc sur ses gardes : les bêtes obéissent, on les croit soumises, et, un beau jour, d'un coup de patte elles broient la tête de leur dompteur ou bien s'enfuient.

— Ils n'oublieront pas que tu as tranché la tête de l'un des leurs.

Spartacus s'est penché vers moi.

— Personne n'oublie, a-t-il répondu d'une voix rauque, les mâchoires serrées. Moi non plus je n'oublie pas. Mais regarde-les !

Il s'est redressé.

Devant les murailles de Thurii, des esclaves protégés par leurs boucliers et armés de bâtons se battaient, encouragés par les cris des hommes de Curius.

— Maintenant ils obéissent, a constaté Spartacus.

Tout à coup, il y a eu des cris. Les guetteurs avaient aperçu les voiles des pirates ciliciens qui doublaient le cap et entraient dans le golfe de Tarente.

— Nous passerons en Sicile, a dit Spartacus. Et, avec cette troupe-là, je conquerrai l'île. Je libérerai tous les esclaves. Nous contrôlerons le blé et nous tiendrons Rome par le ventre. La plèbe, les citoyens pauvres rejoindront partout les esclaves. La révolte embrasera Rome et toutes les provinces de la République. Crois-tu que cela ne valait pas la tête d'un Gaulois ?

Je me suis souvenu de l'enseignement du Maître de Justice : « Rien ne vaut la vie d'un homme », avait-il répété.

Mais je me suis tu.

Spartacus découvrirait seul qu'il lui faudrait rendre, au milieu des tourments, la vie qu'il avait prise.

Telle est la loi du Dieu de Justice.

53

— Je n'avais pas revu Spartacus depuis que j'avais quitté la ville de Thurii en compagnie de Pythias, cet ancien esclave de Crassus, grec comme moi, raconte Posidionos.

Escortés par les hommes de Curius, nous avions marché plusieurs jours dans les forêts qui couvrent les monts Silas. Leurs cimes escarpées sont comme une grosse arête séparant en deux la presqu'île du Bruttium, cette extrême pointe de l'Italie qu'un détroit venté sépare de la Sicile.

Spartacus nous avait chargés de rencontrer les pirates ciliciens dont les navires font souvent relâche dans la rade et le port de Rhegium. Il espérait que l'un de leurs chefs, un Grec nommé Axios, accepterait, si on lui proposait de l'or, de faire traverser le détroit à quelques milliers d'esclaves.

J'avais vu les sacs remplis de pièces et d'objets précieux.

Spartacus m'avait répété que nous devions parler aux pirates d'une armée, et non pas d'esclaves.

— J'aurai bientôt fait de ces animaux des soldats, avait-il ajouté.

Et c'est pour gouverner ce qui n'était toujours et encore qu'une horde indisciplinée qu'il avait tué de sa main le Gaulois qui l'avait défié.

Contrairement à Jaïr le Juif dont la tête était embrumée par les préceptes de son Dieu, j'avais approuvé cet acte. Hérodote et Thucydide, entre bien d'autres rhéteurs et historiens grecs, l'avaient écrit : seule la peur du châtiment fait obéir les hommes qui doivent combattre et affronter la mort.

Dès notre arrivée à Rhegium, nous nous fîmes conduire par des pêcheurs jusqu'au plus grand des navires ciliciens.

Nous essayâmes, Pythias et moi, de dissimuler nos craintes.

Les pirates aux torses couturés, aux visages balafrés nous accueillirent par des ricanements, se moquant de notre présomption. Nous prétendions, disaient-ils, vaincre les légions romaines alors que nous n'étions qu'un troupeau d'esclaves ? Ils comprenaient pourquoi nous cherchions à fuir en Sicile. Mais savions-nous que Verrès, le propréteur romain de l'île, avait massé ses légions sur les côtes du détroit ? Il avait fait construire des forts, un mur, des tours de guet. L'un de ces pirates lança même : « Retournez chez vos maîtres romains, implorez leur pardon ! Peut-être se contenteront-ils de vous faire fouetter, mais vous survivrez. Pourquoi prendrions-nous, nous, le risque d'une alliance avec des esclaves ? Nous sommes libres depuis toujours, et Rome nous craint. »

Je n'avais pas répondu, exigeant seulement de rencontrer leur chef, Axios.

Enfin on nous conduisit auprès de lui.

Il pleuvait. Axios s'abritait de l'averse sous une voile pourpre que le vent faisait claquer.

Il ressemblait à un félin. Son corps était enveloppé dans une tunique rouge brodée d'innombrables fils d'or. Ses yeux n'étaient que deux fentes dans un visage creusé de rides profondes. Le sillon d'une cicatrice partageait par le milieu son crâne rasé.

Je lui dis que j'étais rhéteur, homme libre, que j'avais enseigné la philosophie à Rhodes, vécu en patricien à Rome, que j'avais parcouru toutes les provinces de la République et visité la plupart des îles de la Méditerranée.

— Et lui ? demanda-t-il en désignant Pythias d'un mouvement du menton.

— Grec, architecte. J'ai servi le préteur Crassus, devenu proconsul, l'homme le plus riche de Rome.

Axios entrouvrit un bref instant les paupières.

— Que faites-vous avec ces animaux qui brûlent les villes, détruisent et tuent au lieu de profiter de leurs conquêtes ?

— Tu connais les hommes de guerre, répondis-je. Spartacus a fait de ce troupeau une armée. Elle a vaincu des préteurs, des légats, des consuls et leurs légions. Nous sommes avec lui parce que nous sommes grecs et que nous méprisons les Romains.

— Rome se souvient toujours de ses ennemis. Elle se venge.

— Nous avons de l'or, beaucoup d'or.

Il ouvrit pour de bon les yeux.

— Que voulez-vous ?

— Passer en Sicile. Tu auras de l'or, et tout notre butin.

Il redevint ce félin ramassé sur lui-même, aux grosses pattes croisées sur la poitrine.

Il fit un geste pour nous indiquer qu'il en avait assez entendu.

Au moment où nous quittions le navire, un pirate nous cria qu'Axios nous attendait le lendemain.

Nous le vîmes plusieurs jours de suite. Il voulait que je lui parle de l'or. Combien de pièces, de vases, de bijoux ? les avais-je vus ? Après mes réponses, il s'enfermait dans le silence et paraissait somnoler. Puis, au bout d'un long moment, il nous invitait à revenir.

J'imaginais qu'il avait envoyé à terre quelques-uns de ses hommes afin de recueillir des renseignements et qu'il attendait leur retour. Il voulait sans doute connaître nos forces et celles du proconsul Crassus, évaluer les chances qu'il avait d'échapper à la vindicte de Rome s'il nous aidait, et si l'or et le butin que nous lui proposions valaient qu'il prît le risque de susciter sa colère.

Un jour, enfin, il nous dit qu'il ferait appareiller ses navires le lendemain et se rendrait dans le golfe de Tarente. Nous étions invités à rester à son bord.

Nous avertîmes les hommes de Curius et, après quelques jours de mer, nous aperçûmes les murailles et la tour de la ville de Thurii et, sur une hauteur dominant le rivage, la tente de Spartacus.

Axios fit abaisser les voiles et les cinq navires de sa petite flotte s'ancrèrent à l'abri du cap qui, au sud, ferme le golfe de Tarente.

Il nous entraîna jusqu'à la proue, nous montra cette poussière qui s'élevait et masquait l'horizon, au loin, au-delà de Thurii, dans l'intérieur des terres.

— Ce sont les légions de Crassus, dit-il. Il faut faire vite. Dis à Spartacus que je prendrai sur mes navires deux mille de ses hommes et les conduirai en Sicile. Pas un de plus.

— Veux-tu voir Spartacus ?

— Je sais tout de lui.

Il mit la main sur mon épaule.

— Mais c'est l'or, les bijoux que je veux voir !

Il devina mon hésitation.

— Sous le regard des dieux, reprit-il, je m'engage à vous transporter, je fais serment que deux mille hommes débarqueront en Sicile sur une côte sûre. Mais j'attends de Spartacus qu'il m'accorde sa confiance. Je veux l'or à mon bord avant les hommes.

Il se tourna, appela l'un des pirates.

— Je lui laisse en gage de confiance Kolaios, le meilleur de mes maîtres d'équipage.

Il hésita, puis se tourna vers Pythias.

— Et toi, tu resteras sur le navire avec l'or. Serment contre serment. Confiance contre confiance. Je suis pirate, mais Spartacus est esclave. Homme contre homme. Or contre traversée !

Il montra l'horizon devenu gris.

— Les légions de Crassus ne sont pas loin.

Nous avons gagné la terre, accompagnés par Kolaios, et j'ai revu Spartacus.

Quelques jours seulement s'étaient écoulés et je le retrouvai vieilli, voûté, mais son visage et son corps amaigris dégageaient une impression de force. Son regard, en revanche, était vague et terne.

— Il veut l'or, a-t-il répété plusieurs fois en regardant Kolaios qui s'était assis devant la tente, mâchonnant des tiges d'herbe.

Puis le Thrace a longuement dévisagé Pythias.

— Pour une pièce d'or, on tue un homme, a-t-il dit. Pour deux sacs de pièces, des bijoux, des vases précieux, crois-tu qu'un pirate te laissera en vie, Pythias ? Il voudra l'or sans prendre le risque de nous faire monter à son bord. S'il peut avoir de l'or contre ta vie et celle de celui-ci – il a montré Kolaios –, crois-tu qu'il hésitera ?

— Il a invoqué les dieux, a murmuré Pythias. Il a prêté serment.

— Les serments, les dieux ! a ricané Spartacus.

Il est sorti de la tente et s'est mis à marcher de long en large sur le sommet de la colline, regardant les navires, les esclaves rassemblés devant les remparts de Thurii et, au loin, la poussière soulevée par la marche des légions de Crassus.

On entendait de plus en plus souvent, portés par le vent, les roulements de tambour des légions.

Spartacus est rentré dans la tente.

— Prends l'or, a-t-il dit à Pythias. Dis à Axios que, s'il me trahit, je le retrouverai en enfer. Qu'il s'approche du rivage. Je veux que nous embarquions avant la nuit.

Apollonia a gémi :

— Les dieux décideront, a ajouté Spartacus.

Curius s'est avancé, maugréant qu'on ne pouvait faire confiance à ces pirates capables de tuer leurs mères pour leur voler une pièce de bronze.

— Et tu leur offres tout notre butin !

— Écoute le tambour, a dit Spartacus. Crois-tu que nous ayons le choix ?

Il s'est approché de Jaïr le Juif.

— Toi, Jaïr, que dis-tu ?

Celui-ci a écarté les mains.

— Dieu sait, Dieu juge, a-t-il murmuré.

Il y a eu les cris poussés par Apollonia, ses bras qu'elle agitait à l'instar de serpents autour de son visage, ses mains s'enfouissant dans ses cheveux.

— Spartacus, monte avec l'or sur le navire ! hurlait-elle.

Puis elle s'est tout à coup affaissée, la tête entre les cuisses, ses mèches comme un grand voile blond déployé sur ses épaules et son dos.

Les voiles pourpres des navires des pirates ont été hissées dès que Pythias a gravi avec ses sacs l'échelle du navire d'Axios.

Et, comme le vent soufflait fort, il n'a fallu que quelques instants pour que la petite flotte disparaisse derrière le cap.

Et nous n'avons plus revu Pythias.

Et Curius a égorgé le pirate Kolaios.

54

— Le vent qui a chassé si vite, hors de notre regard, les navires aux voiles pourpres, c'était le souffle de Dieu l'Unique !

Ainsi s'exprime Jaïr le Juif.

Il se souvient des instants et des jours qui ont suivi la trahison d'Axios le pirate.

— Spartacus, poursuit-il, a longuement contemplé en silence la mer vide.

J'étais assis sur le seuil de la tente. Je voyais et entendais.

Kolaios a poussé un cri en se débattant au moment où Curius le prenait par les cheveux, lui tirait la tête en arrière, et le maître d'équipage maudissait le capitaine qui l'avait livré. Il jurait qu'il poursuivrait Axios de sa haine, qu'il irait le traquer jusque dans les golfes les plus éloignés, jusqu'aux colonnes d'Hercule, qu'il serait un allié précieux car il connaissait tous les mouillages des pirates.

Mais sa voix s'est noyée dans le gargouillis du sang jaillissant de sa gorge tranchée.

Spartacus ne s'est pas retourné.

J'apercevais son dos voûté comme si une dalle énorme l'écrasait.

J'ai pensé qu'il savait qu'il mourrait sans avoir traversé la mer ni revu la Thrace.

Il semblait ne pas entendre les gémissements d'Apollonia. Accroupie, la tête dans le sable, elle se redressait à chaque fois que le roulement de tambour des légions de Crassus déferlait sur nous. Elle invoquait alors Dionysos. Sa voix exaltée devenait presque allègre quand le roulement s'estompait, que seule une rumeur, une écume de bruit demeurait, que le vent parfois même effaçait.

Alors Apollonia criait que Dionysos n'avait pas abandonné Spartacus, que l'on allait échapper aux Romains, voire, qui sait, les vaincre.

Puis le vent portait à nouveau, plus fort, les roulements de tambour et Apollonia criait d'une voix aiguë le nom de Dionysos.

Spartacus ne bougeait pas.

Pourtant, d'autres cris montaient de la plaine, des abords des murailles de Thurii. Les esclaves y étaient rassemblés, mais le tumulte gagnait leurs rangs. Ils regardaient vers l'intérieur des terres ce nuage de poussière qui devenait plus sombre ; ils se tournaient, cherchant ces navires sur lesquels, leur avaient dit les hommes de Curius, ils devaient embarquer pour gagner la Sicile et y fonder avec les esclaves de l'île une invincible République des hommes libres.

J'apercevais les silhouettes des hommes de Curius. Les esclaves les entouraient, commençaient à les malmener.

D'autres esclaves s'étaient regroupés autour du corps du Gaulois Calixte. Ils se passaient des blocs de pierre et, peu à peu, je vis s'élever un tumulus. Aucun des hommes de Curius n'osait les empêcher de célébrer ainsi le souvenir de celui que Spartacus avait châtié.

— Ils ne vont plus obéir si tu te tais, a crié Curius en s'approchant de Spartacus, qui était en compagnie de Posidionos.

Le rhéteur grec l'approuva. Il fallait donner des ordres, quitter au plus vite les lieux que les légions de Crassus allaient investir. Elles étaient toutes proches. Spartacus n'entendait-il pas leurs tambours ? Ne voyait-il pas la poussière que soulevaient les pas des soldats et les chevaux de la cavalerie ? On ne pouvait les affronter avec une troupe d'esclaves. Il fallait marcher vers Rhegium où les navires pirates feraient escale. On pourrait, par ruse, s'emparer de l'un d'eux et franchir le détroit.

Posidionos et Curius connaissaient les chemins conduisant jusqu'à Rhegium ; ils serpentaient dans les forêts de pins et de hêtres des monts Silas. Les pentes étaient si raides que les chevaux des légions et même les fantassins lourdement chargés ne pourraient les gravir. On s'y cacherait dans les futaies, les grottes, sur les plateaux, au pied des falaises, en attendant de s'emparer d'un vaisseau ou d'en acheter le capitaine.

Puis Posidionos, d'une voix lugubre, a évoqué le sort de Pythias.

— Tu l'as envoyé à la mort, Spartacus, a-t-il dit.

Spartacus s'est retourné, la main crispée sur le pommeau de son glaive, et j'ai craint qu'il ne tue Posidionos le Grec comme il avait tué Calixte le Gaulois, faisant voler loin sa tête d'un coup de lame.

Mais il s'est contenté, d'un geste brutal de son avant-bras gauche, d'écarter Posidionos. Et Curius a reculé.

Spartacus s'est approché de moi.

Son pas était rapide, sa voix, qui lançait des ordres à Curius, assurée. Il fallait, dit-il, reprenant les suggestions de Posidionos, se mettre en marche vers Rhegium et établir le camp dans les forêts des monts Silas.

— Ces monts seront notre nouveau Vésuve et nous tuerons Crassus comme nous avons tué Glaber, les légats et les préteurs.

Curius s'est élancé en courant vers les murailles de Thurii, hurlant à ses hommes qu'on se mettait en marche.

J'ai vu peu à peu le troupeau s'ordonner, se diriger vers ces monts Silas dont on apercevait, depuis la butte où nous nous trouvions, les cimes à demi enveloppées par les nuages.

Car le temps s'était couvert.

Spartacus s'est immobilisé devant moi et je me suis levé.

J'ai alors découvert son regard qui démentait l'énergie et la force de son corps, la fermeté de sa voix.

Ses yeux étaient voilés, son regard se dérobait, comme attiré par l'horizon ou le ciel bas.

Il m'a cependant fixé et, bien qu'il ne m'ait posé aucune question, j'ai murmuré ce que je lui avais déjà dit :

— Dieu sait, Dieu juge.

— Je ne voulais pas piller cette ville, a-t-il dit. Je ne voulais pas voler cet or. Je voulais m'allier avec les habitants de Thurii. Mais ce Gaulois...

— Tu as tué le Gaulois. Tu as pris l'or. Et le pirate te l'a pris.

J'ai répété :

— Dieu sait. Dieu juge.

J'ai vu ses doigts se crisper sur le pommeau de son glaive. Et la lame a commencé de glisser hors du fourreau. Puis il l'a repoussée d'un coup sec.

— Pour ton Dieu, pour toi, le pirate est donc un homme plus juste que moi ? Il peut me prendre l'or et tuer Pythias ? a-t-il grondé en me saisissant par les épaules et en commençant à me secouer.

— Personne ne connaît le jugement de Dieu. Nous errons dans un labyrinthe, ai-je dit.

Il m'a violemment repoussé.

— Tu es l'esclave de ton Dieu ! a-t-il crié. Je veux, moi, être un homme libre.

Il s'est éloigné, sa cape soulevée par le vent lui battant les mollets. Il a enfourché son cheval, levé son glaive, et nous nous sommes mis en marche vers Rhegium.

En me retournant, j'ai vu au pied des remparts le haut tumulus que les esclaves avaient élevé en souvenir du Gaulois.

Et il m'a semblé que du corps de cet homme le sang continuait de couler, réclamant à Dieu l'Unique justice et vengeance.

SEPTIÈME PARTIE

55

Ce tumulus qui s'élevait au pied des murailles de la ville de Thurii, le proconsul Licinius Crassus m'a donné l'ordre de le fouiller et de le détruire.

J'étais son légat. Je venais de parcourir avec une dizaine d'hommes les rues de Thurii cependant que les légions attendaient, alignées dans la plaine.

Je n'avais découvert dans la ville que cadavres dépecés, maisons pillées puis brûlées. Des chiens et des rats repus de chair humaine n'avaient même pas fui à notre approche, continuant de déchiqueter les corps ou de s'enfouir dans les entrailles en couinant.

L'odeur de mort m'avait étreint la gorge.

Certains des corps avaient séché, mais d'autres, dans l'ombre des ruelles, étaient des amas de chair purulente et grouillante que chiens et rats se disputaient, guettés par les rapaces qui nichaient sur le rebord des fenêtres et coassaient en s'élançant d'un vol lourd quand nous avancions.

Aucun de ces cadavres n'était celui d'un esclave de la horde de Spartacus, comme si les habitants de Thurii avaient renoncé à se défendre ou avaient été étouffés sous le nombre, cette vague hurlante que nous poursuivions depuis la Campanie et qui avait déjà submergé les légions du légat Mummius. J'avais assisté à la décimation des fuyards et j'avais entendu les derniers mots de Mummius, à genoux, offrant sa mort au proconsul.

Ainsi, j'avais pu mesurer l'implacable volonté de Crassus, l'indifférence avec laquelle il avait ordonné la mort et assisté à la flagellation puis à la décapitation de ces cinquante Romains. Par son mépris, ses paroles impitoyables, il avait contraint Mummius au suicide. Et il avait regardé le corps du légat comme s'il ne s'agissait que de celui d'un esclave.

J'avais alors compris qu'on ne pouvait que se soumettre aux ordres de Crassus, qu'on devait inexorablement accomplir ce qu'il exigeait de vous.

Je lui ai rapporté ce que j'avais vu dans les rues de Thurii.

Je sentais sur moi son regard ; je devinais sa colère.

Nos légions n'étaient pas parvenues à temps pour sauver Thurii et ses habitants dont il ne restait qu'une poignée de survivants. Ceux-ci avaient réussi à fuir et à se cacher dans les étangs d'eau saumâtre qui s'étiraient le long du rivage.

Ils nous entouraient, affamés, nous racontant qu'ils avaient, depuis leur cachette, aperçu les voiles pourpres de plusieurs navires pirates, de ceux qui venaient souvent harceler la ville.

Ils avaient assisté aussi à des affrontements entre esclaves. Spartacus avait même tué de ses mains un Gaulois que les siens semblaient vénérer comme l'un de leurs chefs.

Ils avaient veillé sur son corps nuit et jour, ne l'enfouissant qu'au moment de leur départ.

Ils montraient le tumulus, puis les monts Silas vers lesquels s'était dirigée la horde des esclaves.

Je n'ai eu qu'un instant d'hésitation avant de commander aux soldats de fouiller et de détruire le tumulus, comme Crassus venait de me l'ordonner. Mais cela a suffi pour que je sente peser contre moi le poitrail du cheval de Crassus.

J'entendis sa voix ricanante dire au tribun militaire Julius Caesar que je craignais qu'un dieu ne s'échappe de cette tombe et ne m'entraîne avec lui.

— Alors, Gaius Fuscus Salinator, j'attends ! a-t-il crié.

Il était penché sur l'encolure de sa monture dont le poitrail me poussait vers le tumulus.

J'ai bondi de côté. J'ai lancé mes ordres, et les soldats ont commencé de déblayer les pierres.

Un corps est apparu, la peau sèche et noire comme du cuir.

Les doigts, déjà ceux d'un squelette, enserraient la tête que l'on avait placée sur sa poitrine.

Les survivants nous avaient dit que Spartacus l'avait décapité d'un coup de lame.

Crassus s'est penché.

— Brûle-le avec les autres, a-t-il dit.

J'ai rejoint Crassus après que les bûchers dressés au pied des murailles de Thurii furent éteints et que les corps furent devenus cette cendre grise que le vent soulevait et mêlait au sable blanc.

Le proconsul était assis dans son fauteuil de bois et de cuir planté au faîte d'une colline qui dominait le rivage, le golfe de Tarente, et permettait ainsi d'embrasser l'horizon maritime et terrestre.

Là, il avait fait dresser sa vaste tente dans laquelle s'affairaient ses esclaves. Des soldats avaient élevé une palissade pour protéger le lieu du vent. Mais la toile de la tente claquait.

En gravissant la colline, j'ai vu deux soldats qui enfouissaient le corps d'un homme dont le cadavre avait été trouvé au sommet.

L'homme avait été égorgé. Et, bien qu'ayant été déchiqueté, on devinait les traits de son visage, la couleur noirâtre de sa peau. J'ai pensé aussitôt qu'il devait s'agir de l'un de ces pirates dont les survivants avaient aperçu les navires dans le golfe.

Caesar se tenait auprès de Crassus qui soliloquait en me décochant des coups d'œil. J'ai incliné la tête pour lui indiquer que la tâche qu'il m'avait confiée était accomplie.

— Sais-tu, Fuscus, que ce chien de Spartacus avait dressé sa tente ici ?

Crassus a frappé le sol du pied.

— Il joue au consul des esclaves. Il imagine qu'il va faire de son troupeau une armée parce qu'il a décapité un Gaulois ! Mais on ne change pas en quelques jours des esclaves en soldats ! Il faut des lustres et des lustres ! C'est comme prendre une pièce de fer, la mettre au feu, la marteler, la courber, l'affûter pour en faire une lame tranchante. Nous ne lui laisserons pas le temps de la forger !

Il s'est levé, s'est dirigé au-delà de la palissade, et Caesar et moi l'avons suivi.

336

— Il a dû essayer d'obtenir que les pirates ciliciens les fassent passer, lui et sa horde, en Sicile. Tu as vu le mort, Fuscus Salinator ? C'est un pirate. Spartacus a dû être trompé par les Ciliciens. Je connais Axios et ses félonies. Il n'est pas homme à aider un vaincu. Il a dû jauger Spartacus, lui tendre un piège, le dépouiller, puis hisser les voiles. Axios me craint. Nous avons autrefois conclu des traités. Puis nous nous sommes battus. Axios a toujours su s'arrêter avant que Rome ne décide de nettoyer la mer. Il nous aide parfois, comme un chien errant qui chasse les loups.

Le vent s'est levé, soufflant par rafales. Un grain noir courait le long de l'horizon et l'on distinguait les rayures de la pluie tissant entre mer et ciel un rideau sombre.

— Spartacus marche sur Rhegium, a dit Crassus en pénétrant sous les tentes. Il espère encore passer en Sicile, sinon, pourquoi irait-il s'enfoncer dans cette nasse, ce bout de terre où nous allons l'enfermer, nouant le sac que nous n'aurons plus qu'à frapper à coups redoublés ?

Du bout de sa sandale, Licinius Crassus a dessiné trois traits parallèles. Celui du milieu représentait les monts Silas. C'était la route que devaient emprunter les esclaves.

— Ils sont dans la neige et le froid. Ils s'épuisent, a commenté Crassus.

Les légions chemineraient le long des côtes que représentaient les deux autres traits.

— Nous allons le repousser jusqu'au bout du Bruttium, jusqu'au fond du sac. Puis...

Crassus s'est penché, et, d'un vif mouvement de la main, il a tracé un sillon coupant les trois droites parallèles.

— ... nous creuserons un fossé. Nous dresserons une palissade. Et il sera pris, enfermé. Et, si nous le pouvons, nous les capturerons tous vivants.

Il s'est redressé.

— Je vous l'ai dit, je veux qu'on ne se souvienne que de leur mort.

J'étais son légat, mais le ton de sa voix, l'expression de son visage m'ont fait frissonner.

56

— Ce légat s'appelait Gaius Fuscus Salinator.

Les hommes de Curius l'avaient capturé alors qu'il chevauchait, escorté de deux centurions, le long de la palissade et du fossé que le proconsul Licinius Crassus avait fait élever et creuser, de la mer Ionienne à la mer Tyrrhénienne, pour enfermer Spartacus et les siens dans la presqu'île de Bruttium. Ce qui aurait pu constituer notre refuge était devenu ainsi une nasse où nous allions mourir de faim et de froid avant même que les légions ne viennent nous y massacrer.

Curius avait jeté le légat comme on fait d'un sac, près du feu autour duquel Posidionos le Grec, Spartacus, Apollonia et moi, Jaïr le Juif, étions assis, tentant de nous réchauffer alors que le vent soufflait en bourrasques et que, de temps à autre, des averses de neige nous fouettaient.

D'un geste, Spartacus avait éloigné Curius et ses hommes, et nous étions ainsi restés seuls sur ce plateau que dominait une falaise.

Au-dessous de nous s'étendaient les forêts de hêtres et de pins qui couvrent les monts Silas. Nous avions cheminé sur les crêtes depuis que nous avions quitté Thurii, nous dirigeant vers le port et la rade de Rhegium, à l'extrémité de la presqu'île.

Mais, tout au long du rivage vers lequel nous nous apprêtions à descendre, nous avions vu les feux que les Romains avaient allumés. Les légions nous avaient devancés, marchant de part et d'autre des monts Silas.

Ainsi mourait l'espoir de Spartacus de s'emparer d'un navire pirate et de gagner la Sicile.

Il m'a paru comme exalté par ce qui le condamnait.

Il a parlé avec grandiloquence de la fin prochaine de sa vie, de la défaite inéluctable. Et comme Apollonia se lamentait, répétait qu'il allait battre les légions de Crassus, que Dionysos l'en avait assurée, qu'elle devinait les intentions du dieu dont elle était la prêtresse, il lui a rappelé ce songe déjà si lointain, quand il n'était qu'un esclave mis en vente à Rome : elle lui avait alors prédit qu'il serait le prince des esclaves, mais qu'à la victoire et à la gloire succéderaient la défaite, le malheur et la mort.

Elle a geint sans rien trouver à répondre, buvant et dansant, cherchant à s'enivrer, le vin dégoulinant de sa bouche sur sa poitrine.

Puis Curius et ses hommes ont jeté le corps du légat à nos pieds, nous contant comment ils avaient égorgé les sentinelles romaines qui gardaient le fossé et la palissade, ainsi que les deux centurions qui escortaient Gaius Fuscus Salinator.

Curius et ses hommes partis, Spartacus s'est approché du légat. Il a dégainé son glaive et, de la pointe de la lame, a piqué la gorge du Romain.

Le légat, un homme jeune, n'a pas baissé les yeux, défiant le Thrace. Il faisait preuve de courage, mais je sais lire sur le visage et dans le regard des hommes. Le légat cherchait à dissimuler sa peur alors qu'elle l'habitait. Il écarquillait les yeux, figé comme s'il craignait que le moindre de ses mouvements n'incitât Spartacus à l'égorger.

Je le craignais aussi. J'avais vu, devant Thurii, voler loin la tête du Gaulois Calixte tranchée par Spartacus d'un coup de glaive.

— Regarde Spartacus, avant de mourir, lui a-t-il dit.

Mais, brusquement, il s'est écarté, remettant le glaive dans son fourreau, et il s'est mis à marcher autour du feu, s'arrêtant parfois devant le légat, l'interrogeant, et le Romain, sur un ton plein de mépris, a répondu qu'il se nommait Gaius Fuscus Salinator, qu'il appartenait à une famille d'aristocrates espagnols, les Pedianus, citoyens romains, qui avaient combattu pour Rome et avaient occupé les plus hautes charges de la République.

Spartacus s'est baissé, a pris une poignée de terre et l'a laissée lentement couler entre ses doigts.

— Toi, tes ancêtres, ta vie valent moins que cela, lui a-t-il dit. Un peu de sable et de gravier.

J'ai été étonné par le ton serein et détaché de Spartacus.

Il n'était plus l'homme que j'avais vu à Thurii, décidé à transformer son troupeau en armée, puis prenant le risque d'être trahi par les pirates, tant était grand son désir de passer en Sicile et d'y ranimer le feu de la guerre servile.

D'une voix calme, tourné vers Posidionos, Apollonia et moi il a dit :

— Crassus va vaincre demain ou dans quelques jours. Les dieux ont voulu la puissance de Rome. Ils en ont décidé ainsi. Et je vais mourir. Les dieux ont été généreux avec moi. J'ai rassemblé les esclaves. Ils ont été fiers de combattre et de mourir en hommes libres. Maintenant, les dieux réclament ma vie. Je la leur dois.

J'ai surpris le regard étonné du légat Fuscus Salinator qui nous a longuement dévisagés quand Spartacus lui a précisé que Posidionos le Grec était un rhéteur qui avait enseigné à Rhodes et à Rome, lu les histoires d'Hérodote et de Thucydide, et que moi j'étais Jaïr, un Juif de Judée, qui connaissais le Livre rassemblant toute la mémoire de mon peuple. Quant à Apollonia, elle comprenait les signes que tracent les dieux, elle était prêtresse de Dionysos et devineresse, fille du peuple de Thrace dont il était, lui, Spartacus, l'un des fils.

Le légat a eu un moment d'hésitation, puis il s'est redressé et a lancé d'une voix qu'il voulait assurée, mais dont je percevais le tremblement :

— Grecs, Juifs, Thraces..., Rome a vaincu tous ces peuples. Et tu l'as dit, Spartacus, tu le sais : tu ne peux vaincre les légions de Crassus, il a refermé son piège sur toi et les tiens. Tu vas mourir ici sans pouvoir franchir ce fossé ni cette palissade.

Apollonia a poussé un cri de rage et s'est précipitée sur le légat, le griffant au visage.

Spartacus l'a écartée d'un geste violent, puis il a noué les doigts autour du cou du légat.

J'ai détourné la tête, pensant qu'il allait l'étrangler, mais il s'est mis à parler, proposant à Fuscus

Salinator de le laisser en vie s'il promettait de sauver celles de Posidionos, d'Apollonia et la mienne.

— Les sentinelles romaines te reconnaîtront, a-t-il dit. Tu leur expliqueras que ces trois-là ont favorisé ta fuite et que je les détenais captifs. Tu les as libérés et ils t'ont aidé à fuir. Les Romains te croiront.

Il s'est interrompu. J'ai entendu la toux étouffée du légat. Spartacus avait recommencé à lui serrer le cou.

— Choisis vite, légat. Je veux que Posidionos, Jaïr et Apollonia te racontent un jour ma vie, les combats que j'ai menés, qu'ils te parlent des milliers d'esclaves qui m'ont rejoint et comment j'ai fait trembler Rome. Si tu choisis de vivre, tu seras celui qui rappellera ce qui a eu lieu. Ainsi ne serons-nous pas seulement les corps que Crassus va supplicier.

Il m'a regardé. J'ai eu la certitude qu'il s'adressait d'abord à moi.

— Ceux dont on se souvient ne meurent pas, a-t-il ajouté.

Ces mots m'ont paru familiers. Le Maître de Justice, en mon pays de Judée, aurait pu les prononcer, et j'étais étonné et ému que Spartacus les eût choisis.

Cette nuit-là, il m'a semblé habité par une force nouvelle. Il était déterminé, seulement préoccupé par ce qui subsisterait de sa révolte, de cette guerre servile qui avait été jalonnée de succès, mais qui, il le répétait, était désormais perdue.

— Si tu veux vivre, répéta-t-il au légat, il faut que tu jures devant les dieux que Jaïr, Apollonia et Posidionos vivront. Quant à moi et les miens, nous vivrons dans ce qu'ils te diront.

Il était penché sur le légat, qui hésitait.

Tout à coup, Spartacus a grondé :

— Il ne va plus être temps, légat.

Et il a serré si fort le cou du Romain que le corps de celui-ci a été pris de spasmes comme ceux d'un poisson jeté sur le sable.

Je me suis levé.

J'ai dit :

— Il va choisir de vivre.

Spartacus a desserré les mains et le légat a respiré bruyamment, la tête levée vers le ciel, bouche grande ouverte. Puis, quand Spartacus s'est à nouveau penché sur lui, les mains s'approchant de son cou, et qu'il a murmuré : « Je vais t'arracher la tête », il a accepté le marché.

Il a fallu convaincre Apollonia.

Elle se roulait sur le sol, se tordait les bras, brandissait un poignard, disant qu'elle allait offrir son corps aux dieux pour qu'ils sauvent Spartacus qu'elle ne voulait pas quitter.

Elle ne s'est calmée qu'au moment où celui-ci lui a objecté qu'il ne faisait qu'obéir aux dieux. Il avait vu Dionysos en songe. Celui-ci lui avait envoyé ce Romain pour l'aider à traverser le fleuve qui sépare la vie de la mort et le conduire au pays où les hommes continuent d'exister dans la mémoire des vivants.

Mais il fallait pour cela qu'Apollonia, Posidionos et moi le quittions, suivions le légat. Nous étions les dépositaires de ce qui avait eu lieu. Nous gardions le grand butin de la vie de Spartacus, le souvenir de ces esclaves de toutes origines qui s'étaient rassemblés autour de lui.

— Tu dois obéir à Dionysos, a-t-il répété.

Apollonia s'est approchée du légat dont le visage portait les traces des griffures qu'elle lui avait infligées.

— Si tu trompes Spartacus, lui a-t-elle dit, si tu trahis ton serment, si tu nous livres, alors je te hanterai et les dieux persécuteront tes descendants jusqu'à ce que plus un seul ne vive.

Peu après, alors que la neige s'était remise à tomber, nous nous sommes glissés entre les feux qu'avaient allumés les esclaves. Nous avons atteint le fossé et la palissade.

Spartacus a enlacé Apollonia, puis il nous a serrés l'un après l'autre contre lui.

— Que ma vie, notre révolte entrent dans un livre comme il en a été de la vie du peuple juif et de celle du peuple grec, a-t-il dit.

— Cela sera, ai-je répondu.

Et cette certitude était en moi aussi claire que je crois au Dieu l'Unique.

Fuscus Salinator s'est fait reconnaître des sentinelles romaines, et, avec leur aide, alors que l'averse de neige redoublait, nous avons réussi à franchir le fossé et la palissade.

Le légat nous a confiés à ses soldats et nous avons quitté sous leur garde la presqu'île de Bruttium cependant que lui-même se rendait auprès du proconsul Licinius Crassus.

Après plusieurs jours de marche, j'ai vu s'élever à l'horizon le cône immense et gris du Vésuve se détachant sur un ciel qui, pour la première fois depuis notre séparation d'avec Spartacus, était d'un bleu vif.

La campagne était paisible, encore ensommeillée dans l'hiver.

Entre les arbres des vergers et dans les champs, on apercevait les silhouettes d'esclaves courbées vers la terre.

L'ordre était revenu. Les animaux parlants avaient repris leur place.

Lorsque nous arrivâmes à Capoue, où le légat Fuscus Salinator possédait un domaine, nous vîmes la foule se diriger, bruyante et gaie, vers les arènes où le laniste Lentulus Balatius, ainsi que le répétaient les hérauts, offrait au peuple, pour célébrer les victoires du proconsul Crassus, des combats de quarante paires de gladiateurs dont les survivants devraient affronter les fauves de Libye.

Je n'ai pas regardé Posidionos le Grec ni Apollonia. J'ai baissé la tête.

Était-il possible que Spartacus eût déjà succombé ?

Je n'ai su que plus tard qu'il n'en avait rien été, et Curius, l'un des rares survivants de notre grand troupeau, m'a fait le récit des ultimes combats du Thrace.

J'ai également été témoin du châtiment que le proconsul Crassus avait décidé d'infliger à ses esclaves vaincus et prisonniers.

« Ceux dont on se souvient ne meurent pas », avait dit Spartacus.

J'ai donc écrit à Capoue, non loin du *ludus* dont nous nous étions enfuis, le récit des ultimes combats de la guerre qu'il avait menée.

57

— J'étais décidé à tuer Spartacus, m'a confié Curius, que j'avais accueilli et caché dans la villa du légat Fuscus Salinator, à Capoue.

Il craignait d'être reconnu s'il s'était aventuré dans les rues de la ville où l'homme puissant était encore ce laniste, Lentulus Balatius, dont Curius avait été le maître d'armes au sein du *ludus* des gladiateurs.

Il restait donc enfermé dans une cahute où les esclaves remisaient leurs outils et qui était située au fond du domaine, à demi dissimulée par les haies, les buissons et les broussailles.

J'allais l'y retrouver la nuit et il me racontait ce qui s'était passé après notre départ du camp des esclaves sur les monts Silas, dans la presqu'île du Bruttium.

— Je vous ai vus vous diriger en compagnie du légat vers le fossé et la palissade, et j'ai cru que Spartacus nous abandonnait, qu'il allait traiter avec les Romains, nous livrer à leur vengeance en échange de la vie sauve pour lui et ses proches, dont je n'étais pas.

La colère et la rage m'ont alors aveuglé et je vous ai suivis, puis, assistant à vos adieux, j'ai compris que Spartacus resterait parmi nous. Mais pourquoi organisait-il votre fuite et celle du légat ?

J'ai bondi, l'ai menacé de mon glaive pointé sur sa poitrine. Il semblait ne pas me craindre. Et cette attitude m'a désarmé.

Du bras il m'a enveloppé l'épaule.

— Curius, a-t-il commencé, ces trois-là ne sont ni des soldats ni des gladiateurs. Ils ne combattront pas. Il n'y a plus de place parmi nous pour ceux qui ne savent pas ou ne veulent pas se battre. Crassus est plus cruel qu'un fauve. Un chacal, disait de lui Pythias, t'en souviens-tu ?

Nous avons marché sous la neige, allant et venant sur ce plateau, ces pentes boisées où était rassemblé ce qui restait de notre grand troupeau : un moignon d'armée, quelques milliers d'hommes cependant. Mais qui eût pu connaître leur nombre avec exactitude ?

— Le légat, m'a expliqué Spartacus, s'est engagé à les protéger en échange de sa vie.

J'ai ricané. Spartacus avait déjà fait confiance à Axios le pirate auquel il avait livré notre or, notre butin, et abandonné Pythias.

— Je croyais qu'Apollonia, Jaïr et Posidionos t'étaient chers, et tu les as confiés au légat de Crassus !

Il a baissé la tête.

— Je fais confiance aux dieux. Ils ne me trahiront pas. Je ne leur demande pas la victoire, mais seulement que les hommes gardent le souvenir de ce que nous avons fait, espéré, rêvé. Posidionos, Jaïr et Apollonia le raconteront. Le légat sait que s'il recueille notre histoire il sera l'égal des Grecs. On se souviendra de lui.

Il s'est arrêté, m'a fait face.

— J'exige peu des dieux. Et je leur rends ma vie sans regrets.

Il a aperçu mon désarroi.

— Mais je la ferai payer cher aux Romains ! Et je veux que quelques-uns d'entre nous – toi, peut-être, Curius – échappent à la mort. Pour cela, il faut que nous sortions de ce piège, que nous quittions la presqu'île, franchissions le fossé et la palissade.

Tu les as franchis, toi, Jaïr, m'a dit Curius en poursuivant son récit. J'ai vu les sentinelles romaines vous lancer des échelles et des cordes, puis vous hisser. Mais nous, nous devions passer sans être vus. Et la palissade était plus haute que deux hommes de grande taille ; quant au fossé, il avait plus de cinq pas de large et trois de profondeur...

Curius parle tout en marchant courbé dans cette cahute au plafond bas auquel sont suspendus des sacs et quelques cordages.

— Les légions de Crassus étaient en embuscade. Elles attendaient que nous tentions de forcer le passage. Et chaque jour des esclaves entouraient Spartacus, lui reprochant de ne pas lancer un assaut. Il fallait franchir le fossé, renverser la palissade comme l'aurait fait une avalanche. Ils criaient : « Autant mourir les armes à la main, dans un combat dont nous aurons choisi le lieu et le jour, que de crever ici, affamés, gelés, incapables de nous défendre quand les légions nous attaqueront. Elles n'auront plus qu'à nous égorger. Nous n'aurons même plus la force de nous mettre à genoux. Ils piétineront nos corps. Peut-être même les brûleront-ils tout vifs. »

Spartacus les écoutait. Il semblait avoir renoncé à leur imposer ordre et discipline. Notre cohorte, qui avait ressemblé pendant un temps bref à une armée, était redevenue un troupeau.

Le Thrace tentait de le retenir, expliquant qu'il fallait attendre une nuit où les bourrasques de neige empêcheraient de voir à plus d'un pas. On comblerait alors le fossé. Quelques-uns escaladeraient la palissade, surprendraient les sentinelles, les tueraient ; alors seulement le gros de la troupe passerait et nous descendrions vers le rivage où nous trouverions un climat plus clément et des vivres, puisque aucun de ces petits ports n'avait encore été pillé.

Voilà ce qu'il conseillait et qu'on accueillait, après quelques instants de silence, par des murmures, des refus, des cris d'impatience.

Un matin, alors que le ciel était clair, le sol durci par le gel, plusieurs milliers d'entre eux se sont précipités, sautant dans le fossé, escaladant la palissade.

J'ai voulu me joindre à eux, mais Spartacus m'a retenu. Il était sûr que les légions allaient tailler dans cette masse confuse à grands coups de lame, et que tous périraient.

— Garde tes hommes avec toi, m'a-t-il dit. Ne les laisse pas agir comme des moutons. Nous aurons à mener de vrais combats. Je veux que tu sois là avec les tiens.

Je me suis assis près de lui, devant l'un des feux qui continuaient de brûler sur le plateau, et mes hommes nous ont rejoints.

Nous avons entendu des cris, des roulements de tambour, puis ce fut le silence, cependant que le soleil disparaissait tout à coup, recouvert par des nuages noirs et bas qui s'accrochaient aux sommets et aux pentes, aux cimes des pins et des hêtres. La nuit est vite tombée sans que nous voyions revenir un seul de ceux qui s'étaient élancés. Puis le plateau a été balayé par des bourrasques de neige.

Spartacus s'est redressé.

— C'est cette nuit que nous allons échapper au piège de Crassus, a-t-il dit. Les Romains n'imaginent pas, après ce massacre, que nous allons tenter de passer. Mais la neige est là, c'est le signal que nous donnent les dieux.

La nuit était si dense que nous nous tenions par les épaules pour ne pas nous égarer.

Nous avons égorgé les rares bêtes de somme que nous possédions encore et nous les avons précipitées dans le fossé déjà en partie comblé par les corps des combattants du matin. Nous avons aussi tué les prisonniers, puis nous avons recouvert les cadavres de branches, et nous avons ainsi traversé le fossé les uns après les autres, franchissant la palissade après avoir égorgé les sentinelles, endormies après les combats et recroquevillées sous la neige.

Spartacus est passé le premier, mais il est resté au pied de la palissade jusqu'à ce que le dernier d'entre nous l'ait escaladée.

La neige, ce cadeau des dieux, enveloppait d'un épais silence notre marche vers le rivage et cachait nos corps dans l'épaisseur de la nuit.

58

J'étais le légat Gaius Fuscus Salinator.

Il me revenait d'annoncer la mauvaise nouvelle au proconsul Licinius Crassus.

Les centurions qui avaient chevauché à mes côtés depuis les sommets des monts Silas – en vain avions-nous cherché à retrouver les traces de Spartacus et de ses bandes – se sont écartés et je suis entré seul dans la tente du proconsul.

Il était assoupi, le menton sur la poitrine, mais son visage figé n'en paraissait que plus cruel. Les rides autour de sa bouche formaient comme un rictus amer, vindicatif. Un profond sillon partageait son front par le mitan. Ses mains épaisses, baguées, reposaient sur les cuisses.

Le glaive était placé sur une table basse, à droite du siège de cuir dans lequel Crassus était affalé, enveloppé dans une longue et large cape aux bords rouges.

J'étais le légat et j'ai pensé au sort du légat Mummius qui, agenouillé, le jour de la décimation, avait offert sa mort au proconsul qui l'avait humilié.

J'ai toussoté plusieurs fois.

Crassus s'est redressé, sa main agrippant aussitôt la poignée de son glaive, puis ses doigts se sont desserrés quand il m'a reconnu. Il m'a regardé avec un étonnement sans bienveillance, ses yeux cherchant les miens, s'y enfonçant.

— Que me dis-tu, Fuscus Salinator ?

J'ai commencé à évoquer la neige qui tombait si dru, sur les sommets des monts Silas, qu'on n'y voyait pas à un pas.

Il s'est levé, s'est avancé vers moi, le visage tel un serpent dont on ne voit que la tête dressée, projetée vers sa proie, si vite, comme une flèche, la langue chargée de venin.

— Que me dis-tu, légat ? a répété le proconsul.

— Les sentinelles ont été surprises, égorgées. Spartacus et ses bandes...

Il a levé la main.

— Tu me dis, légat, tu m'annonces, Fuscus Salinator, que Spartacus et ses chiens ont réussi à franchir le fossé et la palissade cette nuit ? que les centuries les ont laissés passer parce qu'il neigeait, et que notre victoire, d'hier seulement, est piétinée, ensevelie, abolie ? que Spartacus a brisé notre piège ?

Il m'a tourné le dos et s'est s'éloigné, marchant d'un bout à l'autre de la tente, criant au centurion de garde qu'il voulait qu'on aille chercher le tribun militaire Caius Julius Caesar.

Il est revenu vers moi.

— Ils ont franchi le fossé et la palissade ? a-t-il répété. Où sont-ils ? Est-ce que tu sais au moins cela, légat ?

J'ai secoué la tête, marmonné qu'avec plusieurs cavaliers j'avais battu les versants, malgré la neige et la nuit, en vain.

Crassus s'est approché, la main sur le pommeau de son glaive, me regardant avec tant de mépris et de haine que je n'ai pu soutenir son regard alors que je n'avais pas baissé les yeux face à Spartacus.

À cet instant, j'ai su que le gladiateur thrace était moins cruel que le proconsul romain. Et j'ai été heureux d'avoir accepté le marché que Spartacus m'avait offert, d'avoir sauvé ma propre vie et celles de ce Grec, de ce Juif et de cette femme thrace. Un jour, si je survivais, je recueillerais leurs récits, j'écrirais l'histoire de cette guerre dont j'aurais été le témoin et l'acteur.

Le tribun militaire Caius Julius Caesar est entré dans la tente. J'ai levé la tête. Caesar m'interrogeait du regard.

— Explique-lui, légat, a dit le proconsul en se laissant tomber dans son fauteuil.

Il a ricané et poursuivi :

— Quand tu as quitté cette tente, hier, Julius Caesar, nous célébrions une victoire. Tu y rentres ce matin et c'est la défaite. Spartacus et ses chiens ont franchi le fossé !

Il s'est redressé et a ajouté, ne me laissant toujours pas parler :

— Ils ne sont plus que quelques milliers, mais sûrement les plus aguerris. Ceux d'entre eux qui ont survécu jusqu'à aujourd'hui savent se battre. Il faudra les tuer l'un après l'autre jusqu'au dernier. Ils ne tomberont plus dans un piège. Le fossé, la palissade, c'est fini !

Il s'est tourné vers moi.

— J'ordonne, légat, que toutes les légions qui étaient déployées le long du fossé se rassemblent en attendant qu'on sache où ces chiens se trouvent.

— Ils peuvent marcher vers le nord, vers la Lucanie, a suggéré Julius Caesar.

— Vers Rome ! s'est exclamé Crassus.

Son visage maintenant exprimait l'inquiétude.

— Toutes les légions sont ici avec moi. Il n'y a pas de troupes entre le Bruttium et Rome. Si Spartacus – et il est rusé – gagne le Nord, la Lucanie, la Campanie, il peut entrer comme il veut dans le Latium et, pourquoi pas, attaquer Rome et la prendre. Il y a une tourbe de milliers d'esclaves qui, s'il en approchait, se soulèveraient.

— Il ne l'a pas fait quand il avait rassemblé autour de lui des dizaines de milliers d'esclaves, a observé Caesar. Or ils ne sont plus...

— Je l'ai dit, l'a interrompu Crassus, ceux-là sont des guerriers. Pas seulement des pillards, mais des bêtes furieuses. Si elles marchent sur Rome...

Licinius Crassus s'est mis à soliloquer.

Le Sénat lui avait confié la charge de mettre fin à la guerre de Spartacus, de nettoyer l'Italie de ces bandes d'assassins. Il avait cru être à la veille d'y parvenir, mais la fuite du Thrace, qui avait su déjouer le piège, remettait tout en question.

Il devait avertir le Sénat des dangers qui menaçaient Rome et donc la République. Il fallait que les légions de Pompée, qui avaient vaincu en Espagne les armées rebelles de Sertorius, et qui étaient sur le chemin du retour, s'engagent dans la traque de Spartacus. On ne pouvait tolérer sans grand péril que ces bandes de chiens enragés terrorisent les provinces d'Italie pendant encore plusieurs mois, détruisant les récoltes, ruinant les domaines. Il fallait aussi que le proconsul de Thrace, Marcus Varro Lucullus, débarque avec ses légions en Calabre, à Brundisium, et se joigne à la chasse afin qu'on en finisse.

Caius Julius Caesar a approuvé Licinius Crassus.

Les messagers, a-t-il dit, devaient partir aussitôt pour Rome afin que le Sénat en appelle à Pompée et à Varro Lucullus.

Je me suis tu.

Je n'étais que le légat du proconsul Crassus. Mais, à la satisfaction que je lisais sur le visage de Caesar, j'ai deviné qu'il était heureux de le voir contraint de faire appel à Pompée et à Lucullus.

Crassus avait rêvé de remporter seul la victoire sur Spartacus. Il s'était imaginé recevant le triomphe à Rome. Il ne serait plus le seul vainqueur. D'autres – et d'abord Pompée – réclameraient leur part de gloire.

Crassus avait espéré rafler toute la mise. Le jeu restait au contraire ouvert. Et Caesar avait l'ardent désir – j'en étais sûr, en l'observant – d'en être l'un des joueurs et l'un des gagnants.

Moi, je n'étais que le légat Gaius Fuscus Salinator à qui le proconsul donnait l'ordre de prendre la tête de deux légions et de retrouver Spartacus et ses bandes.

59

J'ai chevauché en avant des légions, entouré de mes licteurs et de mes centurions.

Depuis plusieurs jours déjà, la neige avait cessé de tomber. Le vent soufflait du sud. Il balayait le ciel, faisant bourgeonner les arbres des vergers et fleurir les champs que nous traversions.

Nous pourchassions ce qui n'était plus que des meutes acharnées, chacune agissant sans se soucier des autres. L'une se dirigeait vers le port de Petelia, une autre vers Brundisium et la dernière vers la Lucanie.

Nous avons attaqué celle-ci au bord d'un lac, sur les rives duquel elle avait établi son campement.

Jamais je n'avais vu combat aussi sauvage.

Les javelots perçaient les pattes de ces chiens, le glaive leur taillait les oreilles, les lances leur crevaient les yeux, et ils mordaient encore, tuant nos légionnaires, se battant à genoux, puis se jetant dans le lac pour s'y noyer plutôt que d'être pris. Les berges étaient couvertes de corps que venaient battre des vagues rougies.

Je fis dénombrer les cadavres et envoyai un messager au proconsul Licinius Crassus lui indiquant que nous avions tué douze mille trois cents esclaves, que deux seulement étaient morts d'une blessure dans le dos, les autres n'ayant jamais cherché à fuir mais se battant avec des pieux contre nos boucliers, nos javelots, nos lances, nos glaives et nos poignards.

Alors que j'avais décidé de faire halte plusieurs jours avant de reprendre notre chasse et que les travaux d'établissement de notre camp venaient tout juste de commencer, le proconsul a débarqué avec son escorte, ses enseignes et ses emblèmes.

Il voulut voir le champ de bataille, ses cadavres dépecés, les eaux rougies du lac. Il m'interrogea. Je répétai ce que je lui avais écrit : que ces esclaves, comme d'ailleurs il l'avait prévu, étaient aguerris, enragés, qu'il fallait plusieurs Romains pour venir à bout d'un seul d'entre eux. Mais qu'il n'y avait plus de grand troupeau, de horde, d'armée de Spartacus, seulement des bandes dispersées. Il faudrait du temps pour les réduire, mais elles ne pourraient jamais menacer Rome ni mettre en danger la République.

— Je ne dispose que de quelques jours pour y parvenir ! s'est exclamé Licinius Crassus.

Il m'a empoigné le bras et s'est mis à marcher d'un pas rapide le long de la berge, repoussant du pied ou piétinant les cadavres.

— Je veux – tu entends, légat ? – en finir avec Spartacus avant que les légions de Pompée et celles venues de Thrace avec Marcus Varro Lucullus à leur tête soient engagées dans cette guerre. Je l'ai commencée. C'est moi qui ai brisé en morceaux l'armée de Spartacus ! Je veux recueillir le fruit de ce que j'ai déjà accompli.

Il s'est arrêté, m'a fait face.

— Ce que tu as fait ici, Fuscus Salinator – il montrait les berges, les corps –, me démontre que nous pouvons rapidement écraser ces bandes. J'ai cru que Spartacus avait la faculté de menacer Rome...

Il a haussé les épaules.

— Quand tu m'as réveillé à l'aube, ce matin-là, pour m'annoncer sa fuite, c'était comme un cauchemar. J'ai pensé que jamais je ne pourrais le chasser seul.

Il a donné un violent coup de pied dans l'un des cadavres.

— Et, naturellement, Caius Julius Caesar m'a conseillé d'écrire au Sénat, de solliciter l'envoi des légions de Pompée et de Varro Lucullus. C'est son intérêt de limiter ma gloire. Mais toi, Fuscus Salinator, ton sort est lié au mien. Alors, remets-toi en chasse sans tarder ! Les soldats sont comme le fer qu'il faut marteler quand il est rouge. Jamais de repos, pas de halte après une victoire qui ne met pas fin à la guerre, Fuscus ! Dis aux centurions et aux soldats que je leur distribuerai des terres lorsqu'ils auront tué ou capturé Spartacus.

Il m'a serré le bras.

— Va, légat, encore une victoire comme celle-ci et tu marcheras à côté de moi, lors de mon triomphe, à Rome !

60

J'ai obéi au proconsul Licinius Crassus.

J'ai ordonné aux légions de se mettre en marche, et aucun des soldats n'a murmuré, malgré la fatigue qui les accablait. Tous, en revanche, se souvenaient de la décimation. Et je n'oubliais pas non plus le sort du légat Mummius.

Je voulais donc saisir par les cheveux une autre victoire et la tirer jusqu'aux pieds de Crassus comme une esclave capturée que je lui aurais offerte.

Plusieurs fois j'ai cru qu'il me suffirait de tendre la main, de faire accélérer le pas des cohortes et des centuries, de lancer la cavalerie au galop. Je chevauchais en tête, tentant de rejoindre ces chiens qui se dirigeaient vers Brundisium, sans doute pour essayer de s'embarquer, de traverser la mer Adriatique et de rejoindre la Thrace.

Je voyais la poussière qui s'élevait dans le ciel limpide et signalait leur marche.

J'envoyai des éclaireurs.

Ils revinrent bredouilles : la meute avait disparu, se dispersant dans les vergers et les forêts, et, peu après, nous rencontrâmes l'avant-garde des légions du proconsul de Thrace, Marcus Varro

Lucullus, qui venaient de débarquer à Brundisium.

Cette route-là était donc coupée pour les esclaves de Spartacus.

J'en avertis Crassus. Ses réponses furent impérieuses : je devais prendre de vitesse les légions de Lucullus. C'était à lui, Crassus, de remporter la victoire. Il fallait que je me dirige avec mes légions vers le port de Petelia, sur la mer Ionienne, là où Spartacus avait rassemblé ses forces.

Il faut courir à eux, écrivait le proconsul. Ne garder vivant que Spartacus. Je veux le mettre en cage et le montrer aux sénateurs et au peuple de Rome le jour de mon triomphe.

Légat, dis à tes légions que je n'accepterai que leur victoire ou leur mort !

Nous avons donc marché vers Petelia et cette mer que j'apercevais parfois du haut des collines, aussi bleue que le ciel.

Puis la voie que nous suivions s'est enfoncée entre deux versants escarpés et la mer a disparu. Nous étions dans les gorges du Bruttium.

J'ai vu, à quelques centaines de pas devant nous, les derniers rangs de la troupe des esclaves, et j'ai commandé qu'on prenne le pas de charge. Les centurions ont fait battre les tambours à un rythme rapide. Les trompettes ont sonné avec éclat. Les chiens paraissaient à portée de javelot.

Mais je n'ai saisi que le vide.

Les fuyards avaient disparu. Peut-être avaient-ils escaladé les versants des gorges et s'étaient-ils réfugiés sur les hauteurs.

La chaleur, dans ce défilé rocheux, était déjà accablante, l'air stagnant. J'entendais la respiration haletante des soldats qui, après leur course, se traînaient, tête baissée. Et j'apercevais près de moi les visages empourprés de mes licteurs.

J'ai retenu mon cheval pour qu'il avance au pas.

Et, tout à coup, surgissant comme une vague de boue, la déferlante des esclaves s'est précipitée sur nous, conduite par ce cavalier dont la cape volait et en qui je reconnus Spartacus.

Les aboiements de ces chiens enragés nous enveloppaient. L'écho de leurs cris, comme le reflux de la vague, nous prit à revers. Et des versants roulèrent des blocs, cependant que les pierres des frondeurs jaillissaient de toutes parts, grêle meurtrière qui rebondissait sur les casques, les cuirasses des centurions, renversant les hommes dont la plupart étaient déjà couverts de sang.

Mes licteurs n'étaient plus que des corps étendus autour de mon cheval et je vis se ruer sur moi des dizaines de chiens hurlant : « Le légat ! Le légat ! »

Mon cheval s'est effondré. J'ai réussi à me remettre debout, à repousser avec mon glaive ces chiens qui ne craignaient pas la mort et que je tuais alors que d'autres surgissaient aussitôt pour les remplacer.

Un épieu m'a frappé à l'épaule et j'ai senti la chaleur du sang couler sous ma cuirasse, contre ma poitrine.

J'ai reculé. Centurions et soldats refluaient. Un coup de glaive m'a cisaillé la cuisse et je suis tombé.

L'heure de mourir était venue.

J'ai vu une ombre immense cachant le ciel.

Le cheval était au-dessus de moi, jambes dressées. Penché sur l'encolure, Spartacus me visait avec son javelot.

— Je te laisse une seconde fois la vie sauve, a crié Spartacus. Respecte ton serment !

Du poitrail de sa monture il a repoussé les esclaves qui s'apprêtaient à me tuer.

L'un d'eux a lancé son javelot dont j'ai senti la pointe me déchirer la base du cou. Et, à nouveau, la tiédeur du sang s'est répandue sur ma peau.

D'un coup de glaive, Spartacus a frappé l'homme.

J'ai senti des mains qui me saisissaient. J'ai reconnu la voix des centurions qui me soulevaient, m'emportaient.

Les cris et le choc des armes se sont estompés et je n'ai plus vu le ciel.

61

— J'ai vu Spartacus sauver une seconde fois la vie du légat, a murmuré Curius.

Il parlait lentement, d'une voix étouffée, le buste penché en avant, la tête baissée, donnant l'impression qu'il allait s'affaisser d'un instant à l'autre, tant son accablement et sa fatigue étaient grands.

Plusieurs fois déjà j'avais avancé la main vers son épaule, mais il s'était braqué avant même que je l'effleure, comme pour marquer sa défiance, peut-être même le mépris dans lequel il me tenait.

Et, cependant, c'est moi qui l'avais recueilli et caché dans une cahute à outils, sur le domaine de ce même Gaius Fuscus Salinator dont il me parlait.

— Ce légat, dit-il, je l'ai reconnu, c'est celui que j'avais capturé avec mes hommes, le long du fossé et de la palissade, sur le plateau des monts Silas, et dont Spartacus avait organisé la fuite avec toi, Jaïr, avec Posidionos et Apollonia. Et c'est lui, en qui il avait placé sa confiance, que nous retrouvions en face de nous, à la tête des légions, dans ces gorges du Bruttium ! Et, au moment où l'un des nôtres s'apprêtait à le tuer, Spartacus le sau-

vait encore, empêchait qu'on poursuive les centurions qui l'emportaient blessé !

Il m'a regardé avec colère, le menton en avant,
les yeux tout à coup étincelants.

— Et Spartacus a donné un coup de glaive à
celui des nôtres qui avait lancé son javelot sur le
légat !

Curius s'est à nouveau recroquevillé, les bras
pendant le long des cuisses, comme si la terre les
attirait.

— Et tu vis, Jaïr, ici, chez ce légat, avec Posidionos et Apollonia, et Spartacus est mort, et les
nôtres aussi. Quant à ceux qui survivent, plusieurs milliers, Crassus a préparé leur supplice.
Je le sais, je l'ai vu.

— Raconte-moi, ai-je demandé.

J'ai assisté, moi, Jaïr, au retour du légat. Il était
allongé sur un chariot, les cuisses entaillées,
l'épaule transpercée, le bas du cou ouvert.

Tout au long du parcours entre les gorges du
Bruttium et son domaine de Capoue, il avait
perdu tant de sang qu'il n'avait même plus assez
de forces pour ouvrir les yeux. Les soldats qui
l'escortaient l'ont posé sur une table placée au
milieu du tablinum, comme s'il s'agissait déjà
d'un cadavre qu'il ne s'agissait plus que d'honorer.

L'une des affranchies de Gaius Fuscus Salinator, qu'il chérissait, est venue me chercher.

Elle savait qu'on me nommait Jaïr le guérisseur.

Elle m'a supplié, conduit auprès du corps. Moi non plus, je ne voulais pas qu'il meure. C'est lui qui devait recueillir la mémoire de cette guerre, lui qui avait jusqu'à cet instant respecté son serment. Il nous avait accordé sa sauvegarde alors qu'il eût pu nous livrer au proconsul. Posidionos, Apollonia et moi vivions dans sa villa.

J'ai lavé son corps, j'en ai arraché les croûtes de sang séché, j'ai couvert d'onguent les plaies où grouillaient ces vers repoussants mais utiles, qui se nourrissent de la chair putréfiée, des humeurs jaunes qui s'en écoulent.

Un jour, Fuscus Salinator a soulevé la main avant de la laisser retomber.

J'ai vu ce geste et j'ai su qu'il vivrait, que le serment qu'il avait prêté à Spartacus devant ses dieux serait honoré.

Dieu l'Unique, mon Dieu, m'avait permis d'arracher Gaius Fuscus Salinator à la mort. Il voulait donc que le souhait de Spartacus fût exaucé. Que la guerre servile restât vivante dans la mémoire des hommes.

Mais Spartacus était mort et j'ai demandé à Curius de me faire le récit de son ultime combat.

— Dans les gorges du Bruttium, non loin du port de Petelia, nous avons mis en déroute les légions commandées par le légat Gaius Fuscus Salinator, a repris Curius.

C'était notre première victoire depuis des semaines. Elle ressemblait à celles que nous avions remportées au début de notre guerre sur les pentes du Vésuve, dans la plaine de Campanie et en Lucanie.

Les centurions avaient fui devant nous.

Nous avions tué les licteurs, nous nous étions emparés des étendards, des emblèmes, des faisceaux.

Les esclaves étaient comme ivres.

Ils allaient d'un corps romain à l'autre. Ils les dépouillaient, brandissaient les casques, les glaives, les javelots, les cuirasses, les boucliers.

Ils puisaient dans les besaces, s'abreuvaient de vin, engloutissaient les galettes de blé et le poisson séché.

Ils voulaient poursuivre les Romains. Ils commençaient à murmurer, à s'écarter de Spartacus, et certains, apprenant qu'il avait blessé l'un des leurs, permettant ainsi au légat d'être emporté par des centurions, brandissaient le poing dans sa direction.

Mais, quand Spartacus s'approchait d'eux, ils baissaient la tête et l'écoutaient encore.

J'ai observé Spartacus. Il leur parlait avec détachement, disant que d'autres légions, celles de Crassus, peut-être huit en tout, se préparaient à attaquer. Il fallait chercher à esquiver leurs assauts en se réfugiant dans les forêts. Les légions auraient de la peine à venir nous débusquer. Un jour, nous pourrions passer en Sicile.

Ils ont crié leur refus.

Ils venaient d'être victorieux. Ils avaient bu, ripaillé. Ils disaient ne pas vouloir fuir, ils voulaient retrouver les vergers, les moissons, les domaines de Campanie, se gorger de pillage et de butin. L'un a lancé :

— Les légions sont ici, toutes les légions de la République, et même celles de Thrace. Rome est sans défense ! Rome est nue ! Les esclaves, les pauvres se révolteront quand nous serons sous ses murs. Alors nous entrerons dans la ville, nous serons dans Rome, frères !

Ils n'ont pas entendu Spartacus qui les exhortait à ne pas marcher vers le nord, vers la Lucanie, la Campanie et Rome. Les légions les poursuivraient, les massacreraient. Jamais ils ne pourraient s'emparer de la ville. Il y avait lui-même renoncé à l'époque où ils étaient encore autour de lui une multitude.

Un autre a lancé :

— Tu nous trahissais déjà, Spartacus !

J'étais debout près de lui. Il a murmuré :

— Sauve ta vie, Curius, abandonne-les. Les dieux ont choisi de les aveugler.

Il m'a tendu un sac rempli de pièces d'or.

— Tu iras à Rhegium. Tu achèteras un navire. Et, avec quelques hommes, tu prendras la mer. Peut-être les hommes libres ne peuvent-ils être que des pirates.

— Et toi ? Ils ne t'obéissent plus, Spartacus. Ils savent que tu as sauvé la vie du légat. Ils t'accusent déjà. Ils te tueront.

— Je suis avec eux, s'est-il borné à répondre.

Et moi, Curius, j'étais avec lui.

Nous avons donc marché vers la Lucanie. Nous ne suivions plus des hommes, mais un troupeau qui se répandait dans les champs, égorgeait le bétail, brûlait les villas, abattait les arbres fruitiers, volait et tuait tous ceux qui n'étaient pas des esclaves, ou qui, parmi ceux-ci, refusaient de se joindre à lui.

Nous avons ainsi atteint les berges du Silarus, cette rivière impétueuse de Lucanie.

Il faisait doux. Des forêts de petits chênes et d'oliviers couvraient les pentes des massifs dominant cette vallée et cette plaine.

Spartacus a tenté une fois encore de mettre les hommes en garde. Ils étaient à découvert, a-t-il expliqué, à la merci d'une attaque des légions. Il fallait camper sur les versants du mont Alburne, haut de mille sept cents pas, nous avait dit un esclave, et où l'on pouvait se cacher dans la forêt de chênes ou les grottes et se nourrir de gibier.

D'aucuns ont de nouveau accusé Spartacus de trahison.

Il cherchait, lui a-t-on crié, à empêcher qu'on battît les légions, qu'on fonçât sur Rome. Il n'avait pas voulu qu'on tue le légat. Il ne voulait pas qu'on s'empare de la capitale.

Mais Rome était comme une femme. Elle ouvrait ses cuisses. Il suffisait de la conquérir, de la pénétrer.

Voilà ce qu'ils disaient, ce à quoi ils rêvaient.

Un matin, nous avons entendu les roulements de tambour des légions. Puis nous les avons vues former une ligne noire à l'horizon.

Et les hommes, au lieu d'écouter Spartacus, ont hurlé leur joie, brandi leurs armes. Ils possédaient désormais de bons glaives romains, des casques, des boucliers. Ils allaient, disaient-ils, éventrer, égorger ces centuries, et les Romains s'enfuiraient. On tuerait les légats, les préteurs, les consuls. On garderait vivants quelques centaines de prisonniers qu'on traînerait jusqu'à Rome, on les forcerait à combattre dans l'arène et on offrirait ces jeux à la plèbe et aux esclaves de la ville.

Spartacus a tenté de les empêcher de s'élancer.

Il s'est placé devant eux, a ouvert les bras. Mais qui pouvait retenir un pareil flot ?

Le troupeau entier s'est élancé.

Les dieux l'avaient rendu ivre.

Spartacus est revenu vers moi.

— Va vers la forêt, Curius, sauve ta vie ! m'a-t-il dit.

Puis il s'est approché de son cheval et, d'un coup violent de son glaive à l'encolure, il l'a égorgé.

Le sang de la bête a jailli, couvrant nos corps.

— Je n'ai plus besoin de monture, a-t-il murmuré. Les dieux me porteront.

Je l'ai suivi.

Il marchait vers les combats qui avaient commencé à se livrer sur les berges du Silarus.

Tout à coup, il s'est mis à courir, glaive levé, criant :

— Bats-toi, Crassus !

J'ai vu devant lui, entouré de centurions, de licteurs, de porte-enseigne, la silhouette d'un Romain à la cuirasse dorée et sculptée.

Mais jamais Spartacus n'a pu s'approcher du proconsul.

Il a tué plusieurs soldats ainsi que deux centurions de l'escorte de Crassus qui s'étaient avancés.

Puis je l'ai vu tomber à genoux. Sans doute l'un des javelots, l'une des flèches que les Romains lançaient vers lui l'a-t-elle blessé à la cuisse.

Personne, sinon un dieu, n'aurait pu l'arracher à la mort.

J'ai commencé à reculer pas à pas.

Je voyais Spartacus combattre à genoux, seul au milieu de cette nuée qui s'abattait sur lui puis s'écartait. Autour de lui, les soldats levaient leurs glaives sanglants.

J'ai couru jusqu'aux pentes du mont Alburne.

Je me suis enfoncé dans la forêt de petits chênes et d'oliviers. J'ai atteint les rochers du sommet.

J'ai vu la plaine couverte de morts et le Silarus qui charriait des centaines de corps.

J'ai vu ce troupeau de milliers d'hommes qui n'avaient pu mourir et que les Romains avaient attachés les uns aux autres, qu'ils poussaient comme on le fait du bétail, à coups de verge ou du plat de la lame.

Maintenant que la guerre de Spartacus était finie, ils étaient redevenus des animaux.

Curius s'est tassé. Il est resté longuement silencieux puis s'est redressé :

— Jaïr, a-t-il murmuré, il faut qu'on se souvienne que nous avons été libres, vaincus mais libres !

Il m'a laissé lui poser la main sur l'épaule.

ÉPILOGUE

Jours du printemps de l'an 71
avant Jésus-Christ

Dieu l'Unique, mon Maître de Justice, Tu as voulu que je voie et que je me souvienne du supplice infligé aux esclaves révoltés, vaincus et capturés – plus de six mille – par le proconsul Licinius Crassus, et traités, sous un ciel d'un bleu intense, dans la lumière vive de ces jours de printemps, comme jamais les animaux ne le sont.

Dans la cahute à outils située au fond du domaine du légat Fuscus Salinator, Curius m'avait dit que les Romains, au lieu d'égorger ou de mutiler leurs prisonniers sur le champ de bataille, les avaient liés les uns aux autres.

Depuis le sommet du mont Alburne, il avait vu ce troupeau docile se mettre en marche sous les coups de verge et de lame, vers la via Appia et Capoue.

Puis, après avoir quitté les forêts de chênes et les bois d'oliviers des versants et marché dans la campagne, Curius s'était tenu éloigné de la via Appia et avait évité la ville de Capoue, gagnant directement le domaine de Gaius Fuscus Salinator où il pensait me trouver.

Mais sur tous les chemins menant à Capoue il avait vu des esclaves abattre des arbres, en tailler les troncs, débiter de longues planches et commencer à en ajuster certaines en forme de croix.

Il avait vu des forgerons porter des sacs de longs clous aiguisés. Il connaissait le sort infamant qu'on réservait aux esclaves qui fuient leurs maîtres.

Je n'ai pas révélé à Apollonia ni à Posidionos le Grec la présence de Curius ni ce qu'il m'avait confié. Ils vivaient enfermés dans les bâtiments du domaine réservés aux affranchis.

Posidionos lisait, écrivait, enseignait à certains des affranchis comme un paisible rhéteur grec.

Apollonia honorait Dionysos et les dieux.

J'avais guéri le légat Fuscus Salinator et ses premiers mots avaient été pour me dire qu'il m'affranchissait, que je devenais son guérisseur attitré, que j'étais donc libre d'aller et venir à ma guise, de me rendre à Capoue si bon me semblait, que je pouvais y acheter les plantes, les sucs, les venins dont j'avais besoin pour mes mixtures et mes élixirs.

J'étais sous sa protection. Et il m'avait offert une bague dont le chaton portait la lettre « S ».

Un matin de ce mois de printemps, j'ai donc gagné Capoue par des chemins de terre qui dessinent comme les rameaux d'un tronc qui serait la via Appia.

J'ai vu les croix dressées de part et d'autre de la voie.

J'ai entendu les coups de marteau et les cris.

J'ai vu les soldats battre les prisonniers pour qu'ils s'allongent sans résistance sur le montant de la croix puis qu'ils écartent les bras.

Alors ils clouaient les chevilles et les poignets.

Puis, avec des cordes, ils hissaient et dressaient les croix côte à côte, et c'était comme une double haie de part et d'autre de la via Appia. Elle se perdait à l'horizon, vers Rome.

Le troupeau marchait lié, entravé derrière ses bourreaux.

Chaque jour, les premiers rangs – peut-être quelques centaines d'esclaves – étaient crucifiés, cependant que les autres attendaient que vienne leur tour, le lendemain ou au bout de quelques jours.

J'ai su plus tard que certains essayaient de se glisser dans les premiers rangs, qu'ils suppliaient que les soldats les égorgent après les avoir cloués, afin d'abréger leur agonie, tandis que d'autres reculaient, retardant le moment où les soldats les saisiraient, les coucheraient sur la croix.

Ceux-ci croyaient sans doute que le proconsul Licinius Crassus renoncerait à son projet de supplicier tous les prisonniers, de dresser des croix de Capoue à Rome, d'en faire ainsi l'allée de son triomphe.

J'avais appris, en écoutant Pythias, qui l'avait côtoyé, que cet homme était un chacal obstiné et que rien ne le ferait céder. Contre son rival Pompée qui avait pourchassé et massacré une ultime bande d'esclaves et qui répétait : « Crassus a vaincu le mal, moi, Pompée, j'en ai extirpé la racine ! », il voulait à tout prix faire voir, entendre et sentir son triomphe.

Les croix bordaient la via Appia, l'enfermant dans ses bras de douleur.

Les cris ne cessaient pas, car ceux qui s'éteignaient étaient remplacés par d'autres, et ainsi, de Capoue à Rome, ce n'était qu'un long gémissement.

Il n'était couvert que par les coassements des rapaces qui venaient tournoyer au-dessus des croix, ou bien par les aboiements des chiens errants qui, en sautant, tentaient d'atteindre les corps, cette chair ensanglantée d'où s'écoulaient des humeurs qui les attiraient. Les loups descendaient aussi des monts voisins, affolés, excités par cette odeur de mort qui se répandait depuis les milliers de croix.

Il m'a semblé que ces croix pesaient sur moi si lourdement que j'avançais courbé comme un vieillard. Et les hommes, en ce printemps-là, m'ont paru partagés entre ceux qui se voûtaient et ceux qui, allègres, continuaient de marcher droits et raides.

Pas un esclave, pas même un affranchi qui n'avançât sans baisser le regard vers le sol.

Mais cela ne suffisait pas à leur épargner les quolibets, les injures, les coups dont les citoyens de Rome, et d'abord les soldats, fiers et enfin rassurés sur leur puissance, les abreuvaient.

Je ne suis pas retourné à Capoue. Je n'ai plus emprunté ces chemins de terre d'où l'on apercevait, le long de la via Appia, cette forêt de croix.

Je me suis enfermé dans la petite cellule qui m'était attribuée, à l'entrée du bâtiment réservé aux affranchis.

Le silence m'entourait alors qu'à l'habitude je tendais l'oreille aux rumeurs de la vie, aux chants, aux rires comme aux cris de fureur.

Mais chacun sentait que l'ombre des croix obs-curcissait sa propre vie, que chaque coup de mar-teau dans le corps d'un supplicié était aussi une plaie en soi.

La peur serrait les gorges comme un avant-goût de révolte.

Je voulais, je devais dire ce qui avait été.

Pour que les hommes se souviennent non seu-lement des cris de douleur, des croix dressées, de la guerre perdue de Spartacus, mais aussi de la joie d'être libre, d'échapper au sort de l'animal pour connaître l'espoir même incertain des hom-mes.

Ô Dieu l'Unique, ô Maître de Justice, Toi qui sais et qui vois, fasse que la croix de la souffrance devienne celle de l'espérance !

Table

8549

Composition PCA
Achevé d'imprimer en France (La Flèche)
par CPI Brodard et Taupin
le 30 avril 2009. 52701
EAN 9782290355640
1er dépôt légal dans la collection : décembre 2007

Éditions J'ai lu
87, quai Panhard-et-Levassor, 75013 Paris

Diffusion France et étranger : Flammarion